Ingeborg Bachmann
Simultan

SERIE
PIPER

Zu diesem Buch

Ingeborg Bachmann veröffentlichte 1972 mit »Simultan«
ihren zweiten Erzählungsband, der ihre letzte Buchver-
öffentlichung seit dem Ende der sechziger Jahre parallel
zu den Arbeiten am »Todesarten«-Projekt war. Mit diesem
haben sie das Thema der von der Männergesellschaft ver-
letzten, im Leben behinderten Frau gemeinsam. In der
umfangreichsten Erzählung des Bandes, »Drei Wege zum
See«, findet sich denn auch der vorläufig abschließende
Satz zum Patriarchat: »...solange es diesen Neuen Mann
nicht gab, konnte man nur freundlich sein und gut zueinander, eine Weile. Mehr war nicht mehr daraus zu machen, und es sollten die Frauen und die Männer am besten
Abstand halten...«

Ingeborg Bachmann, am 25. Juni 1926 in Klagenfurt geboren, Lyrikerin, Erzählerin, Hörspielautorin, Essayistin.
1952 erste Lesung bei der Gruppe 47. Zahlreiche Preise.
Sie lebte nach Aufenthalten in München und Zürich viele
Jahre in Rom, wo sie am 17. Oktober 1973 starb.

Ingeborg Bachmann
Simultan
Erzählungen

Piper München Zürich

Textgrundlage: Werke, Band 2, herausgegeben von
Christine Koschel, Inge von Weidenbaum, Clemens Münster,
Piper Verlag, München 1982, 3. Auflage 1993.

Von Ingeborg Bachmann liegen in der Serie Piper
außerdem vor:
Die Hörspiele (139)
Frankfurter Vorlesungen (205)
Die gestundete Zeit. Gedichte (306)
Anrufung des Großen Bären. Gedichte (307)
Liebe: Dunkler Erdteil. Gedichte (330)
Wir müssen wahre Sätze finden. Gespräche und
Interviews (1105)
Der Fall Franza / Requiem für Fanny Goldmann (1121)
Die Fähre. Erzählungen (1182)
Mein erstgeborenes Land. Gedichte und Prosa aus Italien (1354)
Das dreißigste Jahr (1509)
Werke (4 Bände, 1700)
Vor den Linien der Wirklichkeit. Radioessays (1747)
Gedichte, Erzählungen, Hörspiele, Essays (2028)
Sämtliche Erzählungen (2218)

Ungekürzte Taschenbuchausgabe
1. Auflage Dezember 1990
5. Auflage Februar 1998
© 1972 Piper Verlag GmbH, München
Umschlag: Büro Hamburg
Simone Leitenberger, Susanne Schmitt, Andrea Lühr
Umschlagabbildung: Francis Picabia (»Jeudi«, Detail,
© VG Bild-Kunst, Bonn 1998)
Satz: Wiener Verlag, Wien
Druck und Bindung: Clausen & Bosse, Leck
Printed in Germany   ISBN 3-492-21296-4

Inhalt

Simultan

Bože moj! hatte sie kalte Füße, aber das mußte endlich Paestum sein, es gibt da dieses alte Hotel, ich versteh nicht, wie mir der Name, er wird mir gleich einfallen, ich habe ihn auf der Zunge, nur fiel er ihr nicht ein, sie kurbelte das Fenster herunter und starrte angestrengt seitwärts und nach vorne, sie suchte den Weg, der nach rechts, credimi, te lo giuro, dico a destra, abbiegen mußte. Dann war es also das NETTUNO. Als er an der Kreuzung verlangsamte und den Scheinwerfer aufblendete, entdeckte sie sofort das Schild, angeleuchtet im Dunkel, unter einem Dutzend Hotelschildern und Pfeilen, die zu Bars und Strandbädern wiesen, sie murmelte, das war aber früher ganz anders, hier war doch nichts, einfach nichts, noch vor fünf sechs Jahren, nein wirklich, das ist doch nicht möglich.

Sie hörte den Kies knirschen unter den Rädern und Steine zurückschlagen gegen die Karosserie, blieb zusammengesunken sitzen, massierte sich den Hals, streckte sich dann gähnend, und als er zurückkam, sagte er, damit sei es nichts, sie müßten in eines der neuen Hotels gehen, hier überzogen sie nicht einmal mehr die Betten, es gab keine Gäste mehr für alte Hotels neben Tempeln, inmitten von Rosen und unter Bougainvilleen, und sie war enttäuscht und erleichtert, es sei ihr übrigens auch völlig gleichgültig, todmüde, wie sie sei.

Im Fahren hatten sie wenig miteinander reden können, auf der Autobahn war immer dieses scharfe Geräusch da, vom Wind, von der Geschwindigkeit, das beide schweigen ließ, nur vor der Ausfahrt in Salerno, die sie eine Stunde lang nicht finden konnten, gab es dies und jenes zu bemerken, einmal französisch, dann wieder englisch, italienisch konnte er noch nicht besonders gut, und mit der Zeit nahm sie den alten Singsang wieder an, sie melodierte ihre deutschen Sätze und stimmte sie auf seine nachlässigen deutschen Sätze ein, wie aufregend, daß sie wieder so reden konnte, nach zehn Jahren, es gefiel ihr mehr und mehr, und nun gar reisen, mit jemand aus Wien! Sie wußte bloß nicht, was sie deswegen einander zu sagen hatten, nur weil sie beide aus dieser Stadt kamen und eine ähnliche Art zu sprechen und beiseite zu sprechen hatten, vielleicht hatte sie auch nur, nach einem dritten Whisky auf der Dachterrasse im Hilton, geglaubt, er bringe ihr etwas zurück, einen vermißten Geschmack, einen fehlenden Tonfall, ein geisterhaftes Gefühl von einem Daheim, das nirgends mehr für sie war.

Er hatte in Hietzing gewohnt, dann brach er ab, etwas mußte also noch in Hietzing geblieben sein, schwer auszusprechen, und sie war aufgewachsen in der Josefstadt, Wickenburggasse, dann kam das unvermeidliche namedropping, sie tasteten das Wiener Terrain ab, fanden aber keine gemeinsamen Leute, die ihnen weitergeholfen hätten, die Jordans, die Altenwyls, von denen wußte sie natürlich, wer die waren, aber kennengelernt, nie, die Löwenfelds kannte sie nicht, Deutschs auch nicht, ich bin schon zu lange weg, mit neunzehn bin ich weg, ich spreche nie mehr deutsch, nur wenn es gebraucht wird, dann natürlich, aber das ist etwas anderes, für den Gebrauch. Auf dem römischen Kongreß hatte sie zuerst Mühe gehabt, eigentlich eher Lampenfieber, wegen Italienisch, es war dann aber sehr gut gegangen, für ihn war das natürlich unbegreiflich, wenn man, wie sie, so viele Diplome in der Tasche hatte, sie erwähne es auch nur, weil sie einander sonst nie kennengelernt hätten und sie doch keine blasse, nicht einmal die blasseste Ahnung, eben nach dieser Überanstrengung und mit allen Gedanken woanders, in dieser Hilton-Pergola danach, und er in der FAO brauchte also nur Englisch und Französisch, so? und Spanisch konnte er recht gut lesen, aber wenn er nun in Rom bleiben wollte, dann war es doch ratsam, und er schwankte zwischen Privatstunden und einem Italienischkursus, den die FAO organisierte.

Er war einige Jahre lang in Rourkela gewesen und zwei Jahre in Afrika, in Ghana, dann in Gabun, länger in Amerika selbstverständlich, sogar ein paar Jahre zur Schule dort gegangen, während der Emigration, sie irrten beide die halbe Welt ab, und am Ende wußten sie ungefähr, wo sie, von Zeit zu Zeit, gewesen waren, wo sie gedolmetscht und er etwas erforscht hatte, was denn bloß? fragte sie sich, aber sie fragte es nicht laut, und sie kehrten aus Indien wieder nach Genf zurück, wo sie studiert hatte, zu den ersten Abrüstungskonferenzen, sie war sehr gut, sie wußte es auch, sie wurde hoch bezahlt, zu Hause hätte sie es nie ausgehalten mit ihrem Selbständigkeitsdrang, es ist eine so unglaublich anstrengende Arbeit, aber ich mag das eben trotzdem, nein, heiraten, nie, sie würde ganz gewiß nie heiraten.

Die Städte wirbelten auf in der Nacht, Bangkok, London, Rio, Cannes, dann wieder Genf unvermeidlich, Paris auch unvermeidlich. Nur San Francisco, das bedauerte sie lebhaft, no, never, und gerade das hatte sie sich immer gewünscht, after all those dreadful places there, und immer nur Washington, grauenhaft, ja, er auch, er hatte es auch grauenhaft gefunden und er könnte dort nicht, nein sie auch nicht, dann schwiegen sie, ausgelaugt, und nach einer Weile stöhnte sie ein wenig, please, would you mind, je suis terriblement fatiguée, mais quand-même, c'est drôle, n'est-ce pas, d'être parti ensemble, tu trouves pas? I was flabbergasted when Mr. Keen asked me, no, of course not, I just call him Mr. Keen, denn er schien immerzu keen auf etwas zu sein, auch auf sie während der Party im Hilton, but let's talk about something more pleasant, I utterly disliked him.

Mr. Keen, der nicht so hieß und der Mr. Ludwig Frankel in der FAO-Hierarchie im Weg stand, war vor den Bahnschranken von Battipaglia ein Gegenstand gemeinsamen Interesses, erwies sich aber auch als wenig ergiebig, da sie ihn ja nur einmal gesehen hatte und Mr. Frankel ihn auch erst seit drei Monaten um sich und über sich hatte, einen hemdsärmeligen Amerikaner, un casse-pied monolingue, emmerdant, aber, wie er sich ohnmächtig zugeben mußte, sonst ein ganz entwaffnend hilfsbereiter und argloser Mensch. Sie mußte noch einmal mißbilligen und weiterreden, I couldn't agree more with you, I was just disgusted, the way he behaved, und was hatte der Mann sich eingebildet mit seinen gut und reichlich fünfzig Jahren und einer schon kaum mehr zu übersehenden Glatze unter den dünnen Haaren, und sie fuhr ihrem Mr. Frankel durch die vielen dunklen Haare und legte ihm die Hand auf die Schulter.

Er war nicht geschieden, das nicht, aber in der Scheidung, die eine Frau Frankel in Hietzing und er nur langsam betrieben, er war sich noch immer nicht schlüssig, ob eine Scheidung das Richtige war. Bei ihr wäre es fast bis zu einer Heirat gekommen, aber kurz davor doch auseinandergegangen, und über das Warum hatte sie jahrelang nachgedacht, und nie kam sie auf den Grund, nie vermochte sie einzusehen, was damals vorgefallen war. Als sie am Lido von Paestum hielten und sie wieder im Auto wartete, während er sich in den neuen Hotels umsah und verhandelte, fiel es ihr halbwegs ein, denn es hatte niemand Dritten gegeben und keine Zerrüttung, so etwas gab es jedenfalls nicht für sie, so was würde sie niemals zugelassen haben, obwohl sie Leute kannte, denen ekelhafte Dinge passierten oder die in theatralischen Vorstellungen dachten oder vielleicht brockten die sich solche Geschichten einfach ein, damit sie etwas erlebten, how abominable, wie geschmacklos, alles, was degoutant war, hatte sie in ihrer Nähe nie aufkommen lassen, nur gegangen war es doch nicht, weil sie ihm nicht zuhören konnte, höchstens wenn sie beisammen lagen und er ihr wieder und wieder versicherte, wie sehr ihm dies und jenes an ihr, und er gab ihr viele winzige Namen, die anfingen mit: ma petite chérie, und sie ihm viele große Namen, die endeten mit: mon grand chéri, und sie waren ineinander verhängt gewesen, leidenschaftlich, sie hing vielleicht noch heute an ihm, das war der beste Ausdruck dafür, an einem zu einem Schemen ,gewordenen Mann, aber wenn sie damals aufgestanden waren am späten Vormittag oder am späten Nachmittag, weil man doch nicht immerzu aneinander hängen konnte, dann redete er von etwas, was sie nicht interessierte, oder er erzählte ihr, wie jemand, der verkalkt ist, und er konnte doch nicht mit dreißig schon an einer schweren Arteriosklerose leiden, drei oder vier wichtige Ereignisse aus seinem Leben und gelegentlich noch einige kleinere Begebenheiten, sie kannte sie alle nach den ersten Tagen auswendig, und gesetzt den Fall, sie hätte, wie andere, die ihr Privatleben den Gerichten dieser Welt auslieferten, vor einen Richter treten müssen, um sich zu verteidigen oder um anzuklagen, so wäre weiter nichts herausgekommen, als daß es eine Zumutung für einen Mann war, wenn eine Frau ihm nicht zuhörte, aber auch eine Zumutung für sie, weil sie ihn anhören mußte, denn meistens hatte er sie belehrt oder ihr etwas erklärt, das Thermometer und das Barometer, wie Eisenbeton hergestellt wurde und wie Bier, was der Raketenantrieb war und warum Flugzeuge fliegen, wie die Situation in Algerien früher und danach war, und sie, mit ihren riesigen kindlich aufgerissenen Augen, hatte getan, als hörte sie zu, in Gedanken immer woanders, bei ihm und ihrer Empfindung für ihn, Stunden zurück oder um Stunden voraus, nur im Augenblick konnte sie nichts für ihn aufbringen, schon gar nicht Aufmerksamkeit, und erst jetzt, viele Jahre zu spät, kam aus ihr die Antwort auf eine unwichtig gewordene Frage, auf ein immer leiseres, fast schon erlöschendes Warum. Die Antwort kam, weil sie sie nicht französisch suchte, sondern in ihrer eigenen Sprache, und weil sie jetzt mit einem Mann reden konnte, der ihr die Sprache zurückgab und der, dessen war sie sicher, terribly nice war, sie hatte nur noch kein einziges Mal Ludwig zu ihm gesagt, weil seine Freunde und seine Familie ihn unmöglich so nennen konnten. Sie überlegte, wie sie diese drei oder vier Tage lang ohne seinen Vornamen auskommen könne, sie würde einfach darling oder caro oder mein Lieber sagen, und als er die Wagentür auf ihrer Seite aufmachte, hatte sie schon verstanden und stieg aus, er hatte also zwei Zimmer im selben Stockwerk gefunden. Er suchte ihr die Tasche, das Kopftuch und das Plaid heraus, und eh der Hausdiener kam, überfiel sie ihn von hinten, umarmte ihn ungeschickt und sagte heftig, I'm simply glad we've met, you are terribly nice to me, and I do not even deserve it.

Im Speisesaal, in dem abgeräumt wurde, waren sie die letzten, mit der letzten lauen Suppe. Dieser panierte Fisch, ist das Kabeljau, tiefgefroren? Sie stocherte lustlos in dem Fisch herum, haben die hier keine Fische mehr, mit dem Mittelmeer vor der Tür? In Rourkela, da hatte man das Gefühl gehabt, wirklich etwas tun zu können, es war seine beste Zeit gewesen, in Indien, trotz allem, er zog mit der Gabel über das weiße Tischtuch die Eisenbahnlinie Calcutta–Bombay, ungefähr hier mußt du es dir vorstellen, praktisch haben wir mit einem Bulldozer angefangen und selbst die ersten Baracken gebaut, nach drei Jahren spätestens ist jeder völlig verbraucht, ich bin genau 21 mal hin- und hergeflogen zwischen Calcutta und Europa, und dann hatte ich genug. Als der Wein doch noch gebracht wurde, erläuterte sie es nachsichtig, sie waren immer zu zweit in einer Kabine, nicht wie Pilot und Co-Pilot, nein, natürlich nur, um sofort wechseln zu können nach zwanzig Minuten, das war die vernünftigste Zeit, länger konnte man nicht übersetzen, obwohl man manchmal dreißig oder gar vierzig Minuten aushalten mußte, der reine Wahnsinn, an den Vormittagen ging es noch, aber nachmittags wurde es immer schwerer, sich zu konzentrieren, es war dieses fanatisch genaue Zuhören, dieses totale sich Versenken in eine andere Stimme, und ein Schaltbrett war ja einfach zu bedienen, aber ihr Kopf, just imagine, t'immagini! In den Pausen trank sie aus einer Thermosflasche warmes Wasser mit Honig, jeder hatte seine eigene Methode, sich über den Tag zu bringen, aber am Abend kann ich kaum noch die Zeitung in der Hand halten, es ist wichtig, daß ich regelmäßig alle großen Zeitungen lese, ich muß den Wendungen auf der Spur bleiben, den neuen Ausdrücken, aber die Terminologien, das gerade war das wenigste, da gab es die Berichte, die Listen, die mußte sie vorher auswendig lernen, Chemie mochte sie nicht, Landwirtschaft sehr, Flüchtlingsprobleme, das ging, wenn sie für die Vereinten Nationen arbeitete, aber Unions des Postes Universelles und International Unions of Marine Insurance, das waren ihre letzten Alpträume gewesen, die mit nur zwei Sprachen hatten es eben leichter, sie aber, sie lernte schon frühmorgens, wenn sie ihre Atemübungen und ihre Gymnastik machte, sie war einmal in einem Krankenhaus gewesen, wo ein Arzt ihr das Autogene Training beigebracht hatte, und sie wandelte das jetzt für sich ab, nicht sehr orthodox, aber es half ihr sehr. Es ist mir damals sehr schlecht gegangen.

Mr. Frankel, dem es offenbar nie schlecht gegangen war, wunderte sich aber nicht, daß sie öfters schloß mit einem Satz: damals ist es mir gar nicht gut gegangen. Oder: damals ist es mir schlecht gegangen. Actually, basically, was man schon so perfekt nannte, als ob es das geben könnte! Eine Russin, eine ältere Frau übrigens, die bewunderte sie am meisten, sie hatte dreizehn Sprachen, she really does them, siehst du, ich weiß nicht, wie ich es sagen soll, gestand sie verwirrt, mit der Zeit wolle sie eine Sprache fallenlassen, Russisch oder Italienisch, es zerstört mich, ich komme ins Hotel, trinke einen Whisky, kann nichts mehr hören, nichts sehen und sitze ausgewrungen da, mit meinen Mappen und Zeitungen. Sie lachte, da war dieser Zwischenfall in Rio gewesen, nicht mit der Russin, mit einem Jungen von der sowjetischen Delegation, der mitkontrollierte, denn ihr Co-Dolmetscher hatte übersetzt, der amerikanische Delegierte sei ein silly man, und nun bestanden die todernst darauf, daß durak stupid heiße, nicht mehr und nicht weniger, und sie hatten alle etwas zum Lachen gehabt, ja manchmal sogar das.

Deutsch, das ist doch schon im Verschwinden, sagte er, uns kommt es jedenfalls so vor, aber ob das auch die anderen schon zu merken anfangen, was meinst du? Als sie im Gehen waren, fing er wieder an: was meinst du, wird es einmal eine einzige Sprache geben? Sie hörte nicht zu oder hörte es wirklich nicht, und auf der Stiege lehnte sie sich an ihn, tat, als könnte sie kaum mehr gehen, und er zog sie mit sich. Tu dois me mettre dans les draps tout de suite. Mais oui. Tu seras gentil avec moi? Mais non. Tu vas me raconter un tout petit rien? Mais bien sûr, ça oui.
Er sah noch einmal in ihr Zimmer, fragte leise: Nadja, Nadja? und schloß fast geräuschlos die Tür, ging zurück in sein Zimmer, in dem sie eben noch gewesen war, und fand das Bett noch warm und mit ihrem Geruch vor, sie hatte es

ihm schon bei der Abreise in Rom gesagt, sie könne nicht mehr, nach einem Schock, seit langer Zeit schon, später würde sie es ihm erklären, mit jemand in einem Zimmer oder gar in einem Bett schlafen, und er war erleichtert gewesen, daß sie ihm mit dieser Geschichte gekommen war, denn er hatte auch nicht die geringste Lust, war viel zu nervös und Alleinsein zu sehr gewohnt. In diesem Hotel, trotz der Steinböden, krachte es nun, die Terrassentür bewegte sich greinend, ein Moskito sirrte im Zimmer, er rauchte und rechnete, seit drei Jahren war ihm das nicht mehr passiert, nichts, was von der Gewohnheit abwich, und mit einer wildfremden Person, Hals über Kopf, ohne jemand ein Wort zu sagen, das Wetter war bedenklich und eine entsetzliche Öde in ihm, der Moskito stach jetzt zu, er schlug sich auf den Hals und traf ihn wieder nicht, hoffentlich will sie morgen diese Tempel nicht sehen, wenn sie sie doch schon zweimal gesehen hat, morgen früh gleich weiter, in ein kleines Fischerdorf am besten, ein ganz kleines Hotel, weg von diesem Touristenstrom, weg von allem, und wenn das Bargeld nicht reichte, er hatte sein Scheckheft, aber ob die in diesen Nestern überhaupt wußten, was ein Scheck war, jedenfalls hatte er eine CD-Nummer, die nie ihre Wirkung verfehlte, und die Hauptsache war schließlich, daß es zwischen ihnen beiden ging, nichts komplizierte sich mit ihr, und in einer Woche würde sie nach Holland verschwunden sein, seine einzige Betroffenheit rührte daher, daß er sie, vor einer Woche in Rom, an diesem Samstag, so bekommen hatte, als könnte etwas Einfaches sich wiederherstellen in seinem Leben, eine in Vergessenheit geratene schmerzliche Freude, von der er ein paar Tage lang so verwandelt war, daß auch die Leute in der FAO etwas merkten, zwischen well well, okay okay, you got that? er drückte die Zigarette aus, die Schläfrigkeit, kaum da, wurde zerstreut durch eine Musik, die über den Gang getragen wurde, STRANGERS IN THE NIGHT, nebenan wurden Zimmertüren aufgesperrt, und in ihm verwirrte sich der Titel zu TENDER IS THE NIGHT, er mußte das Beste aus diesen Tagen machen, im Waschbecken gurgelte plötzlich das Wasser, röhrte, er schrak wieder auf, jetzt redeten die nebenan laut, ein unmögliches Hotel, diese zitternde Unruhe in der Nacht, lo scirocco, sto proprio male, in Calcutta oder wo hatte das angefangen, und jetzt in Rom kam die Beklemmung immer häufiger, the board, the staff, das neue Projekt, tired, I'm tired, I'm fed up, er nahm doch, im Dunkeln danach tastend, das Valium 5, I can't fall asleep anymore without it, it's ridiculous, it's a shame, but it was too much today, dieses Gehetze und die Bank schon geschlossen, aber er wollte weg aus der Stadt mit ihr, she is such a sweet und gentle fanciulla, not very young but looking girlish as I like it, with these huge eyes, and I won't have me hoping that it's possible to be happy, but I couldn't help that, I was immediately happy with her.

Sie gingen rasch bis zum zweiten Tempel und, nach einem Blickwechsel, kehrten sie vor dem dritten um. Er hielt den Reiseführer aufgeschlagen in der Hand, las gedankenlos einen Absatz, aber da sie nichts wissen wollte, erklärte er ihr besser nichts. Sie schlenderten zu dem Garten des NETTUNO, in dem viele verlassene Liegestühle standen, suchten sich einen Platz, von dem aus man die Tempel sehen konnte, bestellten Kaffee und redeten. Es ist ein so absonderliches Jahr heuer, er gab ihr recht, es war bestimmt Schirokko, es ist sonderbar und drückend, immer ist es zu heiß oder zu kalt oder zu schwül, wo ich auch bin, es ist sonderbar, nun ging das schon so jahraus, jahrein. Tu es sûr qu'il s'agit des phénomènes météorologiques? etwas Kosmisches? moi non, je crains plutôt que ce soit quelque chose dans nous-mêmes qui ne marche plus. Griechenland war auch nicht mehr, was es damals oder gestern gewesen war, es war überhaupt nichts mehr, wie man es zuerst, vor zehn, fünfzehn Jahren kennengelernt hatte, und wenn er sich gar vorstellte, was in zwei Jahrtausenden passiert war, wo er kaum fähig war, diese kleine Zeitspanne und seine eigene Geschichte zu übersehen und sich vorzuhalten, kam es ihm überwältigend und irrsinnig vor, daß man hier einfach Kaffee trinken und zugleich auf griechische Tempel schauen konnte – come fosse niente, fiel sie ein, und er verstand nicht, was sie denn von seinem Gedankengang erraten konnte, den er für sich behielt und selber nicht recht begriff. Mit wem sie diese Tempel früher gesehen hatte, das ging ihn selbstverständlich nichts an, aber warum sie sie auf einmal nicht mehr sehen will? Er war bestimmt nicht der Grund dafür, es mußte etwas anderes sein, aber sie redete über alles und jedes hinweg, und was er bisher von ihr wußte, war etwas von einem Schock, but who cares, und daß es ihr öfters schlechtgegangen war.

Noch als er sie in Rom im Hotel abgeholt hatte, war ihr der Aufbruch wie der in ein übliches Abenteuer vorgekommen, aber je weiter sie sich entfernte von ihrem Standplatz, der wichtiger für sie war als für andere ein Zuhause und von dem ein Sich-Entfernen daher viel heikler ist, desto unsicherer fühlte sie sich. Sie war keine selbstsichere Erscheinung mehr in einer Halle, in einer Bar, entworfen von VOGUE oder GLAMOUR, zur richtigen Stunde im richtigen Kleid, fast nichts mehr deutete auf ihre Identität hin, sie sah aus wie eine beliebige Person mit ihren verwaschenen Blue jeans und der zu knappen Bluse, mit einem Koffer und einer Badetasche, er hätte sie ebensogut auf der Straße aufgelesen haben können. Damit er nicht merkte, wie sie es fürchtete, auf ihn angewiesen zu sein, bemühte sie sich, ihn fühlen zu lassen, daß es ohne ihre Ortskenntnisse und Orientierungskünste nicht ging. Sie blätterte in den Straßenkarten, die alle nicht mehr neu waren und überholt, unterwegs, an einer Tankstelle, kaufte sie noch eine Karte über den Küstenabschnitt, die dann wieder nicht stimmte, aber er wollte es nicht glauben, chauffierte mit der linken Hand und dem linken Auge, um auch in die Karte schauen zu können, und sie durfte sich nicht aufregen, weil er nicht wissen konnte, daß sie besser als jeder Portier, jeder Angestellte in einem Reisebüro und jede Auskunft in Kursbüchern, Straßenkarten und Flugplänen zu lesen verstand, alles, was mit Verbindungen und Anschlüssen zusammenhing, war doch ihr Leben, und als er nun ihre Gereiztheit und ihren Unmut merkte, zog er sie zum Scherz am Ohr, non guardare così brutto. Du, ich brauch meine Ohren, veux-tu me laisser tranquille! Sie verschluckte ein »chéri«, weil das einmal Jean Pierre gehört hatte, sie rieb sich beide Ohren, wo sonst ihre Kopfhörer anlagen, ihre Schaltungen automatisch funktionierten und die Sprachbrüche stattfanden. Was für ein seltsamer Mechanismus war sie doch, ohne einen einzigen Gedanken im Kopf zu haben, lebte sie, eingetaucht in die Sätze anderer, und mußte nachtwandlerisch mit gleichen, aber anderslautenden Sätzen sofort nachkommen, sie konnte aus »machen« to make, faire, fare, hacer und delat' machen, jedes Wort konnte sie so auf einer Rolle sechsmal herumdrehen, sie durfte nur nicht denken, daß machen wirklich machen, faire faire, fare fare, delat' delat' bedeutete, das konnte ihren Kopf unbrauchbar machen, und sie mußte schon aufpassen, daß sie eines Tages nicht von den Wortmassen verschüttet wurde.

Nachher: die Hallen in den Kongreßgebäuden, die Hotelhallen, die Bars, die Männer, die Routine, mit ihnen umzugehen, und viele lange einsame Nächte und viele zu kurze und auch einsame Nächte, und immer diese Männer mit ihren Wichtigkeiten und ihren Witzen zwischen den Wichtigkeiten, die entweder verheiratet und aufgedunsen und betrunken waren oder zufällig schlank und verheiratet und betrunken oder ganz nett und arg neurotisch oder sehr nett und homosexuell, sie dachte da besonders an Genf. Sie sprach wieder von der ersten Zeit in Genf, dem unvermeidlichen, und einigermaßen könne sie verstehen, was er am Morgen im Garten gedacht habe, denn wenn man einen kleinen Zeitraum ansehe, oder einen großen, wofür es bei ihr, zugegeben, nicht ganz reichte, wenn das für ihr kurzes Leben galt, was allein in Genf geschehen war und auch nicht geschehen war, dann war das eben nicht zu fassen, und wo nehmen die anderen Menschen bloß die Fassungskraft her, ich weiß nur, bei mir wird sie immer schwächer, ich bin entweder zu nahe daran, durch die Arbeit, oder wenn ich weggehe und mich in ein Zimmer einschließe, zu fern, ich kann es nicht fassen. Er legte ihr die Hand zwischen die Beine, und sie sah geradeaus, als merkte sie es nicht, aber wenn er es nicht tat, sie vergaß und sich auf das Fahren konzentrierte, forderte sie ihn heraus, und er schlug ihr auf die Hand, come on, you just behave, you don't want me to drive us into this abyss, I hope. Es ging sie beide wirklich nichts an, was in diesen Tagen geschah in der Welt, wie sich alles veränderte und warum es immer auswegloser wurde, er hatte nur darauf zu achten, daß sie die Abzweigung nach Palinuro fanden, auf nichts sonst, und auf diese fremde Frau mußte er achten, mit der er aus der Welt herausfuhr, er ärgerte sich nur, daß sein Kopf nichts verdrängte, was er hinter sich lassen wollte, ja, er wollte heraus für eine Weile, mit einer großen Wut, weil diese Tage ihm und nicht Food and Agriculture gehörten und weil ihm sowieso zu seinem Leben nichts mehr einfiel, weil er es durchschaute, wie die anderen es fertigbrachten, so zu tun, als wüßten sie, was sie wollten, alle, die er kannte, mit ihren Geschichten, ob sie nun halb wahr oder halb erlogen waren, bemitleidenswert, komisch oder irrsinnig, lauter gescheiterte Existenzen, die sich höher drängten, in immer bessere Stellungen, von P 3 zu P 4, um ehrgeizig nach dem P 5 zu schielen, oder die steckenblieben oder nach unten fielen, als wäre im Steigen und Fallen ein Ersatz zu finden für eine Position, die weg war, für einen Schwung, der weg war, weg die Freude, für immer.

Seine Hand lag jetzt immer ruhig auf ihrem Knie, und sie fand es sehr vertraut, so zu fahren, wie in vielen Autos mit einem Mann, wie mit allen Männern in einem Auto, trotzdem mußte sie sich zusammennehmen, sie mußte, mußte jetzt und hier sein, nicht in einer früheren Zeit, nicht sonstwo auf einer Straße, nicht früher in diesem Land, sondern mit Mr. Ludwig Frankel, Welthandelsstudium in Wien, dann die halbe Welt, mit Diplomatenstatus und einer CD-Nummer, die hier aber keine Vorteile brachte auf einer Steilküste, an einem äußersten Rand. Ja, just behave yourself! wenn sie nun aber nicht mehr wollte und ihm ins Steuer fiel, wenn sie es nur ein wenig verriß, dann konnte sie sich überschlagen mit ihm, eine Zusammengehörigkeit herstellen ein einziges Mal und abstürzen mit ihm ohne Bedauern. Sie nahm einige Schlucke aus ihrer Thermosflasche und schluckte eine Tablette mit, o nichts, nur diese lästigen Kopfschmerzen, die sie oft bekam, die ganze Küste unmöglich, diese Orte waren doch unerträglich, wo sie auch ausscherten und etwas suchten, waren Campingplätze, Rummelplätze oder kleine zuganglose Strände, tief unten. Wir schlafen noch im Auto heute nacht, sagte sie jammernd. In Sapri war es wieder nichts, dann schrie sie einmal auf, aber zu spät, an einem baumlosen düsteren flachen Strand hatte sie einen Betonkasten gesehen, mit einer Leuchtschrift HOTEL, wir müssen eben dahin zurück, wenn wir nichts finden. Um zehn Uhr abends war auch er bereit, aufzugeben. Das mußte Maratea sein, sagte sie, es ist zehn nach zehn, denn das letzte, was sie überall und immer wußte, war, wie spät es war und an welchem Ort sie sich befand. Ich sag dir doch, fahr dort hinunter, ti supplico, dico a sinistra, er wendete und sie dirigierte ihn, es hing etwas an einem Faden in ihr, wenn sie sich bloß noch beherrschte und ihre Stimme nicht zu kippen anfing, und sie sagte sehr ruhig etwas, nur um etwas zu sagen, bevor er hielt: sud'ba, Maratea, sud'ba.

Sie wartete nicht im Auto, sondern stieg taumelnd und lufthungrig aus, und als sie die Treppe zum Eingang hinaufging, fühlte sie es, ohne viel zu sehen, geblendet von den Lichtern, wie jemand, der eine gewohnte Umgebung riecht: das war nicht das kleine oder größere Hotel in einem Fischerdorf, sondern ein ganz anderes Hotel, eine erleichternde Rückkehr in ihre Welt, sie ging mit halbgeschlossenen Augen hinter ihm her, nahm sofort die Haltung von jemand an, der nicht nur müde ist, sondern auch unverschämt zeigt, daß er es ist und weder zu überraschen noch zu beeindrucken ist, auch nicht in verwaschenen Hosen und staubigen Sandalen, von einer Hotelhalle, der ihre Kategorie de luxe aus allen Poren kommt, von den first class gedämpften Vorgängen und Stimmen bis zur kategorischen Abwesenheit jeder Aufdringlichkeit. Sie ließ sich die Badetasche von einem Boy abnehmen, warf sich in einen Sessel in der Halle und sah ihn herüberkommen von der Reception, er blickte sie zweifelnd an, sie nickte, sie hatte es befürchtet, es gab also nur noch ein Zimmer. Sie gähnte, starrte dann mißmutig auf das Formular, das ihr der Manager hinhielt, kritzelte eine unleserliche Unterschrift darauf, wirklich eine Zumutung, als ob das nicht Zeit bis morgen hätte. Im Zimmer oben warf sie sich sofort auf das Bett neben dem Fenster, denn wenn sie schon kein eigenes Zimmer bekam, dann müsse sie wenigstens neben dem Fenster schlafen können, um keine Zustände zu bekommen. Der Zimmerkellner trat ein, er schüttelte den Kopf, MUMM gab es nicht, POMMERY, KRUG, VEUVE CLIQUOT kannte er nicht, also MOËT CHANDON, aber DOM PÉ-

21

RIGNON brut, bitte, da es ihn gab. Im Bad sah er ihr zu, als sie sich duschte, er trocknete sie ab und massierte sie wach, dann saß sie eingewickelt in das lange weiße Badetuch, am Tisch, als der Kellner wiederkam. Wie konnte er bloß wissen, daß sie heute Geburtstag hatte, ihren Paß hatte er natürlich gesehen, aber daß er daran gedacht hatte, come sono commossa, sono così tanto commossa. Die Gläser gaben keinen Ton. Sie trank zwei Gläser, er den Rest der Flasche, es war ja auch nicht sein Jahr, das in Maratea zu Ende ging. Sie lag immer wacher da, wie in einem Schlafwagen oder in einem Flugzeug mit fremden Menschen zusammengezwungen, sie setzte sich auf und horchte, er schlief entweder auch nicht oder er mußte einen unheimlich leisen Schlaf haben. Im Badezimmer legte sie die beiden dicken Badetücher in die Wanne und bettete sich hinein, sie rauchte und rauchte, und tief in der Nacht ging sie zurück ins Zimmer. Einen halben Meter stand ihr Bett von dem seinen entfernt, sie tauchte die Füße in den Abgrund zwischen den beiden Betten, zögerte, dann drängte sie sich vorsichtig an ihn und, während er sie im Schlaf an sich zog, sagte sie, nur ein wenig, du mußt mich nur ein wenig halten, bitte, ich kann sonst nicht einschlafen.

Die Sonne schien nicht, am Strand wehten die kleinen roten Flaggen, und sie berieten miteinander, was zu tun sei. Er beobachtete das Meer, sie eine Gruppe von Mailändern, die sich noch ins Wasser trauten. Er nahm seine Maske und die Flossen und erklärte ihr beim Zurückkommen, wie sie es anstellen müsse, hineinzukommen und wie sie zurückschwimmen solle. Vorn gingen die Wellen über den Felsen mit der weißlackierten Eisenleiter, unter dieser Leiter zog es das Wasser mit unfaßlicher Kraft weg, und die Wellen vertosten an den Felsen daneben. Ein ganzes Zeichensystem hatte er mit ihr ausgemacht, und er erwartete sie am besten an der Leiter. Ein Zeichen hieß: abwarten, ein andres, etwas näher, ein andres: wieder weiter hinaus, und dann: schnell, jetzt, komm! und dann schwamm sie blindlings und mit ganzer Kraft auf die Leiter zu, wo er stand, und sie ihn nicht mehr sah in der Gischt, er fing sie ab oder sie zog sich leicht, ohne seine Hilfe, hinauf. Es ging meistens gut, einmal schluckte sie viel Wasser, hustete, spuckte und mußte sich hinlegen.

Weil er öfter und länger schwimmen ging als sie und sie dann warten mußte, fing sie an, gereizt zu werden und mit ihm zu reden in Gedanken, als kennte sie ihn seit Jahr und Tag. Sie würde ihn anfahren: ich habe mich entsetzlich aufgeregt, du verschwindest einfach, ich suche die ganze Gegend ab, schaue mir die Augen aus dem Kopf, ich denke, du bist ertrunken, das regt mich doch auf, es ist einfach rücksichtslos, verstehst du das denn nicht? Sie schaute aufs Meer hinaus und dann wieder auf die Uhr, und als er nach fünfzig Minuten noch nirgends auftauchte, überlegte sie, wie man das in einem Hotel machte, mit einem Ertrunkenen. Zuerst würde sie in die Direktion gehen und klarstellen, daß sie nicht seine Frau war, aber das errieten die sowieso immer sofort, und dann mußte man jemand anrufen, die FAO natürlich, Mr. Keen, denn sonst kannte sie niemand, der ihn kannte. Pronto, pronto, sicher eine sehr schlechte Verbindung, Maratea–Rom, Nadja's speaking, you remember, to make it short, I went with Mr. Frankel to Maratea, yes, no, pronto, can you hear me now, a very small place in Calabria, I said Calabria, es würde ganz einfach gehen, Mr. Keen sehr betroffen und plötzlich ein gentleman, der auch Stillschweigen darüber bewahren würde, mit wem Mr. Frankel nach Kalabrien gefahren war, und sie würde nicht weinen, oh nein, sondern diese tranquillizer nehmen, die sie bei ihm gesehen hatte, eine dreifache Dosis, die sollten dann in Rom dafür sorgen, daß die Probleme gelöst wurden, denn für sie war das einfach zuviel, jede Summe würde sie zahlen, damit jemand sie mit einem Wagen direkt nach Rom brächte, bis vors Hotel, und dann hatte sie noch drei Tage bis zum IBM-Kongreß in Rotterdam, Zeit zum Verwinden, zum Lernen, zum Begraben und um im swimming-pool hin- und herzucrawlen, um wieder fit zu werden.

Sie warf ihm das Handtuch über die Schulter, rieb ihn ab und fing mit ihrer Predigt an, aber du bist ärger als ein Kind, du zitterst ja, du bist ja ganz durchgefroren, doch da kam eine riesige Woge an und sie brachte rasch das Messer, die Harpune und die Lampe, die er ihr zugeworfen hatte, auf den höherliegenden Felsen, ehe sie weiterschrie. Da sie ihre eigene Stimme nicht mehr hörte, bedeutete sie ihm, daß sie jetzt ins Wasser wolle, sie nahm seine Hand und klammerte sich fest daran, denn über die Leiter konnte sie nicht mehr hinein. Du mußt bis an den Rand vor, die Füße ganz vor, und sie krallte sich mit den Zehen an den glitschigen Felsen. Du gehst besser in die Knie und springst dann genau in die Welle hinein, dorthin, wo sie am höchsten ist. Jetzt. Sie sprang etwas zu spät und zwischen zwei Wellen. Sie schrie: wie war es denn? Nicht schlecht! Zu flach, mais c'était joli à voir, tu es . . . Was? Was? Tu es . . .

Sie sprang noch einige Male vor dem Mittagessen, wartete immer zu lange, sprang im falschen Moment, ihr Bauch tat ihr weh, dann der Kopf, doch, ich spür es doch, er hielt das für ausgeschlossen, hielt aber behutsam ihren Kopf in seinen Händen und tröstete sie, bis sie merkte, daß sie Hunger hatte, sie vergaß ihren wehen Kopf, und sie liefen hinauf zur Kabine.

Die Nachmittagsstunden bis zum Abendessen im Zimmer, während sie lernte, waren schwierig und langweilig für ihn, er wäre so gern unter Wasser gegangen, aber nachmittags konnte nun wirklich niemand mehr hinein. Er erzählte ihr von einem Fisch, den er am Morgen gesehen hatte, das wundervollste Exemplar dieser Art, im vergangenen Jahr, in Sardinien, hatte er viel geschossen, aber selbst dort hatte er nie eine so herrliche Cernia gesehen. Wir haben einander beobachtet, aber ich konnte sie nicht überlisten, ich war immer in der schlechteren Position, man muß sie im Nacken treffen, es war sinnlos, einfach zu schießen und sie womöglich am Schwanz zu erwischen, das dürfe man überdies nicht tun, es sei unsportlich, er jedenfalls tat es nie. Sie sagte, ach, an sie denkst du immer, nein, das will ich nicht, ich will nicht, daß du sie umbringst. Aber er würde sie wieder suchen gehen am nächsten Tag, und er erzählte ihr, wie man diese und jene Fische angehen müsse und wo man sie fand. Delphine hatte sie auch schon gesehen und etwas gelesen darüber, wie intelligent die waren, und er hatte eine Frau gekannt, es war seine eigene, aber das sagte er nicht, der einmal ein Delphin nachgeschwommen war, nur begleitet hatte er sie oder verliebt war er in sie gewesen, und sie ist geschwommen, als wäre ein Hai hinter ihr her, am Ufer ist sie zusammengebrochen, sie geht nie mehr ins Meer und sie kann auch nicht mehr schwimmen seither. Oh, sagte sie, während sie sich langsam unter ihn schob und mit der Zunge seine Mundwinkel berührte, ja ljublju tebja, oh das ist eine komische – sie unterbrach sich – es ist eine traurige Geschichte. Ljublju tebja. Ein einziges Schiff oder gar eine Mine, nicht nur für getroffene Fische, auch für weit entfernte, ist furchtbar, fürchterlich sind diese Erschütterungen, Verstörungen, denn es dürfen auch die Fische heutzutage nicht mehr ruhig leben, und sie können nichts dafür. Kann ich denn etwas dafür? fragte sie, ich habe doch diese Furchtbarkeiten nicht erfunden, ich habe etwas anderes erfunden, was? das habe ich erfunden, ja, das hast du erfunden, und sie kämpfte erbittert und wild für ihre Erfindung und sprach-

los der einzigen Sprache entgegen, auf diese eine zu, die
ausdrücklich und genau war.

Er hatte nicht den Wunsch, nach Wien zurückzukehren, es
war zuviel abgebrochen, und was sollte er, mit seinem Beruf, dort auch tun. Nostalgie? Nein, etwas anderes, manchmal eine grundlose Traurigkeit. Ferien machte er sonst nur
im Winter, weil er mit den Kindern am liebsten Ski fahren
ging, seine Frau schickte sie ihm dann für einen Monat,
diesmal waren nur zwei Wochen daraus geworden, in Cor-
tina, früher waren sie immer nach St. Christoph gegangen,
die Ferien gehörten den Kindern, die schon zu merken anfingen, daß etwas nicht stimme, eines Tages wird man mit
ihnen reden müssen, denn lange wird es nicht mehr zu verbergen sein. Stell dir vor, sagte sie, einmal hat mich jemand
rundheraus gefragt, warum ich keine Kinder habe und was
denn der Grund sei, wie kommt dir das vor? so was fragt
man doch einfach nicht. Er antwortete nicht, er nahm nur
ihre Hand. Sie dachte, nichts sei einfacher, als mit jemand
aus demselben Land beisammen zu sein, jeder wußte, was
er sagen durfte und was nicht und wie er es sagen mußte,
es war ein geheimer Pakt da, und was hatte sie sich alles
anhören müssen von anderen, man konnte doch nicht immerzu erklären, hier ist die Grenze für mich, bis hierher
und nicht weiter. Nun war sie noch einmal hell empört
über Jean Pierre, der alles verkehrt gefunden hatte, was sie
auch tat und dachte, der sie einfach, ohne je auf sie einzu-
gehen, in ein ihr fremdes Leben hineinzwingen wollte, in
eine ganz kleine Wohnung, mit ganz kleinen vielen Kindern, und dort hätte er sie am liebsten tagsüber in einer
kleinen Küche gesehen oder nachts in einem allerdings
sehr großen Bett, in dem sie etwas Winziges war, un tout
petit chat, un petit poulet, une petite femmelle, aber damals
hatte sie sich noch zur Wehr gesetzt, geschluchzt, geweint,
Teller auf den Boden geworfen, sie war mit Fäusten auf ihn

26

losgegangen, und er hatte gelacht, sich ruhig angesehen, was sie aufführte, bis sie ganz außer sich geriet, oder er hatte sie einfach geschlagen, nie im Zorn, sondern weil er es für das Natürlichste hielt, sie hie und da zu schlagen, pour te calmer un peu, bis sie sich wieder an ihn hängte und blieb.

Mr. Frankel fragte, glaubst du, daß die Menschen einmal eine einzige Sprache haben werden? Wie kommst du nur darauf, was für eine Idee! sie zog die Riemen ihrer Sandalen, die sie ständig verlor, wieder an den Fersen hoch. Soviel war ja im Verschwinden, aber da bleiben noch deine vierzig Sprachen in Indien und vierzig allein in dem kleinen Gabun und die Sprachen müssen also in die Hunderte oder Tausende gehen, jemand wird das schon zusammengezählt haben, ihr zählt doch alles zusammen, sagte sie boshaft, nein, im Ernst, sie könne es sich nicht vorstellen, wußte aber keinen Grund dafür anzugeben, er hingegen konnte es sich durchaus vorstellen, und sie entdeckte, daß er ein heilloser Romantiker war, und das gefiel ihr nun wieder besser als ihr erster Eindruck von ihm, daß er ein praktischer und erfolgreicher Mann sein müsse. Für mich wäre es eine große Erleichterung, wenn die Sprachen verschwänden, sagte sie, nur würde ich dann zu nichts mehr taugen. Ein Romantiker, oh was für ein Kind, und wenn es auch nur Food and Agriculture betraf, Hubschrauber, die angeschafft werden mußten zur Heuschreckenbekämpfung, oder Fischereiboote aus Island für Ceylon, und während er sich bückte, um ihr endlich den Riemen enger zu machen, fragte sie, aber bitte, wie sagst du dann: Würstel mit Kren. Oder: Sie gschlenkertes Krokodil? Gibst du es auf, t'arrendi? Er nickte und sah belustigt zu ihr auf, denn er hatte den Kren und das Krokodil vergessen. Und er dachte schon wieder an die Cernia, für die er, nun auf deutsch, keinen Namen wußte.

Die FAO war keine neue Gründung, sondern ging auf
einen viel älteren Gedanken zurück als die UNO, etwas
der Art hatte sich ein Bursche im Westen Amerikas
ausgedacht, einer, der David Lubin hieß und also aus
Osteuropa kam, woher sie beide, wenn sie nachforsch-
ten, auch ungefähr herkamen. Auf einem Pferd war er
über sein neues Land geritten und hatte entdeckt, daß ein
paar Meilen weiter die Leute nichts mehr von den Erfahrungen der anderen wußten bei der Kultivierung des Bo-
dens, überall hatten sie einen andren Aberglauben und ein
anderes Wissen, das Korn, die Melonen oder das Vieh be-
treffend, und so fing dieser Lubin an, diese verschiedenen
Wissen zu sammeln, damit man es einmal austauschen
könne auf der ganzen Welt, und weil niemand ihn damals
verstand, war er bis zum König von Italien gereist mit dieser Idee, so märchenhaft fingen eben manchmal Dinge an,
und deswegen saß er heute im ehemaligen Afrika-Ministe-
rium von Rom, und jetzt zum Beispiel waren diese Mexika-
ner da mit ihrem Weizen, der eben besser war als jeder andere, aber sie hörte nicht mehr zu, sondern rief, was für eine schöne Geschichte! Und er sagte streng, aber das ist
doch keine Geschichte, was ich dir da erzähle, das ist wahr.
Nun eben, sagte sie, denn immer wenn jemand auf die
Welt kommt und etwas Abenteuerliches denkt und anfängt
mit etwas Neuem, dann kommt ihr daher und verwaltet es
zu Tod, o verzeih, versteh mich recht, aber ich kann doch
nicht anders denken, wenn ich mir das ganze Kauder-
welsch anhöre zwischen Paris und Genf und Rom, wenn
man es eben so mithörte wie sie und mithalf, daß die einander immer mehr mißverstanden und in die Enge trieben,
ihr Männer seid eine gottverdammte Bande, immer müßt
ihr etwas Gewöhnliches draus machen, und dieser Bursche,
wie sagst du, hat er geheißen, dieser David gefällt mir
eben, und die anderen gefallen mir nicht. Der wird auch
wirklich noch auf einem Pferd herumgaloppiert sein und

nicht wie ihr, die VIP, in einer Reitbahn, mit Reitstunden, damit ihr in Form bleibt, nein, der nicht, ich bin sicher, ihr seid heute eine für immer verdammte Bande.

Er lachte auf und ging darüber hinweg, er dachte, daß sie zu recht hatte, um so rasch recht haben zu dürfen, aber er fand sie nur schön, sogar wirklich schön, wenn sie sich ereiferte, viel schöner als damals im Hilton, mit den falschen Wimpern, einer dekorativen Stola und einer leicht abgewinkelten Hand für Handküsse, denn im Eifer wurden ihre Augen gefährlich, feucht und noch größer, und sie lebte vielleicht nur, wenn sie zu weit ging, sich heraustraute und über ihre Grenze ging. Wenn wir zurückkommen, dann zeige ich dir, was ich dort mache, in diesem Büro, denn ich verwalte nicht nur etwas zu Tode, ich trage auch nicht den ganzen Tag Akten herum, die werden in eigenen Aufzügen gefahren, weil sie viel zu schwer wären für mich, auch für einen Mister Universum oder den Atlas in Person. Sie fragte mißtrauisch, für welchen Atlas? und er war so erheitert, daß er Wein nachbestellte. Auf den Atlas, der das Ganze tragen sollte! Ci sono cascata, vero? sie schob ihr Glas weg, ich mag nicht mehr, ich weiß auch nicht, warum wir von diesem Zeug reden müssen, ich möchte nichts, was sonst jeden Tag ist, vor dem Einschlafen lese ich meistens noch einen Kriminalroman, aber nur, damit es ganz unwirklich wird, was schon irreal tagsüber für mich ist, jede Konferenz kommt mir wie die direkte Fortsetzung einer endlosen indagine, wie sagt man bloß? vor, immer wird die Ursache für etwas weit Zurückliegendes gesucht, für etwas Furchtbares, und man findet sich nicht durch, weil der Weg dorthin zufällig von vielen zertrampelt worden ist, weil andere die Spuren absichtlich verwischt haben, weil jeder eine Halbwahrheit darüber aussagt, um sich abzusichern, und so sucht und sucht man sich durch die Unstimmigkeiten, die Uneinigkeiten hindurch, und man findet nichts, man müßte schon eine Erleuchtung haben, um zu begreifen, was wirklich vorliegt und was man deswegen wirklich tun sollte, ganz plötzlich.

Ja, sagte er zerstreut, eine Erleuchtung. Nimmst du Obst? Es gefiel ihm an ihr auch, wie sie reagierte, Wünsche äußerte, etwas ablehnte oder annahm, wie anmaßend, bescheiden, ausfallend oder einfach sie war, immer wechselnd, eine Person, mit der man überall hingehen konnte, die in einem kleinen Café so tat, als hätte sie ihr Leben lang nur schlechten Kaffee getrunken und hungrig an einem vertrockneten Sandwich gekaut, und in einem Hotel wie diesem ließ sie den Kellner erkennen, daß mit ihr nicht zu spaßen war, an der Bar wirkte sie wie eine dieser Frauen, die prinzipiell nichts taten, denen man es nie recht machen konnte, die sich mit Grazie langweilen oder amüsieren, die irritierende Launen haben, durch eine fehlende Zitronenschale, durch zuviel oder zu wenig Eis oder wegen eines nicht richtig gemixten Daiquiris nervös wurden. Einer der Gründe für den dumpfen Widerwillen gegen seine Frau in Wien war doch, daß sie ungeschickt, mit zu großen Handtaschen, durch die Straßen ging, gebückt, anstatt den Kopf zurückzuwerfen, daß ein Pelzmantel eine Verschwendung war, weil sie ihn mit einer Dulderinnenmiene trug, und daß sie nie, wie Nadja, mißbilligend um sich blickte, mit einer Zigarette in der Hand, und das hieß, wo bitte, wo ist denn der Aschenbecher, und um Himmels willen keinen VAT, ich habe gesagt DIMPLE, und wenn das nicht sofort verstanden wurde, zog ein Erstaunen über ihr Gesicht, als hinge von DIMPLE oder nicht DIMPLE der Ausgang sehr ungewöhnlicher Dinge ab. Auf der Fahrt hatte sie ihn geradezu schikaniert, nach hundert Kilometern ließ sie sich aus dem Auto schleppen zu MOTTA oder PAVESI, als hätte sie und nicht er durch den Wochenendverkehr im August fahren müssen, und nur sie hatte natürlich kalte Füße, aber es fiel ihr nicht ein, zurückzugreifen nach dem Plaid, sie sagte nur matt, wenn du mir bitte, please, grazie caro, Gott, bin ich erfroren, und jetzt, als die Sonne endlich herauskam, während er müßig über Erleuchtung nachdachte, legte sie ihren Kopf auf seine Füße, denn seine Füße waren einfach für ihren Kopf da, damit sie bequemer liegen konnte, er beugte sich über sie, ihre Gesichter standen verzerrt übereinander, mit einander erschreckenden Zügen, aber er sagte, was sie hören wollte, und er mußte sie küssen, weil sie geküßt werden wollte, sie wand sich und lachte, aber es sieht uns doch niemand, weil sie ihn unsicher aufschauen sah, sie biß ihn ausgelassen in die Füße und die Beine, und damit sie aufhörte, fesselte er ihr die Hände und drückte sie auf den Boden, bis sie sich nicht mehr rühren konnte. Belva, bestiolina, sind das die richtigen Worte für dich? fragte er, und ja, sagte sie glücklich, ja, und, well, that is a mild way to put it.

Das Dorf hatten sie noch immer nicht gesehen, und an dem letzten Abend sagte er, er wolle doch wissen, wie dieses Maratea aussah, denn dieses Hotel konnte nicht viel mit einem Ort in Kalabrien zu tun haben, und sie sprang sofort erfreut auf und machte sich fertig, d'accord, denn er hatte ihr doch versprochen, einmal mit ihr spazierenzugehen, nicht einen Schritt waren sie gegangen bisher, tu m'as promis une promenade, klagte sie, ich will meine Promenade, und sie fuhren rasch weg mit dem Wagen, denn die Sonne war zwar wieder durch die Wolken gekommen, aber schon im Untergehen, und diese Sonne, die über dem Meeresspiegel anfing, ihre späten und tiefen Farben zu zeigen, bedeutete ihnen auch, daß sie erst strahlend wiederkommen werde, wenn er und sie nicht mehr da waren. Von oben müsse man den ganzen Golf sehen können, wir haben doch noch gar nichts gesehen, tu te rends compte? Sie wollte nicht den Golf sehen, sondern ein paar Schritte lau-

fen, ma promenade, habe ich gesagt, und als sie höher hin-
aufkamen und die Kurven dichter aufeinanderfolgten, sagte sie, aber wo ist denn das Dorf, ich habe gedacht hinter
dem Hügel, doch nicht da oben, wo fährst du denn hin,
aber doch bitte nicht da hinauf auf den Felsen. Sie ver-
stummte und stemmte sich mit den Füßen ab, hörte ihn erzählen von den Sarazenen, der günstigen Verteidigungspo-
sition, noch mehr von den Sarazenen, schau doch, schau!
Sie schwieg, blinzelte, der Himmel rötete sich, sie kamen
den Wolken näher, wurden hinaufgekurvt in die Wolken,
sie sah das erste Geländer, dann streifte ein zweites Geländer über ihre Augen, sie kaute an einer Bitte, wieder ein
Geländer. Er hätte das nie hier vermutet, eine so herrliche
Straße, nun kam eine Brücke nach der anderen, immer höher zielend, freischwebend, und sie blickte in ihren Schoß,
auf die Zigarettenschachtel und das Feuerzeug. Die Läh-
mung fing in den Händen an, sie konnte sich keine Zigarette mehr anzünden und ihn auch nicht darum bitten, weil
sie ihm ausgeliefert war, sie atmete kaum mehr, und etwas
fing an, in ihr auszubleiben, es konnte der Anfang der
Sprachlosigkeit sein, oder es fing an, etwas einzutreten, eine tödliche Krankheit. Dann stand das Auto vor einem
blau-weißen Straßenschild P, als wäre es das erste, aber
auch das letzte Auto, das hier, auf einem trostlosen Stein-
feld anhielt. C'est fou, c'est complètement fou. Sie stieg
aus, wußte nicht, wohin schauen, zog sich seinen Pullover
über, so kalt war es, sie verkroch sich in der Wolle, sie kamen an leeren, armseligen Häusern vorbei und an einem
Kloster, vor dem ein Priester und drei alte Frauen standen,
alle in Schwarz, die höflich grüßten. Sie grüßte nicht
zurück.
S menja étogo dovol'no. Er führte sie auf einen steinigen
mit kargen Grasbüscheln bewachsenen Weg, der aufwärts
und nach vorn führte, zur Spitze des Felsens, dem Abgrund entgegen. Sie rutschte in ihren Sandalen und ver-

suchte, Schritt zu halten, sie sah auf und da sah sie es, es war eine riesige, riesenhafte Figur aus Stein, in einem langen Steingewand, mit ausgebreiteten Armen, auf deren Rücken sie zugingen. Sie brachte den Mund nicht auf, sie sah diese ungeheuerliche Figur wieder, die sie im Hotel auf einer Ansichtskarte gesehen hatte, den Christus von Maratea, aber jetzt gegen den Himmel gestellt, und sie blieb stehen. Sie schüttelte den Kopf, dann schüttelte sie seinen Arm ab, und das sollte bedeuten, geh du weiter. Sie hörte ihn etwas sagen, sie stand mit gesenktem Kopf da und ging dann rückwärts, sie rutschte wieder und setzte sich auf einen Steinblock am Wegrand, und das hieß, ich gehe keinen Schritt mehr. Er hatte noch immer nicht begriffen, sie saß da und riß Blätter von einer Staude ab, menthe, menta, mentuccia, und sie brachte es fertig, mit ihrer stillsten festen Stimme zu sagen: geh du weiter, ich kann nicht. Mareada. Schwindlig. Sie zeigte auf ihren Kopf, und dann roch sie an dem zerriebenen Blatt, als hätte sie ein Mittel, eine Droge gefunden. Aide-moi, aide-moi, ou je meurs ou je me jette en bas. Je meurs, je n'en peux plus. Als er sich entfernt hatte, fühlte sie, seitlich im Rücken, immer noch diese wahnsinnige Gestalt, die irgend jemand auf die Spitze des Felsens getan hatte, diese Wahnsinnigen, daß man das zuließ, daß man es zuließ, und in einem armseligen Dorf, das in jedem Moment ins Meer stürzen konnte, wenn man auch nur fest auftrat oder eine Bewegung zuviel machte, und deswegen bewegte sie sich nicht, damit dieser Felsen nicht hinunterstürzte mit ihnen beiden und mit der äußersten Armut dieses Dorfes und den Nachfahren der Sarazenen und allen beladenen Geschichten aus allen mühseligen Zeiten. Wenn ich mich nicht rühre, dann werden wir nicht stürzen. Sie wollte weinen, und sie konnte nicht weinen, seit wann kann ich denn nicht mehr weinen, seit wann denn schon nicht mehr, man kann doch nicht über dem Herumziehen in allen Sprachen und Gegenden das Weinen verlernt haben, und da mir kein Weinen zu Hilfe kommt, muß ich noch einmal aufstehen, noch einmal diesen Weg gehen und hinunter zum Wagen und einsteigen und mitfahren, was dann wird, weiß ich nicht, es ist meine Vernichtung.

Sie ließ sich von dem Stein heruntergleiten und legte sich auf die Erde, mit den Armen ausgestreckt, gekreuzigt auf diesen bedrohlichen Felsen, und bekam es nicht aus dem Kopf, diese groteske Anmaßung, eine Auftragsarbeit, ein Gemeindebeschluß, der einmal gefaßt worden war, und das .also ist meine Vernichtung. Sie hörte ihn zurückkommen, es war beinahe dunkel geworden, sie stand auf, hielt sich sehr gerade und ging, ohne zurückzuschauen, an seiner Seite den Weg zurück, an dem Kloster vorbei, wo die schwarzen Figuren im Schwarz aufgegangen waren, zu dem Parkplatz. Einzigartig sei es gewesen, er war so befriedigt, den ganzen Golf habe er gesehen, in dem Augenblick, in dem die Sonne violett geworden und zerflossen und dann vom Meer aufgesogen worden war. Als er anfuhr und wendete, fiel ihm etwas ein, er sagte beiläufig, was für eine Idee übrigens, eine so abscheuliche Skulptur hier aufzustellen, hast du sie gesehen? Im Fahren schloß sie sofort die Augen und stemmte sich wieder ab, trotzdem fühlte sie die Brücken, die Abgründe, die Kurven, eine Bodenlosigkeit, gegen die sie nicht ankam. Tiefer unten fing sie an, wieder gleichmäßig zu atmen. Es ist mir höher vorgekommen als in den Bergen, es ist höher hier und schrecklich. Aber meine kleine Närrin, es sind doch 600, maximal 700 Meter, und sie erwiderte nein, nein, es sei sogar jetzt noch ärger, als in einer Boeing zur Landung herunterzumüssen. Landen wir bald?

In der Bar verlangte sie, wie ein Kranker, der sofort eine Injektion braucht, etwas, sie überlegte nicht wie sonst, bloß irgend etwas, das rasch wirken sollte, und sie bekam ein Glas, trank es in einem Zug, schmeckte nichts, ihr wurde heiß von dem Alkohol, und die Verstörung löste sich, die Blockade zwischen ihr und ihm und der Welt. Sie zündete sich zitternd die erste Abendzigarette an. Im Zimmer, als er sie umarmte, begann sie wieder zu zittern, wollte nicht, konnte nicht, sie fürchtete zu ersticken oder ihm unter den Händen wegzusterben, aber dann wollte sie es doch, es war besser, von ihm erstickt und vernichtet zu werden und damit alles zu vernichten, was in ihr unheilbar geworden war, sie kämpfte nicht mehr, ließ es mit sich geschehen, sie blieb fühllos liegen, drehte sich ohne ein Wort von ihm weg und schlief sofort ein.

Am Morgen, als sie aufwachte, hatte er schon gepackt, und während sie aus dem Bad den Rasierapparat hörte, fing sie langsam an, auch ihre Sachen zusammenzusuchen. Sie sahen einander nicht an, und sie lief erst nach ihm den Pfad zum Meer hinunter, fand ihn nicht, dann tauchte er vor der Leiter auf und hielt ihr einen großen Seestern entgegen. Sie hatte noch nie einen lebendigen Seestern gesehen oder gar bekommen, sie lächelte erfreut und traurig, sie bestaunte den Stern, den wollte sie mitnehmen als Souvenir, aber dann warf sie ihn plötzlich ins Wasser zurück, damit er weiterleben konnte. Das Meer war wilder als an allen Tagen zuvor, aber es brauchte sie ja niemand und es ängstigte sie auch nicht mehr, ihn unter Wasser zu wissen. Sie deutete auf die Felsen hinüber, gestikulierte, und dann ging sie über die schwarzen, grünen und hellmarmorierten Blöcke, zwischen denen das Wasser wütend brüllte, und sie kletterte, furchtvoll und vor Schwäche nahe am Weinen, die rissigen und steilen Brocken hinauf und hinunter, inmitten des Gebrülls.

Sie sahen beide gleichzeitig auf die Uhr. Sie hatten noch

zwei Stunden und lagen, müde vom Essen und schweig-
sam, nebeneinander in den Liegestühlen auf der untersten
Terrasse. Erst hatten sie gedacht, daß sie im Lauf der Tage
einander viel erzählen und mitteilen würden, daraus war
nichts geworden, und sie überlegte, ob er auch an jemand
anderen dachte und im Schlepp seiner Gedanken viele Gesichter, Körper, Zerschundenes, Zerschlagenes, Ermorde-
tes, Gesagtes und Ungesagtes hatte, und ganz plötzlich sah
sie ihn an, mit einer ernsten Begier, genau in dem Moment,
als sie an Paris dachte und sich vorstellte, nicht er, sondern
der andre müsse sie so sehen, und nun sah Mr. Frankel sie
an und sie ihn mit dieser Eindringlichkeit. Bitte, was denkst
du jetzt, woran denkst du eben jetzt, sag es, sag es mir unbedingt! O nichts Besonderes, er zögerte, an die Cernia
habe er gedacht, die er nicht wiedergesehen habe, er müsse
noch immer an sie denken. Daran dachte er also, er log
nicht, es war wahr, sie allein beschäftigte ihn noch immer,
und im Nacken hatte er sie treffen wollen. Sie griff sich,
während ihr Kopfschmerz jäh einsetzte, an ihren Nacken
und sagte: hier, ich spüre es hier.

In der letzten Stunde stand sie dreimal auf, ging einmal
zum Bademeister, dann zur Toilette, dann in die Kabine,
wo sie sich hinsetzte und vor sich hinstarrte, und nun mußte es ihm langsam auffallen, darum ging sie zurück, kniete
vor ihm nieder und legte den Kopf an seine Knie. Würde
es dir etwas ausmachen, mich bis zur Abfahrt allein zu lassen? Es ist nichts, sagte sie, es ist nur etwas schwierig, verzeih mir. Trägst du unsere Sachen hinauf? Ja?

Sie ging noch einmal zu den Felsen und sie kletterte nicht
mehr vorsichtig, sondern sprang, wo sie konnte, von einem
zum andern, sie war wieder nahe am Weinen, das nie kommen würde, und sie wurde immer waghalsiger, kühner,
und ja, jetzt, sie setzte hinüber zu dem weitgelegenen

schwarzen Felsen, sie riskierte es eben, abzustürzen, sie fing sich benommen, sie sagte sich, es ist eine Pflicht, ich muß, ich muß leben, und nach einem zwanghaften Blick auf die Uhr kehrte sie um, um sich nicht zu verspäten, und sie verbesserte sich, aber was sage ich mir da, was heißt das denn, es ist keine Pflicht, ich muß nicht, muß überhaupt nicht, ich darf. Ich darf ja und ich muß es endlich begreifen, in jedem Augenblick und eben hier, und sie sprang, flog, rannte weiter mit dem, was sie wußte, ich darf, mit einer nie gekannten Sicherheit in ihrem Körper bei jedem Sprung. Ich darf, das ist es, ich darf ja leben. In der Kabine waren nur noch ihre Jeans und die Bluse, sie zog sich rasch um und hüpfte den Weg zum Hotel hinauf, kein Atem ging ihr aus, und sie hatte fast kein Gewicht. Jetzt seh ich mich um, es ist das Meer, zwar nicht das ganze Meer, nicht die ganze Küste, nicht der ganze Golf – sie blieb stehen und bückte sich, denn auf dem Weg lag etwas, es war sein Pullover, den er verloren haben mußte. Sie hob den Pullover auf, preßte ihr Gesicht mit einem maßlosen Entzücken gegen den Pullover und küßte ihn, mit einem heißen Gesicht sah sie wieder hinaus, es ist das Meer, es ist wunderbar, und jetzt trau ich mich auch, hinter mich und hinaufzusehen zu den hohen phantastischen Hügeln, auch zu dem Felsen von Maratea, dem überhängenden, steilsten, und dort oben sah sie etwas wieder, eine kleine, kaum sichtbare Figur, mit ausgebreiteten Armen, nicht ans Kreuz geschlagen, sondern zu einem grandiosen Flug ansetzend, zum Auffliegen oder zum Abstürzen bestimmt.

In der Hotelhalle blieb sie atemlos stehen, sie wollte noch immer nicht zu ihm gehen und lief rasch in das Zimmer hinauf. Die Koffer waren weg, die Betten noch nicht für neue Gäste gerichtet, sie stellte sich vor den Spiegel und versuchte, ihre verwilderten langen Haare zu kämmen, in das spröde salzige Haar einen Schwung hineinzubringen.

Sie riß alle Schränke und Schubladen auf, warf leere Zigarettenschachteln, Papierfetzen und Kleenex in den Papierkorb, sah unter die Betten, und eh sie gehen wollte, entdeckte sie neben seinem Bett, in dem Fach unter der Lampe, ein Buch. Wie gut, daß sie noch einmal heraufgegangen war. Sie steckte es in ihre Tasche und zog es sofort wieder heraus, denn dieses Buch konnte nicht ihm gehören. Il Vangelo. Es war bloß die Bibel, die in solchen Hotels zur Einrichtung gehörte. Sie setzte sich auf das ungemachte Bett, und wie sie ihre Wörterbücher aufschlug, um oft abergläubisch ein Wort zu suchen, als Halt für den Tag, diese Bücher wie Orakel befragte, so schlug sie auch dieses Buch auf, es war nur ein Wörterbuch für sie, sie schloß die Augen, tippte mit dem Finger nach links oben und öffnete die Augen, da stand ein einzelner Satz, der ging: Il miracolo, come sempre, è il risultato della fede e d'una fede audace. Sie legte das Buch zurück und probierte, den Satz in den Mund zu nehmen und ihn zu verändern.

Das Wunder

Das Wunder ist wie immer

Nein, das Wunder ist das Ergebnis des Glaubens und

Nein, des Glaubens und eines kühnen, nein, mehr als kühnen, mehr als das –

Sie fing zu weinen an.

Ich bin nicht so gut, ich kann nicht alles, ich kann noch immer nicht alles. Sie hätte den Satz in keine andere Sprache übersetzen können, obwohl sie zu wissen meinte, was jedes dieser Worte bedeutete und wie es zu wenden war, aber sie wußte nicht, woraus dieser Satz wirklich gemacht war. Sie konnte eben nicht alles.

Vor der Bar blieb sie stehen, er wartete auf sie, sah sie aber nicht kommen und bemerkte ihre Anwesenheit nicht, denn er schaute mit anderen Gästen und dem Jungen von der Bar zum Fernsehapparat in der Ecke. Fahrräder, erst einige, fuhren über den Schirm, dann nur noch eines, ein über die Lenkstange gekrümmter Radler war zu sehen, dann ein Straßenrand mit einer Menschenmenge. Der Sprecher redete in höchster Erregung, er versprach sich, korrigierte sich, stolperte wieder über ein Wort, es galt noch drei Kilometer, er redete immer schneller, als hätte er die Pedale zu treten, als wäre er nicht mehr imstande, durchzuhalten, als wäre es sein Herz, das aussetzen konnte, jetzt schweißte seine Zunge, sie fragte sich, wie lang kann das wohl dauern, zwei Kilometer, und den Jungen von der Bar, der in Trance auf den Apparat starrte, fragte sie freundlich: chi vince? der Junge gab keine Antwort, noch ein Kilometer also, der Sprecher keuchte, röchelte, er konnte unmöglich diesen letzten Satz zu Ende bringen und kam mit einem unartikulierten Schrei durch das Zielband. In eben dem Augenblick dröhnte der Apparat, es waren die vielen am Straßenrand, die zu schreien anfingen, bis dieses chaotische Geschrei überging in ganz deutliche Stakkatorufe:

        A
            dor
                ni
        A
            dor
                ni

Sie hörte es mit Entsetzen und mit Erleichterung, und durch diese Rufe im Stakkato hörte sie die Stakkatorufe aus allen Städten und allen Ländern, durch die sie gekommen war. Den Haß im Stakkato, den Jubel im Stakkato.

        A
            dor
                ni
        A
            dor
                ni

Er wandte sich um und sah sie verlegen an, weil sie schon

39

eine Weile in diesem Raum sein mußte. Sie deutete lächelnd auf den Pullover, den sie über dem Arm hängen hatte. Der Junge von der Bar erwachte, sah sie blöde an und stotterte, commandi, Signora, cosa desidera?

Niente. Grazie. Niente.

Aber im Gehen, als sie schon seine Hand genommen hatte, drehte sie sich um, weil ihr das Wichtigste in den Sinn kam, und sie rief es dem Jungen zu, der Adorni siegen gesehen hatte.

Auguri!

Probleme Probleme

»Dann um sieben. Ja, mein Lieber. Wäre mir lieber. Hochhauscafé. Weil ich zufällig. Ja, zufällig, einmal muß ich immerhin zum Friseur. Um sieben, so ungefähr denke ich
mir, wenn ich rechtzeitig . . . Was, ach so? Es regnet? Ja,
finde ich auch, es regnet ja immerzu. Ja, ich mich auch. Ich
freu mich.«

Beatrix hauchte noch etwas gegen die Muschel und legte
den Hörer auf, sie drehte sich erleichtert auf den Bauch
und drückte den Kopf wieder in das Polster. Während sie
angestrengt lebhaft gesprochen hatte, war ihr Blick auf den
alten Reisewecker gefallen, mit dem nie jemand reiste, es
war doch tatsächlich erst halb zehn Uhr, und das beste an
der Wohnung ihrer Tante Mihailovics war, daß es zwei
Telefone gab und sie eines neben ihrem Bett im Zimmer
hatte, zu jeder Zeit hineinreden konnte, dabei gerne in der
Nase bohrte, wenn sie vorgab, bedächtig auf eine Antwort
zu warten, oder noch lieber, zu späteren Stunden, mit den
Beinen radfuhr oder ein paar noch schwierigere Übungen
machte, aber kaum hatte sie eingehängt, schlief sie auch
schon weiter. Sie konnte das eben, schon nach neun Uhr
früh mit einer klaren hellen Stimme antworten, und der
gute Erich dachte dann, sie sei längst, wie er, auf, vielleicht
schon aus dem Haus gewesen und zu allem Möglichen bereit an diesem Tag. Es war ihm wahrscheinlich noch nie in
den Sinn gekommen, daß sie jedesmal sofort wieder einschlief und sogar meinte, sie könne einen angenehmen
Traum wieder aufnehmen, nur wenn er angenehm gewesen war, aber das kam selten vor, denn sie träumte nicht so
recht und nichts Besonderes, und was also wirklich wichtig

war, das war ihr das Weiterschlafen. Falls sie je einer gefragt hätte und sie, was unwahrscheinlicher war, je eine Antwort gegeben hätte, was sie für das Schönste hielt, womit sie sich am liebsten die Zeit vertrieb, was ihr Traum war, was ihr Wunsch und ihr Ziel in ihrem Leben, dann hätte sie mit verschlafener Begeisterung sagen müssen: Nichts als schlafen! Nur würde Beatrix sich hüten, das jemand zu sagen, denn sie hatte schon seit einiger Zeit begriffen, worauf die anderen hinauswollten, Frau Mihailovics und Erich zum Beispiel oder gar ihre Cousine Elisabeth: daß sie sich nämlich entschließen sollte, endlich etwas zu tun, ja unbedingt eine Arbeit haben müsse, und man mußte diesen Leuten eben ein wenig entgegenkommen und gelegentlich Andeutungen fallen lassen über Zukunftspläne und Interessen.

An diesem Morgen schlief sie aber nicht gleich ein, lag nur entspannt und glücklich vergraben da und dachte: Grauenvoll. Sie empfand dumpf etwas als unerträglich, wußte aber nicht, was es war, und es konnte nur damit zusammenhängen, daß sie sich doch für heute abend verabredet hatte, anstatt die Verabredung auf morgen oder übermorgen zu verschieben. Sie hatte sich nur verabredet mit Erich, um der Welt einen kleinen Tribut zu zahlen, denn eine Verabredung mit Erich war natürlich sinnlos, und sinnlos waren vermutlich alle Verabredungen, auch wenn Beatrix im Moment andere Möglichkeiten gehabt hätte, sich zu verabreden, aber sie hatte keine in dieser Zeit, und es hing wiederum damit zusammen, daß sie einfach keine Lust hatte, etwas zu unternehmen. Erich oder ein anderer, Erich oder viele andere, darauf kam es doch nicht an, und sie stöhnte laut und in einer gesunden animalischen Qual: Grauenvoll.

Erich konnte sie es natürlich nicht sagen, wie grauenvoll sie es fand, er war ein so lieber Mensch, er hatte es schon schwierig genug, und was konnte er dafür, daß sie kein

Halt war für jemand und kein Antrieb und höchstens eine von ihm halluzinierte Oase in seinem Leben.

Sie stieg aus dem Bett, vorsichtig, und fiel sofort zurück vor Erschöpfung, denn es mußte wieder einmal überlegt werden, was zuerst geschehen sollte. Nach einer Weile blinzelte Beatrix, eine Ohnmächtige, die langsam das Bewußtsein erlangte, zu dieser Weckeruhr hinüber, die sie ebenso brauchte zur Orientierung wie sie sie haßte, der Orientierung wegen, und sah, daß es schon elf Uhr vorbei war. Es war ihr ein Rätsel, da sie sich nicht erinnerte, wieder eingeschlafen zu sein, sie hatte sich eben schon in der ersten Viertelstunde völlig verausgabt oder sie war noch gar nicht bei sich, sondern in sich, wo tief inwendig etwas lautlos zu einem Rückzug rief, immer zu einem Widerruf. Beatrix entschied, sich zu nichts zu zwingen, denn wenn sie etwas erzwingen wollte, ging es gar nicht, und um genau ein Uhr mittag stand sie betäubt vor dem Kasten und fing an, die Laden herauszuziehen und Türen zu öffnen. Sie kramte in der Lade mit der Unterwäsche herum, dann in der Lade mit den Strümpfen, sie förderte ein Paar dünne Strumpfhosen hervor, als hätte sie eine Bleifracht heben müssen, schaute nachdenklich die Strümpfe an, fuhr sacht mit den Händen hinein, hielt sie gegen das Licht, sie langsam wendend, aber sie wußte ja schon, es würde ihr nichts erspart bleiben, denn die Laufmaschen entdeckte sie immer erst, wenn sie die Strümpfe schon angezogen hatte, und diese qualvolle Mühe, jeden Tag, ein ganzes Leben lang, immer Strümpfe suchen zu müssen und nie zu wissen, ob ein Tag eventuell ein Tag für gute Unterwäsche war oder einer für alte und verwaschene, das allein war schon grauenvoll, und dann, endlich lauwarm geduscht, weil das heiße Wasser nie für alle reichte, wußte sie es so einzurichten, daß sie weder Frau Mihailovics noch der grauenvollen Elisabeth begegnete, damit nie jemand im Haus richtig merkte, wann sie aufstand, und das war eine schwere Belastung. Grauenvoll war Beatrix' liebstes Wort, das sich regelmäßig einstellte, wenn sie an eine Sache weder zuviel denken, noch sie ganz vergessen wollte. Sie hatte schon zwei Kleider herausgelegt, aber noch den Schlafrock an, während in der Küche ihr Kaffee sich erhitzte. Sie stand mit den beiden Kleidern vor dem Badezimmerspiegel und versuchte eine Verbindung zwischen sich und den Kleidern herzustellen. Fast durchsichtig war sie und wächsern im Gesicht, und ein kleines Leuchten begegnete einem kleinen im Spiegel bei dieser Erforschung. Sie war beinahe daran, etwas für sich herauszufinden, etwas Fundamentales über das Anziehen und was es so schwermachte, und warum man an manchen Tagen sogar zweimal oder dreimal so schwerwiegende Entscheidungen treffen mußte wie: das dunkle Blaue oder das Beige mit Weiß, und sie sah zum Fenster hinaus, auch das noch, es regnete, ja es regnete natürlich, beinahe hatte sie sich verplappert, aber am Telefon rechtzeitig noch so tun können, als hätte auch sie dieses gräßliche Wetter schon gesehen. Dieser Regen, wo sich alles änderte und auch der Mantel mitbedacht werden mußte und die Schuhe, obwohl sich alles noch einmal ändern konnte bis sieben Uhr abends! Beatrix ließ die Kleider über den Rand der Badewanne fallen und fing an, ihr Gesicht zu reinigen, denn es war noch zu früh sich zu entscheiden und weiterzudenken, aber für alle Fälle konnte sie sich ja schminken, für alle Fälle ganz unauffällig und ohne Lippenstift, da noch nicht viel entschieden war, und als sie dann doch noch einen Rest von ihrem Kaffee rettete und ihn, auf dem Bett kauernd, trank, war ihr etwas leichter zumute, es hatte ihr nur der Kaffee zu lange gefehlt, aber auch kein zweiter Kaffee konnte sie von der lebenslangen Belastung befreien, die sie auf sich genommen hatte und mit der sie noch nicht fertig wurde, weil sie, wie sie heute, zuversichtlicher dachte, einfach noch zu jung war.

Sie sagte gern zu jemand: Das ist sicher eine schreckliche Belastung für Sie! Oder: Mein Lieber, ich versteh, ich weiß, das Ganze belastet dich doch so sehr, ich kenne das!

An diesem Tag kam Beatrix auch dieses zweite Lieblingswort in die Quere, sie stieß sozusagen bei der geringfügigsten Bewegung, beim geringsten Gedanken mit den Schlüsselworten zusammen und merkte, daß alles grauenvoll und kompliziert war und daß sie unter einer Belastung litt. Daß zwei Büstenhalter zu eng und die anderen zu lokker waren, das konnte wohl nur ihr passieren, weil sie so oft ohne rechten Verstand gespart hatte, aber jetzt hatte sie wenigstens ihre hauchdünnen dreieckigen immer sitzenden Slips, die sie Jeanne verdankte, ebenso den Hinweis auf die Büstenhalter, obwohl sie nach dieser kurzen heftigen Freundschaft mit einer Französin, einer wirklichen Pariserin, zur Einsicht gekommen war, daß viel auch in Paris nicht zu lernen war und daß es sich also wohl kaum lohnte, überhaupt etwas zu lernen, wenn das der ganze Ertrag war. Jeanne war per Anhalter nach Wien gekommen, wußte aber nicht, was sie hier wollte, und Beatrix konnte es doch erst recht nicht erklären, was es in Wien zu suchen gab, aber das weitere Ergebnis einer pariserischen Unternehmungslust war gewesen, daß Beatrix, die bisher immer »Combinaige« oder »Combinaison« gesagt hatte, wie viele Wienerinnen, zu einem Unterrock jetzt wieder Unterrock sagte, weil sie herausgefunden hatte, daß die Combinaison auf einen sprachlichen Unfall zwischen Paris und Wien zurückzuführen sein mußte, und sie machte sich nicht gerne lächerlich in solchen Dingen wie die beiden Damen Mihailovics, die bestimmt noch meinten, es sei vornehmer, ein französisches Wort zu sagen. Sonst hatte sie sich mit Jeanne nicht besonders gut verstanden, deren Neugier und deren Kindischkeit vor allem ihre Nerven strapazierten. Sie waren beide gleich alt, Jeanne sogar fast schon einundzwanzig, aber Beatrix hatte gefunden, daß diese Jeanne ein

Monstrum war an Aktivität und alles auf einmal wollte, wissen, wo es Hasch gab, Burschen kennenlernen, tanzen gehen, in die Oper rennen, danach noch in den Prater oder zum Heurigen, und sie war drauf und dran gewesen, Jeanne zu sagen, daß sie ihren Pariser Kopf voll konfuser Ideen hatte und weiter nichts, denn man konnte schließlich nicht ein Hippie sein und auch noch in die Oper wollen, Riesenrad fahren und die Welt umstürzen, jedenfalls nicht in Wien, und obendrein noch arrogant im Café Sacher sitzen, obwohl Jeanne einmal wild geworden war und ihr erklärt hatte, daß sie einfach ein drop-out sei, was sie komisch aussprach. Sie hatte eine Familie, einen Vater, der Anwalt war, und eine Mutter, die auch Anwältin war, und das konnte natürlich eine gewisse Belastung sein, aber für Beatrix war es eine entsetzliche Belastung, mit Jeanne durch Wien ziehen zu müssen, das sie so genau nicht kannte, weil sie doch immer hier lebte, bei Sacher den teuren Kaffee zahlen zu müssen, weil Mademoiselle mit einem kleinen gewöhnlichen Kaffeehaus nicht zufrieden war, es war ihr nichts wienerisch genug. Am peinlichsten war jedoch die Geschichte mit den Burschen, denn Beatrix kannte kaum welche, telefonierte gefällig herum, aber sie mochte Jeanne nicht zugeben, daß sie sich nur ziemlich regelmäßig mit einem verheirateten Mann traf, der schon fünfunddreißig war, und Erich gegenüber verschwieg sie Jeanne zwar nicht, aber gab zu verstehen, daß sie sich, ihrer Tante zuliebe und weil ihre Cousine ja auch arbeitete, einer reizenden französischen Studentin annehmen müsse, Vater Anwalt, Mutter Anwältin, und daß sie alles mögliche besichtigen wollten, bref, ein sehr gebildetes Mädchen. Und wie immer, wenn es sich nur irgend machen ließ, bat sie Erich unschuldig um einen Rat: Mein Lieber, du weißt ja, ich bin mir nicht so sicher, aber wenn du mir einen vernünftigen Rat geben könntest! Erich brachte die Albertina und das Kunsthistorische Museum ins Spiel, und Beatrix sah ihn dankbar an, während sie dachte: Grauenvoll. Natürlich war Beatrix in solchen Dingen dem guten Erich weit voraus, der keine Ahnung hatte, von welcher Direktheit diese Jeanne war und wie sie wirklich lebte, obwohl er so etwas vielleicht aus Zeitungen wußte, aber für einen verheirateten Mann, der bei der AUA angestellt war, zwischen Büro und häuslichen Miseren sich aufrieb, mußte das eine unbegreifliche Welt sein, und sie verhinderte, weniger aus Diskretion, als aus diesen Gründen, daß die beiden einander je trafen. Gewiß hätte diese Jeanne sofort gefragt, und nach allem, und für eine Pariserin, die irgendwo hinausdroppte, mußte es überdies ein arger Schock sein, was zwischen Beatrix und Erich nicht stattfand, die meinte womöglich, die Wiener Mädchen gingen mit niemandem ins Bett und ähnliche Blödheiten, während es sich doch einfach darum handelte, daß es für Beatrix zu strapaziös war. Erich hingegen hätte Jeanne keinen Umgang gefunden für sein kleines Mädchen, und Jeanne hätte Erich spießig und bourgeois gefunden, und die Ansichten beider hätten Beatrix verletzt, aber nun war das Kapitel Jeanne zum Glück abgeschlossen, denn Jeanne hatte zwei junge Engländer »aufgetan«, mit denen sie nach Rom weitertrampte, denn sie fand Wien wenig rigolo, eine langweilige Stadt, aber ausgerechnet das Café Sacher chic, als wäre es nicht ein Café wie jedes andere, wie ein Unterrock eben mehr oder weniger doch ein Unterrock war, obwohl weder Jeanne noch sie je einen trugen.

Diese schwere Belastung und dieses anstrengende Lügen waren jetzt auch unwichtig, da Erichs Frau schon wieder einen Selbstmordversuch gemacht hatte, kurz vor Jeannes Abreise, aber da es schon der dritte Selbstmordversuch war, der in Erichs Zeit mit Beatrix fiel und von dem sie daher umgehend verständigt wurde, war sie schon geübt in einem aufmerksamen abwesenden Zuhören, während sie aufatmend an Jeannes Abreise dachte. Es war trotzdem anstrengend, mit Erich in dem hintersten Winkel des Café

Eiles zu sitzen, obwohl sie das Café mochte und dann glücklich sitzenblieb, wenn Erich hastig aufbrach, denn nun mußte sie wieder von den Anfängen bis zur Gegenwart diese Ehegeschichte anhören, mit dem Wissen und dem Gefühl, daß Erich, der viel zu anständig und skrupulös war, es nie zu einer Scheidung bringen würde. Beatrix war immer teilnahmsvoll, obwohl sie Erichs Martyrium gar nichts anging. Sie überlegte jedesmal mit ihm hin und her, und sie besprachen es jedesmal durch, in allen Einzelheiten, denn Erich bewunderte die engelhafte Geduld von Beatrix, da der arme Mensch nicht verstehen konnte, daß Beatrix kein Interesse an einer Scheidung hatte, er selber ja wohl auch nicht, aber wenn er mit diesem geduldigen anspruchslosen Kind redete und redete, kam kein gemeines, gewöhnliches Interesse zutage, aber sein verzweifelter Wunsch, endlich ruhig zu leben und das ungelöste, unlösbare Problem mit Guggi doch gelöst zu sehen. Nun war die Teilnahme von Beatrix zwar absonderlich, nicht aber ihr Mangel an Interesse, denn sie fand es für Minuten oder halbe Stunden komisch, ein Statist zu sein in einem Drama, und manchmal dachte sie, wenn sie sich schon getrennt hatten, sie werde ihm einmal sagen, was ihr eingefallen war, denn der Ausdruck gefiel ihr zu sehr, nämlich daß es doch eine »pyramidale Telepathie« geben müsse zwischen ihm und Guggi. Jedesmal kam er rechtzeitig nachhause, einmal hatte er zufällig einen Zug aus Graz drei Stunden früher genommen, weil er sich bei einer Konferenz geärgert hatte über die Ablehnung seiner Vorschläge für den Inlandflugverkehr, und er hatte damit prompt wieder Guggi gerettet, die drei Stunden später nicht mehr zu retten gewesen wäre, er hatte sich wie ein Wahnsinniger gemüht, den Krankenwagen bestellt und sie in die Klinik gebracht, und danach hatte er sofort Beatrix angerufen, seinen »Lichtblick«, seine »Oase des Friedens« in einem verpatzten Leben, und er versicherte ihr, zitternd noch, aber inständig, daß er ohne sie nicht mehr weiterkönne, wie sehr er ihren Mut und ihre Gefaßtheit bewundere, ihre Stärke und eine Vernunft in ihr, über die gewiß kein anderes zwanzigjähriges Mädchen verfüge. In seinen Bewunderungsanfällen wünschte er ihr aufrichtig einen anderen Mann und jemand, der ihr wirklich geben könnte, was sie für immer bei ihm vermissen mußte. Beatrix mochte es nicht, daß Erich sie bewunderte oder von ihrer großen Reife sprach, sondern lachte und lachte, sobald dann der günstige Zeitpunkt kam, ein Lachen erlaubt war und Heiterkeit nicht mehr fehl am Platz war: Du vergißt aber, mein Lieber, daß ich an einem 29. Feber geboren bin! Bitte rechne doch einmal nach, ich bin doch noch ein Kind und ich werde nie erwachsen werden! Ich brauche dich so, du bist doch mein einziger Halt! Sie sah ihn dankbar an, und Erich dachte, in Gedanken bei Guggi natürlich, daß er sicher für Beatrix ein wichtiger Halt sein mußte, denn dieses Kind stand doch praktisch allein auf der Welt, und nun hatte er eben zwei Verantwortungen, die für Guggi und auch noch die für Beatrix, und niemals fiel ihm die Täuschung auf, denn sie täuschte ihn so absichtslos in allem und jedem, daß er unweigerlich an seine Wichtigkeit glauben mußte, also an Verantwortung. In wenigen, flüchtigen Momenten, in denen Beatrix ein Gefühl für Erich aufbrachte, seufzte sie für sich und dachte, das einzige, was sie diesem armen lieben Menschen aufrichtig wünsche, sei, daß er endlich einmal zu spät nachhause käme, wenn Guggi sich wieder einmal umzubringen geruhte. Denn das hatte er wirklich nicht verdient, so eine Frau wie Guggi und obendrein noch eine wie sie selbst.

Aber er war eben ein dummer Mensch und immer neu bestürzt von seinem Unglück, jemand, der in eine Falle geraten war, aus der es keinen Ausweg gab. Und sie saß da ihre Stunde ab und wußte genau, daß sie ihm nicht helfen konnte, niemand konnte das wohl, aber sie versuchte, ihn auf sich zu lenken, denn es war immer noch besser, wenn Erich meinte, er sei auch verantwortlich für sie, denn dann war er wenigstens eine Weile abgelenkt von seiner Guggi, und ein großer Beitrag war sie ja nicht zu seinem Unglück, aber man mußte es ihm etwas größer erscheinen lassen, damit er nicht ganz in dem wirklichen Unglück umkam.

Manchmal, selten genug, gingen sie auch ins Kino und hielten einander an der Hand. Beatrix lag überhaupt nichts daran, aber manchmal, wenn er aus dem Reden herausfand, obwohl er vor allem reden mußte, weil er es sonst mit niemand konnte, wurde er zärtlich, er biß sie leicht ins Ohr, berührte ihre Brust oder die Knie, aber ihr waren die Gespräche lieber und die alarmierenden Nachrichten am Telefon. Beatrix fand diese Berührungen peinlich, sie war einfach zu alt dafür. In der letzten Zeit in der Schule und dann in einem Internat war doch reichlich mehr und genug passiert, aber seit sie erwachsen geworden war und sich heftig geweigert hatte, zu studieren oder in eine Ausbildung zu gehen, kam sie nie mehr auf die Idee, sich mit einem Mann einzulassen, und ihre Abneigung gegen diese grauenvolle Normalität, der sich alle unterwarfen, fiel zusammen mit der Entdeckung einer Perversion, ihres fetischistischen Schlafs. Pervers, ja, sie wenigstens war etwas Besonderes unter diesen normalen Irren. Richtig pervers. Alles andere war doch eine solche Zeitvergeudung, und allein dieses Ausziehen und Anziehen war so anstrengend, doch nicht zu vergleichen mit ihrem Verfallensein an den tiefen Schlaf, in den sie hineingefunden hatte, hineinfand auch angezogen und mit den Schuhen auf dem Bett. Nach manchen durch Neugier provozierten Kindereien von früher und allem, was sie heute kurzweg für reichlich überschätzt hielt, war der Schlaf die Erfüllung geworden und wert, dafür zu leben.

Die wenigen Male, wenn ihre Tante Mihailovics weg war und Elisabeth den Mund zu halten hatte, die sich durch die

Affäre mit diesem Marek jedes Recht verwirkt hatte, ihr etwas zu sagen, ließ sie Erich in die Strozzigasse kommen, zu sich ins Zimmer; es war zwar eine Belastung für sie, auch noch dran denken müssen, daß er einen Schnaps trinken oder zumindest einen Kaffee wollte, aber sie lagen dann nebeneinander, und sie ließ ihn wieder reden. Nur wenn er leider aufhörte zu reden, fing sie bei jedem seiner zaghaften Versuche, weil immer Guggis Schatten über ihm lag, ausgelassen zu lachen an, eine unbezähmbare Lust zu aufreizenden Spielen überkam sie und eine noch wildere Abwehr überfiel sie, und Erich sagte einmal, gar nicht enttäuscht, es gefiele ihm, so gefalle sie ihm. Seine Geduld mit ihr war es also nicht, die ihn in Grenzen hielt, sondern wenn ihn seine Katastrophenstimmung verließ und er auch einmal lachte, meinte er, lachend, sie sei eben eine demivierge. Beatrix, die das Wort nicht verstand, schlug in dem Dictionnaire nach, den sie zu Jeannes Zeiten oft benutzt hatte, und es gefiel ihr dann auch, denn sie war wenigstens etwas Halbes; etwas Ganzes hätte sie einfach nicht sein mögen, aber Guggi war vermutlich eine dieser Frauen mit hysterischem Lieben und Leidenschaft, und da sah man wieder einmal, wohin diese Frauen es brachten, sogar mit jemand wie dem armen Erich.

Unangenehm berührt war Beatrix nur, wenn Erich auf ihre Zukunft zu sprechen kam, denn ganz ließ es sich natürlich nicht verbergen, daß sie in keine Schule mehr wollte und keine einzige Abschlußprüfung hatte, auch nur vage und nebenbei behauptete, daß sie sich nach einer passenden Arbeit umsehe. Erich, mit seinem Verantwortungsgefühl, wurde dann sehr langweilig, wenn er anfing damit, daß es in ihrem Interesse sei, er überlegte auch, was für sie richtig sein könnte, eine Ausbildung als Dolmetscherin oder vielleicht eine Arbeit in einer Boutique oder einer Buchhandlung oder einer Galerie. Sie müsse einfach etwas tun, es beunruhige ihn zu sehr, da er sie, unter den gegebenen Zuständen, nicht heiraten könne. Aber Beatrix wußte genau, daß es einfach keine Arbeit gab, auch nicht in dem erbärmlichsten Büro – denn auch dafür brachte sie keine Voraussetzungen mit – und daß man ihr nirgends erlauben werde, bis in den tiefen Nachmittag zu schlafen, weil diese unberatenen Menschen rundherum sich hineinzwängen ließen in Stundenpläne, daß sie deswegen niemals arbeiten würde, lernen schon gar nichts mehr, weil es ihr an jedem Ehrgeiz fehlte, auch nur einen Schilling zu verdienen, sich selbständig zu machen und unter schlechtriechenden Leuten acht Stunden zuzubringen. Besonders grauenvoll kamen ihr alle Frauen vor, die arbeiteten, denn sicher hatten die alle einen Defekt oder litten an Einbildungen oder ließen sich ausnutzen von den Männern. Sie, sie würde sich nie ausnutzen lassen, nicht einmal für sich selber würde sie sich je an eine Schreibmaschine setzen oder in einer Boutique demütig fragen: Gnädige Frau, darf es vielleicht etwas anderes sein? Vielleicht dieses Chemisier in Grün?

Nein, beteuerte sie, aber nur einmal, um den guten Erich nicht zu verstören, Sorgen mache ich mir da gar keine, und um welche Zukunft denn? Dann sagte sie zärtlich: Was wollen wir uns beunruhigen wegen der Zukunft? Schau doch, die Gegenwart ist schon eine zu schlimme Belastung für dich, und ich möchte nicht, daß du auch noch an mich denkst, wir wollen lieber versuchen, an Guggi zu denken. Was sagt der Professor Jordan? Bitte, verschweig mir nichts, zwischen uns darf es einfach keine Geheimnisse geben. Und damit hatte sie Erich wieder bei Guggi und dieser langwierigen Behandlung, der neuen Hoffnung und den alten Befürchtungen. Von ihrer Mutter, die sich nach Südamerika verheiratet hatte, der Schwester des verstorbenen Herrn Mihailovics, bekam sie regelmäßig eine kleine Summe, die von einem alten verkommenen Wohnhaus aus dem X. Bezirk abfiel, und wenn es auch wenig war, eine Art von Rente, die sich immer gleich blieb und durch die

Inflation ständig an Wert verlor, so verließ sie sich doch, zum Ärger ihrer Tante, auf diesen Betrag, denn sie brauchte wenig und sie wohnte so gut wie umsonst. Nie dachte sie daran, den Damen Mihailovics etwas zu geben, für das Zimmer und einige Auslagen, die, wortlos, für sie mitbezahlt wurden. Sie ging ja auch nie aus oder nur mit Erich, ganz selten allein in ein Kaffeehaus, weil sie zu erschöpft war, um sich in ein Leben zu stürzen, und die einzigen Ausgaben, die ihr allerdings wichtiger waren als alles andere, wichtiger als Essen auch, waren die für den Friseur und für ihre Kosmetika. Seit einiger Zeit sagte sie: Ich bin etwas knapp mit Kosmetika. Nur deswegen hatte sie einmal einen Fünfhundertschillingschein ungerührt und ohne Bedenken von Erich akzeptiert. Zum Geburtstag hatte sie ohnedies nichts von ihm zu erwarten, weil sie nie Geburtstag hatte, mit ihrem seltsamen 29. Februar. Was Erich nicht wußte, was er auch nicht wissen konnte, weil er zu wenig Zeit für sie hatte, und was sie auch keinem anderen Mann eingestanden hätte, warum sie vielleicht auch keinen wollte, war einfach, daß sie nur gerne beim Friseur saß, daß RENÉ für sie der einzige Platz auf der Welt war, wo sie sich wohlfühlte, und dafür verzichtete sie fast auf alles, auch auf ein regelmäßiges Essen, und sie freute sich noch dazu, daß sie zart war, zum Umblasen, und so wenig wog, kaum 46 Kilo. Sie mochte vor allem Herrn Karl und auch Gitta und Frau Rosi, ja selbst der kleine ungeschickte Toni war ihr lieber als Erich und die sorgenvolle verständnislose Tante Mihailovics. Alle bei RENÉ verstanden sie auch besser als andere Menschen, es behagte ihr darum nur die Atmosphäre in der Rotenturmstraße, im ersten Stock, und es sollte nur keiner mehr kommen und verlangen, daß sie sich ein Beispiel nähme an ihrer Cousine Elisabeth, die studiert und doktoriert hatte und sich abrackerte, dieses Musterkind, und das hatte es nun davon, mit seiner ganzen Gelehrtheit, daß es schon dreißig Jahre alt war und vor lauter Selbständigkeit, Demütigungen und aussichtslosen Existenzkämpfen doch nirgend richtig unterkam, sich obendrein nicht einmal zum Friseur wagte und darum wirklich wie dreißig aussah. Wenn Beatrix jemand ernstlich aus dem Weg ging, dann Elisabeth, denn obwohl ihre Cousine still und in sich gekehrt war, auch nie ein störendes oder vorwurfsvolles Wort zu ihr sagte, wurde Beatrix doch nur aufsässig in ihrer Gegenwart, und hätte sie nicht ihren Frieden in der Strozzigasse und Schlaf für zu kostbar gehalten, dann hätte sie ihr einmal gerne deutlich gesagt, für wie dumm sie sie halte, einfach dumm, und soviel Dummheit konnte sie nicht ertragen, nicht an einer Frau jedenfalls, denn mit Erich war es anders und rührend, wie dümmlich sie seine Ansichten und Besorgnisse auch fand. Ein Mann konnte sich Dummheit eben leisten, eine Frau niemals, die durfte sich nicht abzehren und auch noch ihrer Mutter schlaflose Nächte machen, weil sie nicht genug Geld verdiente, sich überhaupt auf so etwas Überspanntes wie Kunstgeschichte eingelassen hatte, und was half es ihr denn dann, wenn sie alles von diesem Dürer und diesen ganzen Malern wußte, in Florenz das ganze Zeug in- und auswendig kannte, denn mit dem Stipendium für Florenz war es auch aus, und soviel erriet Beatrix, daß die Damen Mihailovics nicht mehr weiter wußten, auch daß es tatsächlich wahr war, daß die dumme Person sich in den Anton Marek verliebt hatte, um sich noch mehr zu belasten, und wenn Beatrix jemand gefragt hätte, so wäre sie schon als Vierzehnjährige imstande gewesen, zu begreifen, daß dieser Marek sich aus nichts und niemand etwas machte, außer aus sich selbst, und überhaupt nicht daran dachte, die Mihailovics zu heiraten, um sich nach einer wohlüberlegten, genau berechneten Ehe scheiden zu lassen für eine sentimentale Person ohne Geld und Aussichten, während Erich einfach in einem Verhängnis war, bedauerlich zwar für ihn, aber günstig für Beatrix. Für einen geschiedenen oder verwitweten Erich hätte sie sich niemals zu RENÉ geschleppt, um dort stundenlang zwischen Kopfwaschen, Tönung, Maniküre und Epilierung heiter zu grübeln und in den Spiegel zu schauen, sich spiegelnd in diesen großen Spiegeln, die es in der Strozzigasse nicht gab, wo nur ein winziger im Badezimmer hing, klein, zu hoch und nicht hinreichend für ihre Bedürfnisse. Bei RENÉ war jede Wand mit diesen wunderbaren Spiegeln bedeckt, und es gab einige dreiteilige Profilspiegel, in denen man sich von allen Seiten sehen konnte, und Gitta brachte zuletzt auch noch den Handspiegel, damit ihr nichts entging, man nahm bei RENÉ überhaupt alles ernst, was ernst für sie war, und wenn sie, wie jede Woche, oft schon vor dem Ablauf einer Woche, hinaufging in den ersten Stock, bewegt, erwartungsvoll, atmete sie anders, die Müdigkeit fiel von ihr ab, sie verwandelte sich im Nu und trat strahlend ein in diesen Tempel. Noch ehe sie sich bei Frau Yvonne anmeldete, blickte sie schon um sich, in alle Spiegel, sie fand sich wieder und fand ihr wirkliches Zuhause. Noch ehe sie sich kritisch vor einen Spiegel stellte, war sie froh, sich selber in den Spiegeln kommen zu sehen und aufhören zu dürfen, an ihre Belastungen zu denken. Das also bin ich, sagte die eine Beatrix zu der anderen im Spiegel und starrte sich ergriffen an, während man schon hin und her zu rufen anfing, nach Herrn Karl, nach Gitta, nach Rosi, und Frau Yvonne lächelte, fast immer alle Wünsche ihrer Kundinnen im Gedächtnis, sie fragte aber trotzdem nach den Wünschen, runzelte die Stirn, weil Gitta noch nicht frei war und Frau Hilde, leider, leider, ein Kind erwartete und darum eben noch eine Weile nicht hier sein werde. Ja leider, dachte Beatrix mit einem Mißmut, ausgerechnet jetzt. Sie lächelte unbestimmt und schmerzlich, aber eine Rücksichtslosigkeit war es doch, wenn man, wie sie, an Frau Hilde so gewöhnt war. Beatrix hatte schon, in Trance, eine Bürste in der Hand und kämmte sich die Haare grimassierend durcheinander, während sie lässig sagte: Schauen Sie mich bloß nicht an, bei mir ist einfach alles da capo zu machen, von den Haaren bis zu den Füßen, ich trau mich kaum mehr auf die Straße, scheußlich, wie ich aussehe . . . Herr Karl! Bitte, erretten Sie mich, schauen Sie sich das einmal an! Sie fuhr sich mit den Fingern durch ihre langen, braunen Haare: Sagen Sie selber! Das kann doch nicht so weitergehen, ich war doch erst letzte Woche hier! Herr Karl sagte, mit einem anderen Kamm in ihrem Haar rührend, es ginge gewissermaßen, einigermaßen, obwohl er doch dringend zu einer biointensiven CHEV 09 Behandlung, die von den Oréal-Laboratorien erarbeitet worden sei, raten müsse und noch dringender wolle er ihr zu der ganzen Serie von Ampullen raten, nur zehnmal zu wiederholen. Beatrix unterbrach ihn lebhaft: Meinetwegen probeweise eine Ampulle, das seh ich ein, aber entscheiden, für eine ganze Serie, nein, Herr Karl, also heute kann ich mich wirklich nicht entscheiden, ich habe noch einen Tag vor mir, da machen Sie sich keine Vorstellung, und dann bei diesem Wetter! Sie sah sich hilflos um, weil ihr Regenschirm auf den Spannteppich tropfte, und Gitta lief zu ihr, mit einem nervösen Blick auf die nassen Flecken, und stellte den Schirm in einen Schirmständer, den Beatrix nicht gesehen hatte, denn es ging letzten Endes um diese Entscheidung, eine biointensive Behandlung oder nicht, was einfach zu teuer war für sie, im Moment.

Sie durchquerte summend zwei RENÉ-Räume, genoß schon dieses Verschwinden in einem Nebenraum mit den rosa Mänteln, von dem aus es gleich weiterging zu den rosafarbenen Toiletten, und sie zog sich selbstbewußt aus, obwohl jetzt eine andere Frau hereingekommen war, denn es war ein Tag für gute Unterwäsche, sie drapierte langsam und überlegt den rosa RENÉ-Mantel um sich und hängte Kleid und Mantel auf einen Haken. Draußen, in RENÉS Zimmern ging sie eine Weile unschlüssig herum, weil auf einmal alle verschwunden waren, Herr Karl war nicht zu sehen, Gitta auch nicht, aber sie hörte gerne zu, wenn die Frauen telefonierten oder wenn wieder eine hereinkam und begrüßt wurde. Das also war die Gräfin Rasumofsky. Welche aber? sie hatte sich die jedenfalls anders vorgestellt, und bei den anderen war es ihr weniger wichtig zu wissen, wer die waren, weil fast alle in einem allumfassenden liebenswürdigen »Gnädige Frau« untergebracht wurden. Erst beim Zahlen und Heraussuchen der Zettel mußte unweigerlich der Name genannt werden, und dann hießen diese Frauen eben irgendwie, Jordan oder Wantschura, doch, unter der Jordan konnte sie sich plötzlich etwas vorstellen, das mußte doch die Frau von diesem großartigen Psychiater sein, der Guggi behandelte, aber die hatte sie sich auch anders vorgestellt, die sah ja so bescheiden aus, aber hübsch, beinahe bildhübsch, und sie war so jung, nur die anderen Frauen sagten ihr wirklich nichts, die einfach unter dem Titel »Frau Doktor« untertauchten oder die Frauen von Doktoren waren oder Frau Yvonne versuchte eben, den Frauen nach Laune oder aus Instinkt oder Eingeweihtheit zu einer Anrede zu verhelfen. Sonst war es Beatrix noch nie aufgefallen, daß alle Frauen hier mindestens Dreißig waren, der Durchschnitt um die Vierzig, mit Ausnahme der kleinen Frau Jordan, die aber so jung auch nicht mehr sein konnte, und jedenfalls war Beatrix hier weitaus die jüngste, denn junge Mädchen wuschen sich in Wien ihre Haare gewiß selber und feilten sich ihre Nägel, die aber auch danach aussahen. Beatrix würde das niemals tun, denn der Verzicht auf diese Nachmittage wäre ihr unerträglich gewesen, man hätte sie ebenso gut mit der Diagnose einer furchtbaren Krankheit treffen können. Paralyse etwa. Es würde bei ihr zu einer Paralyse führen, wenn man sie um die RENÉ-Welt brächte. Auch forderte sie herausfordernd diese Bedienung, dieses wirkliche Eingehen auf alles, was ihr zustand, und in der Strozzigasse, in diesem ewig provisorischen Zuhause, gab es niemand, der ihr auch nur das Bett machte, nur hie und da fiel eine überflüssige Bemerkung ihrer Tante, weil Beatrix ihr Bett einfach tagelang verknäult und zerwühlt ließ, da sie doch nur mit letzter Kraft in ihren auch unordentlichen Kasten wühlen und suchen konnte, und nur ein sehr seltener Besuch von Erich ließ sie im Handumdrehen eine oberflächliche Ordnung herstellen, damit wieder einmal der Schein gewahrt wurde, aber sonst hätte nichts sie dazu gebracht, einen Raum sauber zu machen und aufzuräumen, und ihr Geheimnis blieb es, wie sie es trotzdem fertig brachte, auf der Straße oder bei RENÉ auszusehen, als käme sie aus einer dieser herrschaftlichen, gelüfteten, von alten legendären Hausmädchen besorgten Wohnungen, aus denen die anderen Frauen hier wahrscheinlich kamen, und nur sie war fähig, in ihrem Chaos ihre paar wenigen Kleider und ein paar Stück Wäsche tadellos zu halten, denn für diesen Schein und ihr Aussehen wusch und bügelte sie sogar, unter Stöhnen und Ohnmachten, aber das mußte eben sein, einmal in der Woche. Hier aber wusch Gitta ihr das Haar, ribbelte sie so sanft, und Beatrix flehte: Bitte das Wasser nur ja nicht zu heiß! Gitta wußte das zwar schon, aber sie nickte verständnisvoll und ließ lange das laue Wasser über die Haare duschen. Dann aber war Gitta verschwunden und man schickte ihr eine Neue, die an ihr herumzupfte mit einem Kamm, und Beatrix äugte im Spiegel nach einem bekannten Gesicht. Nein, das war ja unerträglich, diese Gans, die ihr langes Haar zu kämmen versuchte, das konnte doch nur Gitta, oder Herr Karl tat es manchmal selbst, und sie schlug stammelnd vor, das Haar etwas vorzutrocknen, Ogott ogott, ich sag Ihnen doch, tun Sie mich unter die Haube oder nehmen Sie einen Föhn! Denn ganz hatte Beatrix sowieso nie verstanden, warum die sich alle einbildeten, man müsse feucht gekämmt werden. Sie sah, unter Kopfschmerzen, in den Spiegel, die Haare hingen dünn und naß zu beiden Seiten herunter, sie riß die Augen auf und musterte diesen fremden, entstellten, wildfremden Schädel, wie grauenvoll mußte erst ein nackter Schädel sein, aber dann war sie schon abgelenkt, weil sie merkte, daß ein Lidschatten auf dem linken Auge heller geworden war, sie schloß und öffnete prüfend ihre Wimpern. Jetzt war die Person endlich fertig, und Beatrix griff nach einer Illustrierten. Immer lagen hier deutsche Illustrierte herum, aber VOGUE war kaum je zu finden, und wen interessierten schon deutsche Illustrierte? Doppelmord bei Stuttgart. Sicher eine gräßliche Gegend, es klang ja auch nach Doppelmord. Sex in Deutschland. Das war sicher noch ärger. Jacqueline Kennedy, jetzt Frau Onassis, hatte mehrere Dutzend Perücken, für jede Gelegenheit. Das war immerhin schon interessanter, diskutabler, obwohl diese Kennedy – Herr Karl stand endlich hinter ihr, sie schlug rasch die Illustrierte zu und fragte: Was haben wir denn in diesem Winter für Frisuren? Nein, prinzipiell interessiere sie sich nicht dafür, es sei ihr auch ganz gleichgültig, was die anderen sich auf den Kopf türmten, hoffentlich gäbe es keine postiches mehr, es gebe schließlich wichtigere Dinge auf der Welt, zum Beispiel interessiere es sie mehr, was er, Herr Karl, von den Perücken halte, denn sie sei da nach wie vor mißtrauisch. Beatrix war das vor allem der Preise wegen, aber die Kennedy, wenn auch nicht mehr die Jüngste, war doch ziemlich überzeugend. Herr Karl, der rasch, ohne je mit einem Finger ihren Kopf zu berühren, eine Strähne nach der anderen meisterlich um die Wickler zu legen begann und zugleich mit ihr redete, als wäre es ihm das Leichteste von der Welt, so lange Haarsträhnen über diese Wickler zu bringen, rief: Aber das sag ich doch wirklich nicht zum erstenmal, daß Sie eine haben müssen, zwei genau genommen, zwei Perücken brauchen Sie unbedingt, denn wenn Sie zum Wintersport wollen und dann in den Süden! Beatrix verzog den Mund, denn zum Wintersport fuhr sie nicht, einmal weil kein Geld dafür da war, dann weil man zu einem Sport, auch wenn man keinen betrieb im Wintersport, immerhin zu einer gewissen Zeit aufstehen mußte, und drittens, weil es nur so wenige Orte gab, die ihr gefallen hätten. Auf diese Skihütten und dieses ganze Genre, mit diesen Leuten vom Alpenverein, darauf konnte sie verzichten. Strohsacklager, so stellte sie sich das vor. Jodler und ungeheizte Zimmer. Zu Herrn Karl sagte sie vernünftig: Um übrigens vom Sommer zu reden, da man ja wirklich nach Oberitalien nicht mehr kann und ich dann lieber noch am Wörthersee bleibe, frage ich Sie ja. Denn nach dem Schwimmen, da kann ich doch unmöglich immer zum Friseur rennen, und ich bitte Sie, dort unten, zu einem in der Provinz, das ginge wirklich über meine Kraft. Herr Karl erklärte, daß er ihr, falls er sich nicht irrte, nun schon zum dritten Mal im Lauf des Herbstes, bis ins Detail gesagt habe, weshalb er ihr diese neuen Perükken empfehle und warum sie diesmal »waterproof« und trotzdem von erster Qualität seien. Beatrix verstand das auch ziemlich genau und hörte nicht mehr zu. Sie versank förmlich in dem Spiegel, während Herr Karl ihr ein rosa Netz über die Wickler legte, ihr Wattebauschen an die Ohren legte, die Haube herunterzog und den Apparat anstellte. Ja, sie wollte einen schwarzen Pullover, Herrenschnitt, V-Ausschnitt, mit weißer Bluse darunter, es sah mädchenhaft aus, und Erich würde das sicher mögen, so demivierge. Sie hob die Haube noch einmal in die Höhe und fragte ernsthaft, obwohl dieser Teil der Prozedur schon beendet war: Herr Karl, ich hab ganz vergessen, das heißt, ich hab es mir überlegt die ganze Zeit, ob ich mir diese mèches machen lassen soll, und Sie wissen ja, daß ich zu keinem Entschluß komme. Kann ich nicht. Herr Karl sagte dezidiert, aber nicht ohne Einfühlung: Dann müßten wir eben wieder von vorn anfangen.

Nein, Sie müssen mir doch raten, Sie wissen doch ganz genau, daß ich ohne Sie keinen Schritt tun kann. Nur überlegen möchte ich es mir noch. Was mach ich aber, wenn ich an den See oder ans Meer gehe und die mir dort keine mèches machen können, das ist es ja! Wissen Sie, daß ich eigentlich ganz amputiert bin, ohne Sie, denn ich kann Sie doch nicht einpacken und mitnehmen, ich bin ja nicht die Königin von England.

Nach diesem gelungenen Satz lächelte sie Herrn Karl besonders an und dachte, wieviel hübscher und jünger sie doch war als diese Person, die auch noch Todesurteile unterzeichnen hatte müssen, was Jeanne, die etwas von Politik wußte, ihr eindringlich vorgehalten hatte. Also dafür dankte sie, und ausschlafen konnte die gekrönte Elisabeth sicher auch nie, die war ja ärger dran als jeder Bettler mit ihren Diademen und dem ganzen Geld. Nur einen Friseur, den konnte sie überallhin mitschleppen, das gewiß, aber wenn man solche Hüte aufsetzte und erwachsene Kinder hatte, halfen auch ein Privatfriseur und Privatkosmetikerin nicht mehr, aber besonders an Todesurteile wollte Beatrix in diesen Stunden gar nicht denken, und sie entließ Herrn Karl, der schon die zwei Perücken abschrieb und ihr die Haube wieder über den Kopf zog.

Mit Gitta flüsterte sie: Sagen Sie, ist die Dame dort, die hübsche, ziemlich junge, die muß doch eine ständige Kundin von Ihnen sein, wirklich die Frau von dem Jordan? Gitta nickte eifrig und sagte: Eine bezaubernde Frau und so was von einfach! Beatrix ging das zwar nicht ein, denn was mußte die »einfach« sein, oder es war ein Trick, die machte sich eben interessant mit Einfachsein. Chacun à son goût. Sie konnte natürlich niemand sagen, warum Frau Jordan sie ausnahmsweise interessierte, denn diese Frauen interessierten sie sonst überhaupt nicht.

Frau Rosi kam mit dem kleinen Becken für die Füße, und Beatrix mußte noch einmal aufstehen und in dem hinteren Raum ihre Strumpfhosen ausziehen, in die rosa-weißen

RENÉ-Pantoffeln steigen und ging zurück unter die Haube, tauchte die Füße ins warme seifige Wasser, das endlich einmal die richtige Wärme hatte, sie nickte dankbar Frau Rosi zu, die schon ihre Instrumente ausbreitete, Beatrix' ersten Fuß auf die Knie nahm und anfing, die Nägel zu kürzen. Elfe hätte sie gern geheißen, und hatte es nicht einmal eine Schauspielerin gegeben, an der Burg, natürlich, die Lombardi hieß ja Elfe, und die gabs noch, aber die sah nicht aus, als ob der Name zu ihr paßte. Man sollte eben allen empfindlichen Leuten von einem gewissen Alter an erlauben, sich selber einen Namen auszusuchen, aber daran hatte wieder einmal niemand gedacht, und auf ihr Wahlrecht wollte Beatrix gerne verzichten, wenn sie es jetzt bald bekam, denn Politik war ihr egal, und wie diese Politiker schon alle aussahen. Als sie den kleinen Toni vorüberhasten sah im Spiegel, rief sie: Es ist zu heiß, ich halt das nicht mehr aus, drehen Sie doch bitte den Schalter auf 2.

Aschblond wäre sie gern gewesen, ein Florentinerblond mit rötlichem Schimmer machte vielleicht zu alt, aber so ein Aschblond, unscheinbar auf den ersten Blick ... Dafür würde sie ihr make-up ändern, einen ganz hellen fond de teint auftragen, ein kränkelndes Aussehen vortäuschen, weil alle so aufs Gesunde versessen waren und kaum jemand gesund war, sie aber schon, nur sie fand sich doch recht süß mit dem leicht bräunlichen Ton im Gesicht, das Rosabraun war meistens nicht echt, aber Frau Hilde hatte ihr beigebracht, wie man diesen rosa Kompaktpuder auftragen mußte, und nun mußte diese Person ein Kind bekommen, obwohl sie wirklich gut schminken konnte, und es war Wien eben doch eine völlig rückständige Stadt, weil so wenig Frauen sich beim Friseur schminken ließen, nur die Frauen, die etwas mit Fernsehen und Film zu tun hatten, aber danke, an Filmen hatte sie nie gedacht und Illusionen hatte sie auch keine. Katti, die einmal kurz ihre beste

Freundin war, als Beatrix noch dran glaubte, daß es beste Freundinnen gab, früher, als sie jünger war, die war so überspannt davon geworden und ein solches Nervenbündel. Allerdings war Katti schon fünfundzwanzig, und nach allem, was sie erzählte, schien das doch nicht übertrieben zu sein mit den Filmbetten, grauenvoll. Und dann kam Katti wieder zurück, mit einer neuen Hoffnung, in einem deutschen Film unterzukommen. Was also Beatrix durch diese Exfreundin über Rom gehört hatte, ob es nun wahr war oder nicht, das fand sie auch nicht zum Kranklachen, wenn es ihr auch gleichgültig war, daß die sich Nerven zuzogen, das ging ja noch, Launen hatte sie selber vielleicht auch, aber sie wenigstens war nie traurig oder enttäuscht und regte sich über nichts auf. Erich fand einen Typ wie Katti zum Explodieren – mit der hatte sie ihn leider einmal zusammengebracht – nie wieder. Und à propos Freundinnen, so was hatte man auch nicht mehr zu haben, wenn man erwachsen war.

Sie hielt ein einsames Zwiegespräch mit Erich: Weißt du, es ist mir egal, was der Rest der Menschheit macht, ob er sich wäscht oder nicht, LSD oder nicht, sich abmüht für nichts und wieder nichts, oder herumtrampt, ich finde alle, diesen Rest der Menschheit, ja, Rest, nur lustig, die einen und die anderen, ich kann mich da nicht so festlegen. Egal ist es mir, du verstehst doch. Ich? Ich und mich nicht ausdrücken können – ja, da hast du übrigens sehr recht, ich kann mich nicht ausdrücken. Es ist ein Fehler. Ich weiß es, und du hast vollkommen recht. Aber eigentümlich ist es, findest du nicht, daß ich mich nicht ausdrücken kann?

Laut würde sie aber heute einmal zu Erich etwas anderes sagen: Ich bin manchmal richtig in mich vernarrt, und sie würde es schnell hinsagen, ehe er mit Guggi und seinen Problemen kommen konnte. Erich hatte übrigens etwas sehr Komisches gesagt unlängst, etwas über die Beziehungen zwischen Männern und Frauen, und daß man das

Grundproblem nicht lösen könne, er jedenfalls fange an, zu kapitulieren, und daran tat er gewiß recht, aber trotzdem behielt er diese Manie bei, alles durchzudenken und sich selber zu analysieren, seine Situation im allgemeinen, dann seine Situation mit Guggi und dann seine Situation mit ihr, und zugleich behauptete er, daß es das Wichtigste sei, die Situationen nicht zu analysieren, sondern sie sich entwikkeln zu lassen, die Lösung komme von selbst. Schon ein widersprüchlicher Mann, obwohl ihr das alles gestohlen bleiben konnte, nämlich alle Situationen einzeln und miteinander. Situationen gingen sie nichts an. Aber das war vielleicht ein Denkfehler bei ihr. Erich machte sie immer auf alle möglichen Denkfehler aufmerksam, und Beatrix fand das sehr stimulierend, da die Situationen so monoton waren, und sie sagte daher öfters zu ihm, indem sie ihn betrübt und hilflos ansah: Ich glaube, ich hab da wieder einen Denkfehler gemacht, nicht wahr? Und wenn sie sich gar selbst an etwas die Schuld gab, wurde er der liebste und aufmerksamste Mensch, aber es mußte eine Schuld sein, die er sich ausgedacht hatte, es tat ihm dann so gut, Schuld einem anderen zu verzeihen, und Beatrix würde von nun an immer daran denken, sich mindestens einmal in der Woche eine Schuld zu geben. Heute klemmte doch wirklich ein Wickler unangenehm, was Herrn Karl noch nie passiert war. Sie würde Erich um Verzeihung bitten, für alle unglaublichen und belanglosen Dinge: Bitte, Erich, du mußt mir verzeihen, ich war so unaufmerksam das letzte Mal, nein, doch, ich merke es selber, hinterdrein, und ich sehe es ein, ich fürchte, mein Guter, ich war sehr nervös. Und gerade an dem Tag, an dem du so nervös warst, ich bin rücksichtslos gewesen, richtig rücksichtslos, und ich muß mich ändern, Erich, bitte, ich muß aufrichtig zu dir sein dürfen, sonst hat es doch keinen Sinn für mich, und dein Vertrauen zu verlieren, das wäre das Schlimmste für mich.

Beatrix schaute auf ihre Zehennägel, die beinahe fertig waren und nur noch lackiert werden mußten, süß, sie hatte vielleicht nichts Besonderes an sich, aber ihre Füße fand sie hinreißend, und es tat ihr nicht einmal leid, daß kein Mann je ihre Füße so sehen konnte, und Erich, auch in der Strozzigasse, wenn sie die Strümpfe auszog, um ihn zu reizen, schaute ihre Füße überhaupt nie an. Es genügte ihr, daß sie selber es wußte. Schöne Füße gab es selten, und besonders Frau Rosi konnte da ein Lied singen. Frau Rosi sang heute kein Lied, sondern zog das Becken weg, verschwand und kehrte wieder mit dem ganzen Besteck für die Maniküre. Beatrix rief nach hinten: Herr Karl, wie lange muß ich denn heute schmachten? was? noch zehn Minuten, das ist eine ausgemachte Grausamkeit von Ihnen, und wenn Sie sagen, zehn Minuten, dann bedeutet das doch zwanzig. Ich werde mir aber trotzdem nicht die Haare schneiden lassen, ich will Ihnen diesen Gefallen nicht tun, ich schmachte lieber.

Sie hielt Frau Rosi die linke feuchte Hand hin und senkte die rechte ins Wasser. Dann aber nahm sie wieder die Illustrierte. Als sie Fünfzehn gewesen war, hatte sich jemand in ihren Rollkragenpullover verliebt, grün war er gewesen, und damals wußte sie noch nicht, daß sie einen zu kurzen Hals für Rollkragenpullover hatte. Was lernte man nicht alles dazu, im Lauf der vielen Jahre! Nie mehr Rollkragenpullover, das stand fest.

Die Jacht Christina. Auf eine griechische Insel zusteuernd. Ari auf Deck, so ähnlich hatte der jemand ausgesehen, nur jünger. Es gab noch eine grausige Reportage über Afrika, und sie dirigierte lieber doch die Jacht auf Inseln zu, sie stand auf Deck und ihre Haare wehten im Wind, aber sie stand allein, ohne Gäste an Bord und ohne einen Ari, der völlig überflüssig war. Um Himmels willen, schrie sie auf, Toni, es ist doch schon wieder zu heiß, ich habe doch gesagt auf 2 und das kann nicht 2 sein, das ist 3!

Erich war aber auch ständig überarbeitet, übermüdet, denn gegen diese neue Personaleinschränkung wußte er sich nicht zu wehren und übernahm noch die ganze Arbeit für einen abgeschobenen Herrn Jakob, das sah ihm ähnlich, obwohl Beatrix sich unter »Personaleinschränkung« nicht viel vorstellen konnte, nur eine zusätzliche Belastung, und daß Erich, der sicher ein Recht darauf hatte, nicht einmal Flugtickets für schöne Reisen von dieser AUA gratis nahm, das war auch typisch, denn trotz seiner Klagen über die Direktion, die ihr begreiflich waren, identifizierte er sich doch mit diesen Herrschaften, die gewiß herumreisten, und heute mußte sie ihm einmal vorschlagen, sich um Flugtikkets zu kümmern, ganz scherzhaft: das muß doch leicht sein für dich, und wir könnten dann endlich einmal miteinander sein, weit weg, in Karachi oder Bombay. Einen Flug nach Istanbul würde sie sich zumindest von ihm wünschen oder besser noch einen auf die Kanarischen Inseln. Du und ich, allein, zu zweit, in der Sonne, auf einem herrlichen Strand dieser Kanarischen Inseln, Erich, das muß doch möglich sein! Hoffentlich gingen Flugzeuge in diese wunderbaren Gegenden nicht schon am Morgen weg oder am Mittag, es gab sicher auch Abendflüge, aber ob man in einem Flugzeug bequem schlafen konnte, das war sehr zweifelhaft. Nur ein kleines Gerede über ferne sonnige Länder konnte nicht schaden, denn Erich mußte sich dann einmal aufraffen, sich etwas einfallen lassen, um mit ihr wegfahren zu können. Dieses graue Wien vergessen und diese Überanstrengungen, denk bloß, Erich, ich würde mich so wahnsinnig freuen! Fliegen würde sie dann nicht, denn sie dachte sich die Welt mit diesen gepriesenen Gegenden fürchterlich unbequem, und Erich würde es kaum zustande bringen, seinem Direktor zwei Flugkarten zu entreißen für ein Vergnügen, aber ein Anstoß, einmal an Vergnügen zu denken, das war allerhöchste Zeit für ihn.

Die Haube war vermutlich auf 2 eingestellt, aber 2 fühlte

sich heute an wie 3 und sie rief: Bitte, Toni auf 1, es ist unerträglich, 2 halte ich nicht aus!

Wenn sie noch rechtzeitig fertig würde, mit allem Drum und Dran, dann konnte sie noch ins Kino gehen, vor ihrer Verabredung mit Erich. Allerdings, bei Regen, die ganze Kärntnerstraße hinunter und dann wieder zurück zum Hochhauscafé, das wäre zu verheerend, und ein Taxi war zu teuer. Sie seufzte. Sie würde also auf Erich wohl eineinhalb Stunden warten müssen im Kaffeehaus. Immerhin, es konnte ein neues Detail auftauchen im Drama, denn nicht jeder Mann hatte eine Frau wie Guggi, und ganz gern hätte sie Guggi einmal von weitem gesehen, aus der Nähe lieber nicht. Sie jedenfalls würde sich nie umbringen, und dabei hatte sie wahrscheinlich eine viel größere Angst vor dem Leben, einfach eine Heidenangst. Beatrix dachte, sie würde, wenn sie hier wegging von RENÉ, einfach ein paar Zeilen hinterlassen für Erich im Kaffeehaus, dann sofort nachhause fahren in die Strozzigasse, dort konnte sie sich hinlegen, mit ihren frischen Haaren. Die Haare sind eben doch das Schönste an mir, sonst ist nicht viel los, außer den Füßen natürlich. Zuhause würde sie sich ruhig und glücklich hinlegen, ihre Haare ausbreiten, ihre Füße betrachten, denn im Kino gab es sicher wieder einen dieser anstrengenden Filme, mit Mord und Totschlag und manchmal sogar Krieg, und wenn auch alles gestellt und erfunden war, dann nahm es sie doch zu sehr mit, gerade weil es in der Wirklichkeit anders zuging. In ihrer Wirklichkeit gab es nur Guggi, die ein Problem war, aber auch das war nur leihweise ein Problem, und Erich war einfach ein schwacher Mensch, der sich auch im Büro kujonieren ließ, das wußte er auch selber, und sie hätte diesem Chef längst die Meinung gesagt und sie hätte dieser haltlosen Person längst eigenhändig die Tabletten und Rasierklingen hingelegt, ausdrücklich, damit die wenigstens einmal zur Besinnung kam.

Sie zog ihre Puderdose aus der Handtasche und sah ihre Zähne an, nicht schlecht, wenn auch leicht unregelmäßig, sie mußte unbedingt zum Zahnarzt gehen, und zwar bald. Und gereinigt mußten die auch endlich werden, nicht diese Woche, aber nächste Woche. Eine fürchterliche Belastung. Sie war froh, daß sie sich schon halb und halb dazu entschlossen hatte.

Ich bin eine Mädchenfrau. Oder bin ich eher ein Frau-Mädchen? Sie überlegte, am Einnicken, ob da eine gefährliche Verschiedenheit bestehen könnte zwischen den beiden Ausdrücken, aber zu Erich würde sie heute am besten etwas ganz anderes sagen, damit er es nicht zu einfach hatte. Das mußte einmal gesagt werden. Weißt du, ich bin eine Frau, würde sie sagen, denn das war eben der Punkt, auf den es ankam, und den er nicht verstand: daß sie, trotz allem, eine Frau war. Demi-vierge war ganz schön, aber immer konnte sie ihm dieses Vergnügen nicht machen, sie so problemlos zu sehen. Ich bin eine Frau – das mußte ein Problem werden für ihn, einen ganz kleinen Stachel würde es in ihm zumindest hinterlassen, aber da es ihr zu kompliziert war, selber darüber weiterzudenken, versank sie fast bewußtlos unter dem Tosen der Trockenhaube. Ihre Hände waren jetzt auch fertig und lackiert, sie hatte es kaum bemerkt, daß Rosi schon ihre Sachen zusammenräumte und aufstand, und sie bat sie flehentlich, die Haube abzustellen. Zwanzig Minuten waren das bestimmt gewesen. Unsägliche zwanzig Minuten, Herrn Karl zuliebe.

Sie ging mit dem neuen dicklichen Fräulein, das Frau Hilde vertrat, in eine Kabine und legte sich auf das harte, schmale Bett, im Grund schon voller Mißtrauen, und nach den ersten Handgriffen von dieser »Vertretung« verfinsterte sie sich, sie hatte ganz deutlich das Gefühl, es werde schiefgehen. Begründen hätte sie es nicht können, denn beim Reinigen und Massieren konnte freilich noch nichts passieren, aber diese Person hatte Hände, also zwei schlimme, klobige Hände, das fühlte sie doch, diesen Instinkt hatte sie, wenn Hände sie berührten, und diese Langsamkeit und Vorsichtigkeit, mit der die ihr im Gesicht herumwischte mit einem Kleenex. Beatrix hielt die Augen geschlossen, damit sie wenigstens nicht dieses rotgeäderte teigige Gesicht sehen mußte, das sich von hinten über das ihre beugte, aber jetzt zupfte die Person schon mit der Pinzette an ihren Augenbrauen herum, wieder mit dieser Langsamkeit, und das mußte doch blitzschnell gehen, damit es nicht schmerzte. (Hören Sie bloß auf, ich kann nicht mehr, hören Sie doch auf!) Beatrix hatte nicht den Mut, laut etwas zu sagen, denn so etwas hatte sie noch nie durchgemacht bei RENÉ, eine derartige Tortur, und sie wußte nicht, wie sie, ohne diese Person zu beleidigen oder davonzurennen, lächerlich mit den Wicklern auf dem Kopf, aus dieser Situation herausfinden sollte. Das allerdings war eine Situation! Mit Herrn Karl hätte sie sich rasch verständigen können, aber er kam nie zu den Kabinen, das war nicht sein Reich, es kam überhaupt niemand, auch Gitta nicht, und sie konnte doch nicht einfach aufheulen, laut aufschreien in dieser Folterkammer. Mühsam fragte sie, während dieser neue Trampel weiterzupfte, wie spät es sei. Für das Kino war es also zu spät, auch das noch, und die Lockenwickler drückten sie, diese Person hatte nicht einmal daran gedacht, ihr ein Kissen unter den Kopf zu schieben, die verstand rein gar nichts, und Beatrix kam schließlich nicht zu RENÉ, um sich zu opfern für die ersten Versuche einer Dilettantin, aus der nie eine Kosmetikerin werden würde, das fühlte sie doch, bei diesen Händen. Die ersten Tränen liefen Beatrix aus den Augenwinkeln. Wie würde das erst beim Schminken zu ertragen sein, da mußte man doch völlig entspannt sein, und bei Frau Hilde war sie immer relaxed, direkt relaxed und schläfrig. Sie konnte schon jetzt nicht mehr stillhalten, und wenn es dann auf das Augenschminken ankam, würde es eine Katastrophe geben. Die Tränen genüg-

ten ja wohl schon, bemerkte dieser Trampel das nicht, eine
Träne genügte doch, um nicht arbeiten zu können an einem make-up, und in ihrer Verzweiflung sagte Beatrix:
Bitte, ein Glas Wasser, mir ist übel, bringen Sie mir ein
Glas Wasser. Die Person hörte überrascht auf und ging
hinaus. Beatrix setzte sich sofort auf und suchte zitternd
nach einem Spiegel.

Wie idiotisch, sich ausgerechnet einen solchen Tag auszusuchen, um sich mit Erich zu treffen, der keine Ahnung
hatte, was sie auf sich nahm. Das Gescheiteste wäre überhaupt, ihm bald zu sagen, am besten heute noch, daß sie
einander nicht mehr sehen sollten, vielmehr nicht sehen
dürften, daß sie ihrer Tante zum Beispiel alles gebeichtet
hätte und ihre Tante, mit ihren bornierten Ansichten, diese
Beziehung zu einem verheirateten Mann skandalös fand
und daß sie natürlich, abhängig von ihrer Tante und zutod
erschrocken über den Ausbruch ihrer Tante . . . Nein, das
ging auch nicht. Aber Guggi konnte sie als Grund anfüh-
ren und ihr eigenes schlechtes Gewissen, das sie deswegen
nicht mehr zur Ruhe kommen lasse. Beatrix mochte besonders gern Worte wie Gewissen, Schuld, Verantwortung
und Rücksicht, weil sie ihr gut klangen und nichts sagten.
Man sollte überhaupt nur Worte mit anderen verwenden,
die einem gar nichts sagten, weil man sonst unmöglich zu-
rechtkam mit den anderen, und »Gewissen« würde eine
Glaubwürdigkeit für Erich haben, der ja ein exemplari-
sches Beispiel dafür war, wie das funktionierte, wenn man
einem Mann die unsinnigsten Worte servierte, denn er
konnte nur mit denen etwas anfangen. Mit den heimlichen
Worten und verheimlichten Gedanken von Beatrix wäre
Erich doch in einen Abgrund gefallen oder zumindest völlig desorientiert worden. Eine Orientierung brauchte er,
das war alles.

Sie löste sich, immerzu in den Spiegel sehend, zuerst ein
paar Wickler am Hinterkopf, dann noch zwei vorne an den

Schläfen und war überrascht, als die steifen Locken ihr jetzt auf die Wangen herabhingen und ihr ein anderes Gesicht gaben als mit dem ausgekämmten Haar. So sollte sie aussehen! Das war es! Schmal, puppenhaft, mit diesen zwei Locken vorne, die künstlich aussahen, vielleicht lauter solche Korkenzieherlocken, ein ganz ausdrucksloses maskenhaftes Gesicht einrahmend, wie jetzt. Sie zog fasziniert einen Wickler nach dem anderen heraus, es war ihr gleichgültig, was Herr Karl danach sagen würde, ihr Herz fing an zu jagen, sie befeuchtete sich die Lippen und flüsterte sich etwas zu. Sie sah unwahrscheinlich aus, märchenhaft, geheimnisvoll, sie war ein solches Geheimnis, und wer würde sie je so sehen, dieses geoffenbarte Geheimnis eines Moments? Ich bin verliebt, ich bin ja richtiggehend verliebt in mich, ich bin zum Verlieben! Beatrix wünschte nur, daß die Person so schnell kein Glas und kein Wasser finden würde, denn sie war zum erstenmal verliebt, und das gab es also wirklich, ein so starkes Gefühl in einem Menschen, daß man vor Lachen und Weinen, zwischen Lachen und Weinen, keinen Ausdruck fand, aber das war ja etwas Unglaubliches, wie in den Filmen, so romanhaft, ein Erdbeben war in ihr, und weil sie auch nicht mehr Worte wußte als andre, war es sicher Verliebtheit.

Sie schlug ihren Gefühlsaufruhr rasch nieder, denn sie hörte Schritte und gleich würde die Kabinentür aufgehen, es würde alles wieder grauenvoll werden und das Leben draußen erbärmlich weitergehen, ein Leben, in dem Strümpfe zerrissen, in dem es ungelüftete schäbige Wohnungen gab wie in der Strozzigasse, in dem Kleider schmutzig wurden, in dem es regnete, wenn man einmal zum Friseur ging und sich darauf freute, in dem die Haare bald wieder fettig wurden, und die kurze Zeit der Perfektion, in der sie makellos war, mit rosigen Füßen und Händen und noch im Nachbeben nach einer Erschütterung – diese Zeit schleifte schon dahin, und wieder würde sie konsumiert werden, vom Leben, von Erich, denn dieser wehleidige Narr konsumierte sie auch, ohne zu wissen, wie kostbar sie war und wie sie sich verausgabte, sinnlos, damit er ein bißchen Mut bekam und sich wieder aufrichten konnte nach jedem Fall, während sie selber in seiner Gegenwart und durch seine Gegenwart zerstört wurde und verging, für nichts und wieder nichts. Augenblicke wie diese konnte Erich gar nicht kennen und einen Aufschwung und eine Bezauberung solcher Art nie gehabt haben, denn er war gemacht für Sorgenhaben und Sorgenausbreiten, all diesen nonsense, anstatt einmal die Augen aufzumachen und zu sehen, was für ein Juwel ihm beschert worden war, was an ihr besonders war und einzigartig und daß sie kein »kleines Liebes« und »liebes Kleines« war, sondern daß sie, mit oder ohne Denkfehler, ein einsames unverstandenes Kunstwerk war, unerreichbar und zum Glück unverstanden, denn von ihrer allwissenden Cousine hatte sie einmal gehört, daß es das Besondere an einem Bild war, daß man es nicht verstehen konnte, weil es nichts zu verstehen gab und die Bedeutungen keine Bedeutung hatten, es war also gar nicht alles so dumm, was dumme Leute manchmal daherredeten.

Das Glas Wasser trank sie, weil die Person damit zurückkam, und sie legte sich wieder ergeben hin, denn die wußte auch nichts Besseres zu sagen, als daß sie die Wickler nicht hätte herausnehmen dürfen, Herr Karl werde nicht begeistert sein. Beatrix erwiderte auf diese Bemerkung nichts, es stand ihr nicht dafür. Sie murmelte nur, was Frau Hilde und wie Frau Hilde ihr sonst das make-up machte, und sie bitte doch sehr. Die Person beugte sich wieder über sie und fing mit einem Lidstrich an, den sie gleich wieder wegwischte, das hatte ja so kommen müssen, und dann fing sie wieder an, auf dem andern Aug, das zu zucken begann, aber das Zucken war doch nicht gewollt von Beatrix, sondern verursacht von dieser ungeschickten Person, die noch einmal anfing, und Beatrix zuckte nicht mehr, denn die sollte sich nicht herausreden können, und nach einer halben Ewigkeit waren diese Lidstriche gezogen und die Lidschatten aufgetragen. Beatrix sagte nur einmal: Aber dezent bitte, eine Andeutung, ich bin ja keine Schauspielerin. Die Neue sagte gar nichts mehr, aber diese Stille war verdächtig, und es brauchte schon eine Riesengeduld, wie nur Beatrix sie aufbringen konnte, um dieses verdächtige Herumwischen, diese wiederholten Korrekturen zu ertragen. Endlich war sie erlöst und stand mit einem düsteren Schweigen auf, nein, sie wolle nichts sehen, in keinem Spiegel, nur sofort zu Herrn Karl und gekämmt werden. Die Feindseligkeit in der Kabine war schon unerträglich, und Beatrix flüchtete. Ihre ganze Herzlichkeit, ihre gewohnte Lust zum Plaudern bei RENÉ war ihr in dieser Stunde gründlich vergangen, und sie setzte sich in das vorderste Zimmer, um auf Herrn Karl zu warten.

Erst als er eilig kam, denn sie räumten schon auf, um schließen zu können, und nach Toni rief, damit er ihm den Föhn hielt, sah sie auf und sah ihn sehr vorwurfsvoll an. Sie hoffte, daß er sie gleich verstehen werde. Herr Karl empörte sich aber nur über die Wickler, die weg waren, und das war nun wirklich der Gipfel, aber es war noch gar nicht der Gipfel, denn ehe sie ihm antwortete, sah sie doch, unter einem unbezähmbaren Zwang, in den Spiegel. Sie hatte keine Worte, und das sagte sie: Herr Karl, ich habe keine Worte. Schauen Sie sich dieses make-up an, ich will ja nicht sagen, wie ich aussehe, aber wie ich aussehe, das sehen Sie selber!

Herr Karl bürstete schon, und er kämmte und föhnte jede Strähne, als bemerkte er nichts, und das war ihre bitterste Enttäuschung. Ihr geheimnisvolles Gesicht war wie nie gewesen. Aber gnädiges Fräulein – er sagte gottlob nicht gnädige Frau zu ihr, denn sonst wären ihr jetzt die Nerven gerissen – ich weiß, wie Sie an Frau Hilde gewöhnt sind, aber ich finde dieses neue make-up gar nicht so schlecht. Beatrix beherrschte sich und dachte, das geht leider über meine Beherrschung, er hätte zumindest sagen können, daß sie schauerlich aussah und daß ihre Augen eine Katastrophe waren. Sie war ja nicht blind und sie sah es, zu dikke unregelmäßige Linien, zuviel Schwarz, es war eine regelrechte Katastrophe. Herr Karl sagte nur, ablenkend: Draußen schüttet es leider, und Sie kommen immer, wenn es regnet. Beatrix antwortete noch immer nicht, sie überlegte fieberhaft, was sie tun solle, so konnte sie Erich unmöglich treffen, sie mußte es vermeiden, womöglich gleichzeitig mit ihm ins Hochhauscafé zu kommen, sie konnte nur in das Restaurant Linde laufen und auf die Toilette gehen, sich dort diese Farben herunterwaschen, aber mit Wasser war nichts zu machen, und sie nahm rasch einen der Wattebauschen, die da lagen, für die Ohren, sie sah einen Tiegel vor sich stehen, mit einer Creme, darauf stand: leave on over night, aber sie verstand nicht dieses blöde Englisch, und während er sie bat, den Kopf gerade zu halten, fing sie an, verzweifelt mit diesem Wattebauschen und der Creme sich die Augen zu reiben, denn das Zeug mußte einfach weg, das sah ja hurenhaft aus, und Erich würde denken, sie sei verrückt geworden, aber diese Creme war nicht die richtige, und Herr Karl war entsetzt und sagte etwas, aber sie hörte nicht zu, sie wischte und rieb sich die Lider, und dann war sie eben am Ende, sie brach in ein unaufhaltbares Schluchzen aus, die Wimperntusche rann ihr herunter, und sie sprang auf, mit schwarzen und blauen Tränenströmen auf den Wangen, und schrie: Lassen Sie mich, man soll mir sofort meinen Mantel ... Aber da sie auch das Kleid hinten hatte und nicht nur den Mantel, rannte sie nach hinten, schmiß den RENÉ-Mantel zu Boden und zog das Kleid an, den Mantel, und sie schluchzte und schluchzte, und sie konnte jetzt unmöglich noch mit Frau Yvonne verhandeln und Trinkgelder verteilen, und

Herr Karl, der ihr nachgelaufen war, aber nicht zu »Damen« hineindurfte, wartete auf sie und rief: Gnädiges Fräulein, aber ich bitte Sie, aber was ist denn, aber ich kann Sie so doch nicht . . .

Beatrix sah ihn nicht einmal an und rief nur: Ich zahle das nächste Mal, ich komme ja zu spät! und sie lief hinaus und die Stiege hinunter, aber Herr Karl holte sie ein, denn sie hatte den Schirm vergessen, und draußen goß es doch und in Strömen, er wollte noch etwas sagen, aber Beatrix, die zwar den Schirm nahm, aber nicht aufspannte, war schon vor dem Tor und sagte noch, während der Regen ihr ins Gesicht peitschte: Und ich sitze hier bei Ihnen einen ganzen Nachmittag herum, ich habe einen geschlagenen Nachmittag verloren, ich habe doch nicht meine ganze Zeit zu verlieren! Nachdem sie ihm den ganzen Nachmittag ins Gesicht geschleudert hatte, war ihr Kopf klatschnaß, die Frisur weg, aber das Taschentuch von Herrn Karl wies sie kategorisch zurück.

Verstehen Sie denn nicht! Mein ganzer Tag ist hin!

Sie überquerte die Straße, und in der Linde, im Vorraum der Toiletten weinte sie hemmungslos weiter, und es fiel ihr Erich ein, der schon wartete, aber heute umsonst. Hoffentlich hatte Guggi sich umgebracht, und er wartete nicht. Sie war auf einmal sicher, daß Guggi sich umgebracht hatte, hörte sofort zu weinen auf und sah in den Spiegel. Eine Katastrophe.

Zur alten Toilettenfrau sagte sie: Es ist eine Katastrophe. Es ist alles hin. Die Menschen sind eben alle so rücksichtslos. Die alte Frau sagte, sie in die Arme nehmend, besorgt: Aber Kind, Kind! Und Beatrix sagte, mit großer Fassung: Ich bin kein Kind, aber es sind eben alle rücksichtslos. Ich muß sofort diese Schmierage aus dem Gesicht wegkriegen.

Ja, die Männer, sagte die alte Frau, verständnisvoll und gerührt, und Beatrix verstand einen Moment nicht, aber dann, der alten Frau wegen, die noch an Märchen glaubte, schluchzte sie noch einmal laut auf. Den Gefallen konnte sie einer alten Frau tun, sie in ihrem Glauben zu lassen. Ja, die Männer!

Ihr glücklichen Augen

Georg Groddeck in memoriam

Mit 2,5 rechts und 3,5 links hat es angefangen, erinnert sich Miranda, aber jetzt hat sie, harmonisch, auf jedem Auge 7,5 Dioptrien. Der Nahpunkt beim Sehen ist also abnorm nah gerückt, der Fernpunkt auch näher. Das Brillenrezept wollte sie einmal auswendig lernen, um auch nach einem Unfall, etwa auf einer Reise, sich sofort neue Gläser machen lassen zu können. Sie hat es bleiben lassen, weil dazu noch ihr Astigmatismus kommt, der die Angaben kompliziert, und diese zweite Deformation ängstigt sie, denn ganz wird sie nie verstehen, warum ihre Meridiane gestört sind und nirgends die gleiche Brechkraft haben. Auch der Ausdruck »Stab- und Zerrsichtigkeit« verheißt ihr nichts Gutes, und sie sagt zu Josef mit wichtigtuender Stimme: Zerrsichtigkeit, verstehst du, das ist ärger als Blindsein.

Es kann aber vorkommen, daß Miranda ihre kranken optischen Systeme als ein »Geschenk des Himmels« empfindet. Mit solchen, dem Himmel, Gott und den Heiligen vermachten Aussprüchen ist sie rasch zur Hand – ja, ein Geschenk sind sie, wenn auch vielleicht nur ein ererbtes. Denn es erstaunt sie, wie die anderen Menschen das jeden Tag aushalten, was sie sehen und mit ansehen müssen. Oder leiden die anderen nicht so sehr darunter, weil sie kein andres System haben, die Welt zu sehen? Es könnte das normale Sehen, inklusive des normalen Astigmatismus, die Leute ja ganz abstumpfen, und Miranda müßte sich nicht mehr vorwerfen, mit einem Privileg, mit einer Auszeichnung zu leben.

Bestimmt würde Miranda Josef nicht weniger lieben, wenn sie seine gelblich verfärbten Zähne jedesmal bei einem Lachen sehen müßte. Sie weiß aus der Nähe, wie diese Zähne sind, aber sie denkt unbehaglich an eine Möglichkeit von »immerzu sehen«. Es würde ihr wahrscheinlich auch nichts ausmachen, an manchen Tagen, wenn er müde ist, durch Faltenfelder um seine Augen erschreckt zu werden. Trotzdem ist es ihr lieber, daß dieses genaue Sehen ihr erspart bleibt und ihr Gefühl dadurch nicht beeinträchtigt und geschwächt werden kann. Sie merkt sowieso augenblicklich – weil sie Mitteilungen auf andren Wellen empfängt –, ob Josef müde ist, warum er müde ist, ob er übermütig lacht oder gequält. So scharf abgebildet wie andre braucht sie ihn nicht vor sich zu haben, sie mustert niemand, fotografiert Menschen nicht mit einem Brillenblick, sondern malt sie in ihrer eignen, von andren Eindrücken bestimmten Manier, und Josef endlich ist ihr wirklich gelungen, von Anfang an. Auf den ersten Blick hat sie sich in ihn verliebt, obwohl jeder Augenarzt darüber den Kopf schütteln würde, weil Mirandas erste Blicke nur katastrophale Irrtümer ergeben dürften. Aber sie besteht auf ihrem ersten Blick, und von allen Männern ist Josef derjenige, mit dessen frühen Skizzen und späteren, erweiterten Entwürfen, im Hellen, im Dunkeln und in allen erdenklichen Situationen Miranda ganz zufrieden ist.

Mit Hilfe einer winzigen Korrektion – der durch die Zerstreuungslinsen – mit einem auf die Nase gestülpten goldenen Brillengestell, kann Miranda in die Hölle sehen. Dieses Inferno hat nie aufgehört, für sie an Schrecken zu verlieren. Darum sieht sie sich, immer auf der Hut, vorsichtig um in einem Restaurant, eh sie die Brille aufsetzt, um die Speisekarte zu lesen, oder auf der Straße, wenn sie ein Taxi herbeiwinken will, denn wenn sie nicht achtgibt, kommt in ihr Blickfeld, was sie nie mehr vergessen kann: Sie sieht ein verkrüppeltes Kind oder einen Zwerg oder eine Frau mit einem amputierten Arm, doch solche Figuren sind wirklich nur die grellsten, auffallendsten inmitten ei-

ner Anhäufung von unglücklichen, hämischen, verdammten, von Demütigungen oder Verbrechen beschriebenen
Gesichtern, unträumbaren Visagen. Und deren Ausdün-
stung, diese globale Emanation von Häßlichkeit, treibt ihr
die Tränen in die Augen, läßt sie den Boden unter den Füßen verlieren, und damit das nicht eintritt, liest sie rasch
die Speisekarte und versucht blitzschnell, ein Taxi von einem Privatauto zu unterscheiden, dann steckt sie die Brille
weg, sie braucht nur eine kleine Information. Weiter will
sie nichts wissen. (Einmal, um sich zu strafen, ist sie einen
ganzen Tag lang mit der Brille durch Wien gegangen,
durch mehrere Bezirke, und sie hält es nicht für richtig,
diesen Gang zu wiederholen. Es ginge über ihre Kraft, und
sie braucht die ganze Kraft, um mit der Welt zurechtzu-
kommen, die sie kennt.)
Mirandas Entschuldigungen, weil sie nicht grüßt oder
nicht zurückgegrüßt hat, werden von einigen Leuten nicht
ernst genommen, von anderen als dumme Ausrede abgetan
oder für eine besondere Form der Arroganz gehalten. Stasi
sagt beinahe gehässig:
Dann setz doch eine Brille auf!
Nein, nie, niemals, erwidert Miranda, das bringe ich nicht
über mich. Würdest du denn eine tragen?
Stasi kontert:
Ich? Wieso denn ich? Ich sehe doch anständig.
Anständig, denkt Miranda, wieso anständig? Und etwas
kleinlaut forscht sie: Aber daß man es aus Eitelkeit nicht
tut, das würdest du verstehen?
Stasi läßt Miranda ohne Antwort, und das heißt: nicht nur
diese sagenhafte Einbildung, sondern eitel ist sie auch
noch, und dieses sagenhafte Glück, das sie obendrein immer hat mit den Männern, falls es wahr ist, aber aus diesem zurückhaltenden Josef war ja nicht klug zu werden.
Zu Josef sagt Miranda:
Stasi ist jetzt viel gelöster, so nett war sie früher nie, ich

glaube, sie ist verliebt, jedenfalls muß da etwas sein, was ihr guttut. Was will der nun eigentlich von ihr, die Scheidung und das Kind? Ich verstehe diese ganze Geschichte nicht.

Josef ist zerstreut, als wüßte er nicht recht, von wem die Rede ist. Doch, er findet auch, Stasi sei angenehmer geworden, beinahe frequentabel, vielleicht liege das an Bertis ärztlichen Kunststücken oder sogar an Miranda und ihnen allen, denn Stasi war einfach zermürbt gewesen, schon ganz widerwärtig geworden von all dem Unglück, aber jetzt bekomme sie das Kind doch zugesprochen. Das hört Miranda zum erstenmal, und sie hört es von Josef. Sie will gleich Stasi anrufen und sich freuen, dann ist ihr einen Moment lang kalt, sie schaut nach, ob das Fenster offen ist, es ist aber zu, Josef schaut wieder in die Zeitung, Miranda auf das Dach vis-à-vis. Wie finster es in dieser Gasse ist, zu teuer und zu finster in all diesen Häusern, auf einer Hinrichtungsstätte aus der guten alten Zeit.

Miranda hat im Arabia-Espresso gewartet, jetzt wird es Zeit, sie zahlt, geht, prallt mit dem Kopf gegen die Glastür des Espressos, reibt sich die Stirn, das wird wieder eine Beule geben, wo die alte kaum vergangen ist, Eisstücke müßte sie sofort haben, aber woher nimmt sie jetzt Eisstücke? Glastüren sind feindlicher als Menschen, denn nie hört Miranda zu hoffen auf, daß die Menschen auf sie aufpassen werden, wie Josef es tut, und schon lächelt sie wieder vertrauensvoll auf dem Trottoir. Sie kann sich allerdings irren, denn Josef wollte entweder zuerst zur Bank und dann in die Buchhandlung, oder umgekehrt, und so steht sie auf dem Graben und versucht, ihn herauszufinden unter allen, die über den Graben gehen, und dann stellt sie sich in die Wollzeile mit verschwommenen aufgerissenen Augen. Sie blickt abwechselnd in Richtung Rotenturmstraße und in Richtung Parkring, sie vermutet ihn bald in der Nähe, bald in der Ferne, ah, jetzt kommt er doch von der Rotenturmstraße, und sie freut sich auf einen wildfremden Mann, der aber abrupt aus ihrer Zuneigung entlassen wird, wenn er als Nicht-Josef erkannt ist. Dann fängt die Erwartung wieder an, wird immer heftiger, und in ihrer nebelhaften Welt gibt es zuletzt, mit Verspätung, doch eine Art Sonnenaufgang, der Dunstvorhang zerreißt, denn Josef ist da, sie hängt sich ein und geht glücklich weiter.

Die verhangene Welt, in der Miranda nur etwas Bestimmtes will, nämlich Josef, ist die einzige, in der ihr, trotz allem, wohl ist. Die präzisere, von Gnaden des Wiener Brillenstudios, der ausländischen Rivalen Söhnges und Götte, ob aus Bleiglas, aus leichtem Glas oder Plastik oder gesichtet durch die modernsten Haftschalen – Miranda wird sie nie akzeptieren. Sie gibt sich zwar Mühe, sie versucht es, weigert sich unversehens, bekommt Kopfschmerzen, ihre Augen tränen, sie muß im verdunkelten Zimmer liegen, und einmal, vor dem Opernball, aber wirklich nur, um Josef zu überraschen, hat sie sich diese teuren deutschen Haftschalen aus München kommen lassen und auf der Rechnung den Werbeslogan gelesen: Immer das Gute im Auge behalten. Über ein schwarzes Tuch gebeugt, hat sie versucht, die winzigen Dinger einzusetzen, die Vorschriften memorierend, blind von narkotisierenden Augentropfen, und dann war doch die eine Haftschale verloren, nie wiederzufinden im Bad, in den Abfluß der Dusche gesprungen oder auf den Kacheln zerschellt, und die andere war unter Mirandas Lid, hoch oben in den Augapfel, gerutscht. Bis zu Bertis Eintreffen, trotz Tränenströmen, war nichts zu machen gewesen, dann noch eine Stunde, trotz Bertis kundiger Hand, wieder nichts, Miranda will sich nicht erinnern können, wie und wann Berti die Linse gefunden und entfernt hat, und sie beteuert noch hie und da: Ich jedenfalls habe mein Möglichstes getan.

Auch Josef vergißt manchmal, wenn er mit ihr spricht, daß

er es nicht gerade mit einer Blinden, aber mit einem Grenzgänger zu tun hat und wohlbekannte Dinge Miranda nicht recht bekannt sind, daß aber ihre Unsicherheit produktiv ist. Obwohl sie zaghaft aussieht, ist sie nicht schwächlich, sondern selbständig, eben weil sie genau weiß, was sich zusammenbraut in dem Dschungel, in dem sie lebt, und weil sie auf alles gefaßt ist. Da Miranda unkorrigierbar ist, muß die Wirklichkeit sich vorübergehend Veränderungen von ihr gefallen lassen. Sie vergrößert, verkleinert, sie dirigiert Baumschatten, Wolken und bewundert zwei schimmelgrüne Klumpen, weil sie weiß, das muß die Karlskirche sein, und im Wienerwald sieht sie nicht die Bäume, aber den Wald, atmet tief, versucht, sich zu orientieren.

Da, schau, der Bisamberg!

Es ist nur der Leopoldsberg, aber das macht nichts. Josef ist geduldig. Wo hast du denn wieder deine Brille? – Ach so, im Auto vergessen. Und warum sollte es nicht ausnahmsweise der Bisamberg sein? fragt sich Miranda und fleht den Leopoldsberg an, ihr eines Tages den Gefallen zu tun, der richtige Berg zu sein.

Zärtlich und vertrauensselig und immer halb gekuschelt an Josefs Hagerkeit nimmt sie die nächste Wurzelhürde auf dem Weg. »Zärtlich« heißt nicht nur, daß sie sich im Moment so fühlt, sondern zärtlich ist alles an Miranda, von ihrer Stimme bis zu ihren tastenden Füßen, einschließlich ihrer gesamten Funktion in der Welt, die einfach Zärtlichkeit sein dürfte.

Wenn Miranda in eine Wiener Straßenbahn steigt, in einem AK oder BK zwischen den Menschen schwankt, ohne zu merken, daß der nackte Haß den Kondukteur und die alte Frau mit dem falschen Billett regiert, daß die Nachdrängenden von der Tollwut befallen sind und die Nochnichtausgestiegenen die Mordlust im Blick haben, und wenn Miranda mit vielen Pardons zum »Ausstieg« gekommen ist, glücklich, daß sie den Schottenring rechtzeitig erkannt hat und ohne Hilfe die zwei Stufen hinunterfindet, dann denkt sie, daß die Menschen alle eigentlich »ungeheuer nett« sind, und diese anderen Menschen im AK, die sich entfernen, der Universität entgegen, wissen zwar nicht, warum die Stimmung besser ist, die Luft wieder atembar ist, nur dem Kondukteur fällt auf, daß jemand das Wechselgeld nicht genommen hat, wahrscheinlich die Frau, die an der Börse oder am Schottenring ausgestiegen ist. Fesche Person. Gute Beine. Er streicht das Geld ein.

Miranda verliert vieles, wo andren etwas genommen wird, und sie geht ungerührt an jemand vorüber, anstatt einen Zusammenstoß mit ihm zu haben. Oder sie hat einen Zusammenprall, aber dann war es ein Irrtum, ein reiner Zufall, verschuldet von ihr. Sie könnte Messen lesen lassen für alle Autofahrer, die sie nicht überfahren haben, dem hlg. Florian Kerzen stiften für jeden Tag, an dem ihre Wohnung nicht abgebrannt ist, wegen der angezündeten Zigaretten, die sie weglegt, sucht und dann gottlob findet, wenn auch schon ein Loch in den Tisch gebrannt ist.

Traurig auch, ja, ein wenig traurig, wie viele Flecken, Brandspuren, überhitzte Kochplatten, ruinierte Kasserollen es in Mirandas Wohnung gibt. Aber es geht doch immer gut aus, und wenn Miranda die Tür öffnet, weil es geläutet hat, und unerwartet ein fremder Mensch dasteht, dann hat sie regelmäßig Glück. Es ist Onkel Hubert, es ist ihr alter Freund Robert, und sie wirft sich Onkel Hubert und Robert oder sonst jemand an den Hals. Zwar hätte es auch ein Hausierer oder ein Einbrecher sein können, der Schläger Novak oder der Frauenmörder, der noch immer den ersten Bezirk unsicher macht, aber zu Miranda in die Blutgasse kommen nur die besten Freunde. Die anderen Leute, die Miranda dann doch nicht erkennt, bei größeren Zusammenkünften, auf Parties, in den Theatern und Konzertsälen, die umgeben mit ihrer prickelnden Anwesenheit oder fraglichen Abwesenheit eine nicht ungesellige Miranda. Sie weiß bloß nicht, ob der Doktor Bucher zu ihr herübergegrüßt oder vielleicht doch nicht gegrüßt hat, und es könnte auch sein, der Größe und des Umfangs wegen, daß es Herr Langbein gewesen ist. Sie kommt zu keinem Schluß. In einer Welt von Alibis und Kontrollen rätselt Miranda – natürlich nicht an einem Welträtsel, an nichts von Bedeutung. Nur: will dieser Umriß Herr Langbein sein, oder will er es nicht sein? Es bleibt ein Geheimnis. Wo alle sich Klarheit verschaffen wollen, tritt Miranda zurück, nein, diesen Ehrgeiz hat sie nicht, und wo andre Geheimnisse wittern, hintenherum und hinter allem und jedem, da gibt es für Miranda nur ein Geheimnis auf der ihr zugewandten Seite. Es genügen ihr zwei Meter Entfernung, und die Welt ist bereits undurchdringlich, ein Mensch undurchdringlich.

Im Musikverein ist ihr Gesicht das entspannteste, eine Oase des Friedens, in einem Saal, in dem sie von gut zwanzig gestikulierenden Personen gesehen wird und selber niemand sieht. Sie hat es erlernt, die Nervosität in Räumen aufzugeben, in denen Menschen einander notieren, abschätzen, aufschreiben, abschreiben, meiden, beäugen. Sie träumt nicht, sie ruht einfach aus. Denn was den anderen ihre Seelenruhe ist, das ist Miranda ihre Augenruhe. Ihre Handschuhe machen sich leise davon und fallen unter den Sessel. Miranda spürt etwas an ihrem Bein, sie fürchtet, versehentlich das Bein ihres Nachbarn gestreift zu haben, sie murmelt: Pardon. Ein Stuhlbein hat sich in Miranda verliebt. Josef hebt das Programmheft auf, Miranda lächelt unsicher und versucht, ihre Beine streng und gerade zu halten. Herr Doktor Bucher, der nicht Herr Langbein ist, sondern Herr Kopetzky, sitzt beleidigt drei Reihen hinter ihr, nach Gründen suchend für die Wankelmütigkeit dieser Frau, für die er beinahe einmal alles, aber auch alles – Josef fragt:

Hast du deine Brille?

Aber natürlich, sagt Miranda und gräbt in ihrer Handtasche. Ihr ist, als hätte sie außerdem Handschuhe mitgehabt, aber das sagt sie Josef besser nicht, nein, ihre Brille, das ist eigentümlich, sie muß also doch im Bad oder direkt neben dem Eingang oder im anderen Mantel oder, Miranda versteht es nicht, aber sie sagt geschwind:

Nein, du, hab ich nicht. Aber ich brauche doch nichts zu sehen in einem Konzert.

Josef schweigt, bewegt von seinem Leitmotiv in bezug auf Miranda: Mein argloser Engel.

Für Miranda haben andere Frauen keine Defekte, es sind Wesen, die weder Haare auf der Oberlippe noch auf den Beinen haben, die immer frisiert sind, ohne Poren und Unebenheiten, ohne Pickel und nikotinfarbene Finger, nein, nur sie kämpft einsam gegen ihre Unvollkommenheit vor dem Rasierspiegel, der einmal Josef gehört hat und in dem sie sieht, wovon sie hofft, daß Josef es barmherzig übersehen könnte. Danach aber, wenn Miranda Selbstkritik geübt hat, stellt sie sich vor den milden Biedermeierspiegel im Schlafzimmer und findet sich »passabel«, »es geht«, es ist gar nicht so schlimm, und da täuscht sie sich auch, aber Miranda lebt ja zwischen einem Dutzend Möglichkeiten, sich zu täuschen, und zwischen der günstigsten und der ungünstigsten balanciert sie jeden Tag durch ihr Leben.

Miranda besitzt in guten Zeiten drei Brillen: eine geschliffene Sonnenbrille mit einem goldenen, schwarzeingelegten Gestell, dann eine leicht transparente billige fürs Haus und eine Reservebrille, in der ein Glas locker ist und die ihr angeblich nicht steht. Außerdem dürfte sie auf ein früheres Rezept zurückgehen, denn aus dieser »Reserve« sieht Miranda alles »daneben«.

Es gibt Zeiten, in denen alle drei Brillen gleichzeitig verlegt, verschwunden, verloren sind, und dann weiß Miranda nicht mehr weiter. Josef kommt schon vor acht Uhr morgens aus der Prinz-Eugen-Straße und sucht die ganze Wohnung ab, er schimpft Miranda, er verdächtigt die Bedienerin und die Handwerker, aber Miranda weiß, daß niemand stiehlt, es liegt eben alles an ihr. Da Miranda die Wirklichkeit nicht toleriert, aber doch nicht ohne einige Anhaltspunkte weiterkommt, unternimmt die Wirklichkeit von Zeit zu Zeit kleine Rachefeldzüge gegen sie. Miranda begreift das, sie nickt den Objekten, der sie umgebenden Kulisse, komplizenhaft zu, und die komische Falte, die sie hat, wo sie noch keine haben müßte, vom angestrengten Augenauf-und-zumachen, wird an solchen Tagen tiefer. Josef verspricht, gleich zum Optiker zu gehen, denn Miranda kann ohne Brille nicht existieren, und sie dankt ihm, umklammert ihn plötzlich furchtvoll und möchte etwas sagen, aber nicht nur, weil er gekommen ist und ihr hilft, sondern weil er ihr hilft zu sehen und weiterzusehen. Miranda weiß nicht, was ihr fehlt, und sie möchte sagen, so hilf mir doch! Und zusammenhanglos denkt sie, sie ist eben schöner als ich.

In der Woche, in der Miranda warten muß und nicht ausgehen kann und den Überblick verliert, muß Josef zweimal mit Anastasia abends essen gehen, um sie wegen der Scheidung zu beraten. Nach dem ersten Mal ruft Stasi am nächsten Morgen an, nach dem zweiten Mal nicht mehr.

Ja, wir waren beim Römischen Kaiser. Gräßlich. Schlecht sei es gewesen, das Essen, und kalt sei ihr gewesen.

Und Miranda kann nicht antworten, denn für sie ist der Römische Kaiser der schönste und beste Platz in Wien, weil Josef dort zum erstenmal mit ihr essen war, und nun soll das auf einmal der gräßlichste – Miranda, hörst du mich? Also, wie gesagt. Nachher noch in der Eden-Bar. Schauderhaft. Ein Publikum!

Es mußte ganz gewiß etwas unter Stasis Begriff von Publikum geben, aber was mochte das sein? Miranda atmet wieder ruhiger. In der Eden-Bar ist sie nie mit Josef gewesen, ein winziger Trost ist das. Tut die bloß so oder ist die so?

Stasi versichert ihr, nach einer weiteren halben Stunde von Ausführlichkeiten: Jedenfalls hast du nichts versäumt.

So würde Miranda das nicht nennen, »nichts versäumt«, denn sie fürchtet, alles zu versäumen in diesen Tagen. Diese Woche will kein Ende nehmen, und jeder Tag hat einen Abend, an dem Josef verhindert ist. Dann ist die Brille fertig, er bringt sie schon ein paar Stunden später vom Optiker, aber es passiert gleich wieder. Miranda ist fassungslos, sie muß sich hinlegen, warten und ausrechnen, wann Josef in seiner Prinz-Eugen-Straße angekommen ist. Sie erreicht ihn endlich, sie weiß nicht, wie sie es anfangen soll, ihm zu sagen, daß die neue Brille ins Waschbecken gefallen ist.

Ja, du, ins Lavoir. Ich komm mir invalid vor, ich kann nicht ausgehen, ich kann niemand sehen. Du verstehst.

Josef sagt aus dem IV. Bezirk herüber:

Eine schöne Bescherung. Aber du bist doch schon oft ohne Brille ausgegangen.

Ja aber. Miranda weiß nichts Überzeugendes vorzubringen. Ja aber, jetzt ist das anders, denn sonst hab ich sie wenigstens in der Tasche.

Nein, das hast du nicht. Ich bitte schon sehr!

Wir wollen doch nicht deswegen, flüstert Miranda, bitte, wie klingst du denn?

Wie soll ich denn klingen?

Anders. Eben anders.

Und da keine Antwort kommt, sagt sie schnell:

Doch, Lieber, ich komme mit, ich fühle mich nur so unsicher, gestern bin ich beinahe, ja, fast, nicht ganz, ohnmächtig, wirklich, es ist scheußlich, ich habe die Reserve ja probiert. Alles »daneben«, verzerrt. Du verstehst schon.

Wenn Josef so schweigt, dann hat er nicht verstanden.

Bedauerlicherweise hat das keine Logik für mich, sagt der andersklingende Josef und hängt ein.

Miranda sitzt vor dem Telefon, schuldig. Jetzt hat sie Josef auch noch einen Anlaß gegeben, aber wofür? Warum fällt mir die Brille ins Waschbecken, warum ist Josef und warum ist die Welt, o Gott, das ist doch nicht möglich. Gibt es denn kein anderes Lokal in Wien? Muß Josef zum Römischen Kaiser gehen mit ihr? Muß Miranda weinen, muß sie in einer finsteren Höhle leben, an den Bücherregalen entlanggehen, das Gesicht an die Buchrücken pressen und dann auch noch ein Buch finden »De l'Amour«. Nachdem sie mühsam die ersten zwanzig Seiten gelesen hat, wird ihr schwindlig, sie rutscht tiefer in den Sessel, das Buch auf dem Gesicht, und kippt mit dem Sessel auf den Boden. Die Welt ist schwarz geworden.

Da sie weiß, daß ihr die Brille nicht zufällig ins Waschbecken gefallen ist, da sie Josef verlieren muß und ihn lieber freiwillig verlieren will, gerät sie in Bewegung. Sie übt die ersten Schritte auf ein Ende hin, das sie eines Tags, blind vor Schreck, feststellen wird. Daß sie Josef und Anastasia aufeinander zutreiben läßt, das dürfen beide nicht wissen, Stasi schon gar nicht, und sie muß darum eine Geschichte für alle erfinden, die erträglich und schöner ist als die wirkliche: Ihr wird also nie etwas an Josef gelegen gewesen sein, das vor allem, sie fängt schon an, diese Rolle zu lernen. Josef ist ein lieber guter alter Freund, nichts weiter, und sie wird sich freuen, sie wird es auch schon immer geahnt haben. Sie ahnt nur nicht, was die beiden wirklich tun und vorhaben, wie weit sie schon sind und welches Ende sie ihr anrichten. Miranda ruft Ernst an, und nach ein paar Tagen telefoniert er wieder ermutigt mit ihr. Zu Stasi macht sie einige unverständliche Bemerkungen, dann halbe Geständnisse: Ernst und ich, so kann man das nicht sehen, nein, wer sagt das denn? nein, aus war es wirklich nie, das ist doch, bitte, dir kann ich das ja, schon seit immer mehr gewesen als eine dieser Affären, die man eben hat, du verstehst –

Und sie murmelt noch etwas, als wäre sie schon zu weit gegangen. Die verwirrte Anastasia erfährt, daß Miranda noch immer nicht von Ernstl loskommt, und davon hat nun wieder einmal kein Mensch eine Ahnung in dieser Stadt, in der angeblich jeder alles von jedem weiß.

Miranda bringt es fertig, sich mit Stasi zu verabreden, aber noch rechtzeitig mit Ernst vor der Haustür gesehen zu werden, wo sie den unschlüssigen verlegenen Ernst zu küssen anfängt und ihn unter Küssen und aufgeregtem Lachen fragt, ob er sich noch erinnre, wie man ihr Haustor aufsperre.

Stasi bespricht mit Josef ausführlich die Haustorszene. Sie hat alles deutlich gesehen. Josef meint nicht viel dazu, er hat keine Lust, mit Anastasia über eine Miranda in Ernstls Armen vor dem Haustor nachzudenken. Josef ist überzeugt, daß es nur ihn für Miranda gibt, aber am nächsten Morgen, nachdem er Anastasia das Frühstück gemacht hat, wird er vergnügt. Er findet das nicht so übel, auch erleichternd, und Anastasia ist eben doch sehr klug und hat viel Scharfblick. Er wird sich mit dem Gedanken anfreunden, daß Miranda andere Männer braucht, daß Ernst schließlich auch besser zu ihr paßt, schon der gemeinsamen Interessen wegen, und sogar mit Berti sieht er sie oder mit Fritz, der ja nur so abscheulich von ihr redet, weil er nie zum Zug gekommen ist und noch immer angesprungen käme, wenn sie ihn wollte. Für Josef hat Miranda eine neue Anziehungskraft, die er nicht an ihr gekannt hat, und da Anastasia noch einmal davon anfängt, traut er Miranda fast stolz zu, daß sie richtige Verheerungen anzurichten verstünde.

Der Fritz, der Ärmste, der säuft doch seither.

So sicher ist sich da Josef nicht wie Anastasia, denn Fritz hat schon früher getrunken. Und einmal verteidigt er Miranda matt. Stasi seziert Mirandas Charakter und behauptet vor allem, sie habe keinen, sie ändre sich doch andauernd. Einmal sieht man sie elegant im Theater, dann ist sie wieder verwahrlost, ein Rock zipft, oder sie hat wieder wochenlang keinen Friseur gesehen. Josef sagt:

Aber du verstehst nicht. Es hängt doch davon ab, ob sie grade ihre Brille gefunden hat oder nicht, und dann hängt es noch davon ab, ob sie sie auch aufsetzt.

Dumme Gans, denkt Stasi, er ist ihr ja noch immer attachiert, nein, die dumme Gans bin ich, weil ich mir Hoffnungen auf den Josef mache, und jetzt weiß er nicht, was er will, was will er bloß? Aber das ist doch sonnenklar, diese raffinierte, schlampige, dumme, diese – Hier findet Stasi keine Worte mehr – sie hat ihn doch vollkommen in der Hand mit ihrer Hilflosigkeit, der Josef will doch beschützen, und wer beschützt eigentlich mich?

Und sie weint aus ihren schönen anständig sehenden blauen Augen zwei Tränen in den Orangensaft und schwört sich, daß sie in ihrem ganzen Leben nicht mehr weinen wird, jedenfalls nicht in diesem Jahr und nicht wegen Josef.

Josefs heilige Miranda, die Fürsprecherin aller Grenzgänger, wird von Stasi geröstet, zerteilt, aufgespießt und verbrannt, und Miranda fühlt es körperlich, wenn sie darüber auch nie ein Wort erfahren wird. Sie traut sich nicht mehr aus dem Haus, sitzt da mit der zweiten neuen Brille – sie will nicht auf die Straße. Ernst kommt zum Tee, und sie machen Pläne für das Salzkammergut, und Berti kommt einmal nachsehen, er meint, sie habe eine Avitaminose. Miranda sieht ihn gläubig an, ganz dieses Glaubens ist sie auch, und sie schlägt Berti von sich aus vor, viel rohe Karotten zu essen. Berti sagt, indem er einen langen Rezeptzettel vollschreibt:

Außerdem sind die gut für deine Augen.

Miranda sagt dankbar:

Natürlich, du weißt ja, das Wichtigste sind mir meine Augen.

Nur Josef kann sie kaum mehr ansehen. Sie schaut immer rechts oder links oder sonstwo an ihm vorbei, damit ihr Blick ins Leere geht. Sie möchte sich am liebsten die Hand vor die Augen halten, denn die größte Versuchung für sie ist immer noch die, Josef hingerissen anzuschauen. Es tut ihr einfach in den Augen weh, was er ihr vorspielt, nicht wie anderen im Herzen, im Magen oder im Kopf, und ihre Augen müssen den ganzen Schmerz aushalten, weil Josef-Sehen für sie das Wichtigste auf der Welt war. Und jeden Tag findet jetzt statt: Josef-Weniger-Sehen. Weniger-Von-Josef-Sehen.

Miranda gibt Eiswürfel in Josefs Glas, und Josef lümmelt selbstverständlich da wie immer, nur spricht er über Stasi, als hätten sie schon immer über Stasi gesprochen. Manchmal sagt er feierlich: Anastasia. Miranda, der Josef überall im Weg ist, schaut auf ihre manikürten Fingernägel. Porcelaine, das war der Lack, der die Josef-Zeit begleitet hat, aber da Josef ihr nur mehr flüchtig beim Kommen und Gehen die Hand küßt und porcelaine nicht mehr bewundert und studiert, kann sie vielleicht auf diesen Lack auch verzichten. Miranda springt auf, macht das Fenster zu. Sie ist überempfindlich, Geräuschen gegenüber. Es gibt neuerdings in dieser Stadt nur noch Geräusche, Radios, Fernseher, junge kläffende Hunde und diese kleinen Lieferwagen, ja, daran stößt Miranda sich, sie kann sich doch nicht wünschen, auch noch schlecht zu hören! Und auch dann würde sie die Geräusche noch arg hören, nur die Stimme nicht mehr deutlich, die sie am liebsten hört.

Miranda sagt nachdenklich:

Bei mir geht alles übers Ohr, ich muß die Stimme von jemand mögen, sonst führt es zu nichts.

Aber gibt sie nicht vor, nur schöne Menschen gern zu haben? Niemand kennt mehr schöne Leute als Miranda, sie zieht sie an, denn sie zieht Schönheit jeder anderen Qualität vor. Wenn sie verlassen wird, und Josef ist dabei, sie zu verlassen, dann wird eben Anastasia schöner oder besonders schön gewesen sein. Es ist die Erklärung für alle Wechselfälle in Mirandas Leben.

(Verstehst du, Berti? Sie war eben schöner als ich.)

Wovon hat Josef aber gesprochen die ganze Zeit, also doch wieder einmal von ihr, wenn sie sich nicht täuscht.

Das ist doch sehr, sehr selten, sagt Josef.

Ja? findest du? – Miranda versteht noch immer nicht, was er gesagt hat. Sie hört ihm immer weniger zu.

Ja, sagt er, mit dir ist das eben möglich.

Darauf will er also hinaus, und nun schaut Miranda ihn seit Wochen zum erstenmal wieder an. O ja, sie wird diese furchtbare fromme Lüge in eine Wahrheit verwandeln. Begreift er denn nicht? Eine Freundschaft – Josef, sie und eine Freundschaft?

Ja, sagt Miranda, so selten ist das doch nicht, eine Freundschaft. Und eine inwendige andere weniger sublime Miranda weiß sich nicht zu fassen: Mein Gott, ist dieser Mann blöde, er ist einfach zu blöde, ja merkt er denn überhaupt nichts, und wird das bis in alle Ewigkeit so sein, und warum bloß muß der einzige Mann, der mir gefällt, so sein!

Ins Sonntagskonzert würden sie natürlich miteinander gehen, erklärt Josef nebenbei. Miranda findet das nicht mehr natürlich. Aber da Stasi sonntags zu ihrem Mann muß, noch einmal des Kindes wegen sich »auseinandersetzen«, bleibt ihr ein Sonntag.

Was, die Vierte Mahler, schon wieder? sagt sie.

Nein, aber doch die Sechste, habe ich gesagt. Erinnerst du dich noch an London? Ja, sagt Miranda, ihr Zutrauen ist wieder da, sie wird noch einmal Mahler hören mit Josef, und keinen Ton davon konnte ihr Stasi zerstören und ihr auch Josef nicht streitig machen auf der Stiege des Musikvereins, solange sie sonntags noch weg mußte, zum sich-Auseinandersetzen.

Josef kommt nach dem Konzert doch mit zu Miranda und so, als wäre es nicht das letzte Mal. Sagen kann er es ihr nicht, in ein paar Wochen wird sie begriffen haben, sie wirkt so vernünftig. Langsam zieht er sich die Schuhe an, sucht dann seine Krawatte, die er mit einem abwesenden Ausdruck bindet und zurechtrückt, ohne Miranda ein einziges Mal anzusehen. Er schenkt sich einen Sliwowitz ein, steht am Fenster und sieht hinunter auf das Straßenschild: I. Blutgasse. Mein argloser Engel. Einen Augenblick lang nimmt er Miranda in die Arme, er berührt mit seinem Mund ihr Haar und ist unfähig, etwas andres zu sehen und zu fühlen außer dem Wort »Blutgasse«. Wer tut uns das alles an? Was tun wir einander an? Warum muß ich das tun? und er möchte ja Miranda küssen, aber er kann nicht, und so denkt er nur, es wird noch immer hingerichtet, es ist eine Hinrichtung, weil alles, was ich tu, eine Untat ist, die Taten sind eben die Untaten. Und sein Engel sieht ihn mit geweiteten Augen an, behält die Augen fragend offen, als ob es noch etwas Letztes an Josef zu erkennen geben müßte, endlich aber mit einem Ausdruck, der ihn noch mehr vernichtet, weil er ihn freispricht und begnadigt. Weil Josef weiß, daß niemand mehr ihn so ansehen wird, auch Anastasia nicht, schließt er die Augen.

Miranda hat nicht gemerkt, wann die Tür zugefallen ist, sie hört nur eine Garagentür unten knallen, ein Gejohle aus einem entfernten Lokal, Besoffene auf der Straße, den musikalischen Auftakt zu einer Radiosendung, und Miranda möchte nicht mehr leben in dieser Geräuschhaft, Licht- und Dunkelhaft, sie hat nur noch einen Zugang zur Welt über einen dröhnenden Kopfschmerz, der ihr die Augen zudrückt, die zu lange offen waren. Was hat sie zuletzt bloß gesehen? Sie hat Josef gesehen.

In Salzburg, im Café Bazar, treffen sie einander wieder. Anastasia und Josef kommen herein als ein Paar, und Miranda zittert nur, weil Stasi so böse oder unglücklich aussieht, ja was hat sie denn bloß, wie soll ich denn da – und Miranda, die immer auf Josef zugeflogen ist, hört ihn etwas Spöttisches, Lustiges sagen, daraufhin geht Stasi verdüstert weiter und auf sie zu. Während Josef, auf der Flucht, vor ihr doch wohl nicht? den alten Hofrat Perschy und dann noch die Altenwyls und die ganze Clique grüßen muß, hebt Miranda sich mit einem Ruck in ihren Sandalen und fliegt ungeschickt auf eine bleiche Stasi zu und murmelt, mit einem roten Hauch im Gesicht, nachdem sie Stasi auf die Wange geküßt hat, gerötet von Heuchelei und einem angestrengten Willen:

Ich bin ja so froh für dich, und den Josef natürlich, ja, die Karte, ja, dank dir, hab ich bekommen.

Josef gibt sie flüchtig und lachend die Hand, Servus, und Stasi sagt großmütig: Aber Josef, so gib der Miranda doch einen Kuß.

Miranda tut, als hätte sie es gar nicht gehört, sie tritt zurück, zieht Anastasia mit sich, tuschelt und flüstert, immer röter im Gesicht, du, bitte, das ist ja eine Konfusion in diesem Salzburg, nein, nein, nichts Arges, aber ich muß nachher gleich den Ernst, der überraschend, du verstehst schon. Bring es dem Josef irgendwie bei, du wirst es schon richtig machen.

Miranda hat es eilig, sie sieht noch, daß Anastasia verstehend nickt und auf einmal »lieb« aussieht, aber plötzlich auch diese Röte im Gesicht hat. Es kann aber auch sein, daß nur sie so fiebrig ist und ihr Gefühl von einer befleckten Welt überhandnimmt. Aber ins Hotel wird sie noch kommen mit diesem Scharlach, dieser heißen Schande im ganzen Gesicht und auf dem Leib, und sie sieht noch die Flügeltür und sieht nur nicht, daß die Flügel nicht mit ihr herumwollen, sondern ein Flügel der Tür gegen sie schwingt, und sie denkt zuletzt, während es sie hinschleudert unter einem Hagel aus Glasscherben, und während ihr noch wärmer wird vom Aufschlagen und dem Blut, das ihr aus dem Mund und aus der Nase schießt: Immer das Gute im Auge behalten.

Das Gebell

Die alte Frau Jordan, die schon drei Jahrzehnte »die alte Frau Jordan« genannt wurde, weil es danach eine junge Frau Jordan gab und jetzt wieder eine junge Frau Jordan, wohnte zwar in Hietzing, aber in einer verlotterten Villa, in einer Einzimmerwohnung mit einer winzigen Küche und einem Bad, in dem es nur eine Sitzbadewanne gab. Von ihrem berühmten Sohn Leo, dem Professor, bekam sie 1000 Schilling im Monat, und sie brachte es fertig, damit zu leben, obwohl diese 1000 Schilling in den letzten zwanzig Jahren so an Wert verloren hatten, daß sie nur mit Mühe eine ältere Frau zahlen konnte, eine gewisse Frau Agnes, die zweimal in der Woche zu ihr »hereinsah« und ein wenig aufräumte, »das Gröbste«, und sie sparte davon auch noch für die Geburtstagsgeschenke und für Weihnachtsgeschenke für ihren Sohn und für ihren Enkel aus der ersten Ehe des Professors, der pünktlich zu Weihnachten von der ersten jungen Frau geschickt wurde, um sein Geschenk entgegenzunehmen, und Leo wiederum hatte zuviel zu tun, um darauf zu achten, und seit er berühmt war und sein Lokalruhm in einen internationalen Ruhm überging, hatte er noch mehr zu tun. Eine Änderung trat erst ein, als die neueste junge Frau Jordan, so oft sie konnte, zu der alten Frau kam, ein wirklich nettes sympathisches Mädchen, wie die alte Frau sich bald eingestand, und sie sagte nur jedesmal: Aber Franziska, das ist nicht richtig, Sie sollten nicht so oft kommen, und was für eine Verschwendung. Ihr werdet selber genug Auslagen haben, aber der Leo ist halt ein so guter Sohn!
Franziska brachte jedesmal etwas mit, Delikatessen und Sherry, etwas Gebäck, denn sie erriet, daß die alte Frau

gerne einen Schluck trank, und etwas mehr noch, daß sie
großen Wert darauf legte, etwas zum »Aufwarten« zu haben, denn Leo konnte doch vorbeikommen, und er durfte
nicht merken, daß sie nichts hatte und den ganzen Tag
darüber nachgrübelte, wie das Geld einzuteilen sei und was
für die Geschenke übrigbleiben mußte. Ihre Wohnung war
peinlich sauber, aber es war ein leichter Geruch darin nach
alter Frau, von dem sie nichts wußte und der Leo Jordan
rasch in die Flucht trieb, ganz abgesehen davon, daß er keine Zeit zu verlieren hatte und absolut nicht wußte, worüber er mit seiner fünfundachtzigjährigen Mutter reden
sollte. Belustigt war er nur manchmal gewesen – soviel
wußte Franziska –, wenn er mit einer verheirateten Frau
eine Beziehung hatte, denn dann schlief die alte Frau Jordan nicht und machte seltsame, umständliche Anspie-
lungen, da sie für sein Leben zitterte und sich verheiratete
Männer von Frauen, die mit Leo Jordan lebten, für gefährlich und eifersüchtig und blutrünstig hielt, und sie beruhigte sich erst wieder, als er Franziska geheiratet hatte,
die keinen eifersüchtigen Mann im Gebüsch lauern hatte,
sondern jung und fröhlich war, eine Waise, zwar nicht aus
einer Akademikerfamilie, aber einen Bruder hatte sie, der
Akademiker war. Akademikerfamilie und Akademiker waren für Frau Jordan von einer großen Wichtigkeit, obwohl
sie nie unter Leute kam und nur von ihnen erzählen hörte.
Aber ihr Sohn hätte ein Recht darauf gehabt, in eine Akademikerfamilie zu heiraten. Die alte Frau und Franziska
sprachen fast nur von Leo, da er das einzige ergiebige Thema zwischen ihnen sein konnte, und Franziska mußte viele
Male das Fotoalbum ansehen, Leo im Kinderwagen, Leo in
einem Strandbad und Leo durch alle Jahre, auf Wanderungen, beim Briefmarkenkleben und so fort, bis zu seiner
Militärzeit.

Es war ein ganz anderer Leo, den sie durch die alte Frau
kennenlernte, als der, mit dem sie verheiratet war, und

wenn dann beide Frauen ihren Sherry tranken, sagte die alte Frau: Er war ein kompliziertes Kind, ein merkwürdiger Bub, es war eigentlich alles vorauszusehen, was dann aus ihm geworden ist.

Franziska hörte eine Zeitlang diese Beteuerungen mit Freude an, auch daß Leo so gut zu seiner Mutter war und ihr immer aufs Erdenklichste geholfen hatte, bis sie merkte, daß etwas nicht stimmte, und sie fand bestürzt heraus, was nicht stimmte: Die alte Frau fürchtete sich vor ihrem Sohn. Es fing damit an, daß die alte Frau – denn sie hielt das für eine geschickte Taktik, die Franziska niemals durchschauen würde, da sie ihren Mann blind bewunderte – manchmal hastig und beiläufig sagte: Aber bitte kein Wort zu Leo, sie wissen ja, was für ein besorgter Mensch er ist, es könnte ihn aufregen, sagen Sie ihm bloß nicht, daß mit meinem Knie etwas nicht in Ordnung ist, es ist ja eine solche Kleinigkeit, aber er könnte sich aufregen.

Franziska kam zwar zum Bewußtsein, daß Leo sich doch überhaupt nie aufregte, jedenfalls nicht seiner Mutter wegen, und ihren Berichten daher abwesend zuhörte, aber sie unterdrückte ihr erstes Begreifen. Das von dem Knie hatte sie ihm leider schon erzählt, schwor aber der alten Frau, kein Wort davon zu sagen, denn Leo hatte sowieso ärgerlich reagiert und dann, sie begütigend, gemeint, wegen einer solchen Lappalie könne er wirklich nicht nach Hietzing fahren. Sag ihr doch – er gebrauchte rasch ein paar medizinische Ausdrücke –, sie soll sich das und das kaufen und möglichst wenig tun und herumgehen. Franziska kaufte widerspruchslos die Medikamente und behauptete in Hietzing, sie habe heimlich, ohne einen Namen zu nennen, mit einem Assistenzarzt ihres Mannes gesprochen, der ihr diesen Rat gegeben habe, aber wie sie, ohne Pflegerin, die alte Frau im Bett halten sollte, das wußte sie auch nicht. Und sie hatte keine Courage mehr, deswegen Leo zu fragen, denn eine Pflegerin kostete Geld, und nun fand sie sich zwischen zwei Fronten. Auf der einen Seite wollte Frau Jordan nichts wissen davon, auf der andren wollte Leo Jordan, wenn auch aus ganz andren Gründen, einfach nicht zuhören. In der Zeit des entzündeten Knies log sie ihren Mann einige Male an, sie fuhr schnell nach Hietzing, um angeblich zum Friseur zu gehen, räumte die kleine Wohnung auf und brachte alles mögliche mit, sie kaufte ein Radio, und danach wurde ihr allerdings unbehaglich, denn Leo würde diese Ausgabe bemerken, und so buchte sie schnell noch einmal alles um und griff ihr weniges Geld auf dem Sparbuch an, von dem abgemacht worden war, daß es ihre eiserne Reserve sein solle für irgendeinen Notfall, der hoffentlich nie eintreten würde und auch nur kleiner Notfall hätte sein dürfen. Denn sie hatte mit ihrem Bruder das Wenige geteilt, was nach dem Tod ihrer ganzen Familie geblieben war, außer einer Keusche in Südkärnten, die langsam verfiel. Sie rief dann einen praktischen Arzt aus der Nebenstraße und ließ ihn eine Weile die alte Frau behandeln, bezahlte wieder aus ihrer eisernen Reserve und was viel wichtiger war – sie durfte dem Arzt nicht zu erkennen geben, wer sie war und wer die alte Frau war, denn es hätte Leos Ruf nur geschadet, und Leos Ruf lag auch im Interesse von Franziska, aber viel selbstloser dachte die alte Frau, denn sie konnte von ihrem berühmten Sohn nicht noch verlangen, daß er sich ihr Knie ansah. Einen Stock hatte sie schon früher benutzt, aber nach der Kniegeschichte brauchte sie den Stock wirklich, und darum fuhr Franziska sie manchmal in die Stadt. Es war etwas mühsam, mit der alten Frau einkaufen zu gehen, sie brauchte einmal nur einen Kamm, aber es gab keine Kämme mehr wie »zu ihrer Zeit«, und wenn die alte Frau auch höflich war, würdevoll in dem Geschäft stand, so verärgerte sie doch die kleine Verkäuferin, indem sie mißtrauisch auf die Preise sah und sich nicht enthalten konnte, Franziska laut zuzuflüstern, daß das räuberische Preise seien, daß sie besser woanders hingingen. Die Verkäuferin sagte frech, da sie nicht wissen konnte, wie groß dieses Problem des Kammkaufens für die alte Frau war, zu andren Preisen gebe es nichts und nirgendwo. Franziska verhandelte verlegen mit der Mutter, sie nahm den Kamm, der gefallen hatte, der aber der alten Frau ein Vermögen zu kosten schien, und bezahlte ihn rasch, sie sagte: Er ist einfach schon ein Weihnachtsgeschenk von uns, ein Vorausgeschenk. Die Preise sind jetzt wirklich überall horrend gestiegen. Die alte Frau sagte kein Wort, sie fühlte ihre Niederlage, aber wenn es doch räuberische Preise waren und früher so ein Kamm zwei Schilling gekostet hatte, heute aber sechzig, dann gab es für sie nicht mehr viel zu verstehen in dieser Welt.

Nach der Zeit, in der das Thema »guter Sohn« erschöpft war, lenkte Franziska die Unterhaltung öfter auf die alte Frau selbst, denn sie wußte nur, daß Leos Vater früh gestorben war, an einem Infarkt oder Schlaganfall, ganz plötzlich, auf einer Treppe, und das mußte lange her sein, denn wenn man nachrechnete, dann war diese Frau schon fast seit fünfzig Jahren Witwe, zuerst noch Jahre beschäftigt, ihr einziges Kind großzuziehen, und dann eine alte Frau, um die sich niemand mehr kümmerte. Von ihrer Ehe sprach sie nie, sondern nur im Zusammenhang mit Leo, der eben ein ganz schweres Leben gehabt hatte, ohne Vater, und sie stellte, besessen von Leo, keinen Bezug her zu Franziska, die beide Eltern früh verloren hatte, denn schwer konnte es nur ihr Sohn gehabt haben, und heraus kam dann eigentlich, daß er es so schwer nicht gehabt hatte, weil ein entfernter Vetter ihm dann das Studium bezahlt hatte, dieser Johannes, von dem Franziska noch wenig gehört hatte, nur ein paar abfällige, kritische Sätze über diesen Verwandten, der im Geld schwimme und das Leben eines ewigen Müßiggängers führe, jetzt eines älteren, mit allen Lächerlichkeiten, der sich ein wenig mit

Kunst beschäftige, chinesische Lackarbeiten sammle, einer dieser Schmarotzer eben, wie sie in jeder Familie vorkommen. Daß er homosexuell war, wußte Franziska auch, und war nur etwas scharf verwundert, daß jemand wie Leo, der schon durch seinen Beruf angehalten war, Homosexualität und noch ganz andere Phänomene neutral und wissenschaftlich zu sehen, sich über diesen Vetter ausließ, als hätte er sich schuldhaft Kunstgegenstände, Homosexualität und auch noch ererbtes Geld zugezogen, aber damals bewunderte Franziska ihren Mann noch so sehr, um mehr als irritiert und verletzt zu sein. Auch hörte sie erleichtert von der alten Frau, als auf diese schweren Zeiten die Rede kam, daß Leo nämlich von einer unermeßlichen Dankbarkeit war und diesem Johannes sehr geholfen hatte, der in vielen persönlichen Schwierigkeiten steckte, über die man besser nicht sprach. Die alte Frau zögerte und sagte ermutigt, weil sie immerhin der Frau eines Psychiaters gegenübersaß: Sie müssen nämlich wissen, der Johannes ist sexuell.

Franziska beherrschte sich und unterdrückte ein Lachen, es war sicher die größte Kühnheit, zu der sich die alte Frau aufgerafft hatte seit Jahren, aber mit Franziska wurde sie immer offener und sie erzählte, wie Johannes sicher oft einen Rat bekommen hätte von Leo und selbstverständlich, ohne zahlen zu müssen, aber mit Johannes sei es eben hoffnungslos, und wenn jemand keinen guten Willen hatte, sich zu ändern, war das begreiflich, daß jemand wie Leo vor den Kopf gestoßen war, denn es solle ja alles weitergehen mit Johannes, wie eh und je. Franziska übersetzte sich vorsichtig diese naive Erzählung in die Wirklichkeit, verstand immer weniger, warum Leo so abfällig und boshaft über den Vetter sprach, und sie kam damals nicht auf den naheliegenden Grund, daß Leo ungern erinnert sein wollte an eine Verpflichtung, wie er ungern an seine Mutter und seine früheren Frauen erinnert sein wollte, die eine einzige

Konspiration von Gläubigern für ihn darstellten, denen er nur entkam, wenn er sie herabsetzte vor sich und anderen, denn so ähnlich gingen ja auch seine Reden über seine erste Frau, die ein Ausbund an Teufelei und Unverständnis und Niedertracht gewesen sein mußte, was sich bei der Scheidung erst ganz herausstellte, als ihr nobler Herr Vater ihr einen Anwalt genommen hatte und einen Teil des Gelds sicher stellen wollte für das Kind, Geld, das sie ihm gegeben hatte in den zweiten schwierigen Zeiten als junger Arzt. Es war eine für Franziska erschreckend hohe Summe, aber wie sie hörte, war von der »Baronin«, wie Leo sie immer ironisch nannte, nichts anderes zu erwarten gewesen, denn diese Familie hatte ihn ja immerzu wie einen Emporkömmling behandelt, ohne die geringste Ahnung zu haben, wen sie vor sich hatte, und auch daß die »Baronin« danach nie mehr heiratete, sondern völlig zurückgezogen lebte, vermerkte er belustigt, denn außer ihm hätte sich kein Trottel gefunden, jung und dumm und arm wie er damals war, der dieses preziöse Fräulein geheiratet hätte. Von seiner Arbeit habe sie nichts, einfach nichts verstanden, und was die Abmachungen des Sohnes wegen betraf, so verhielt sie sich zwar fair, sie schickte ihn regelmäßig, und lehrte den Sohn, seinen Vater zu achten, aber natürlich nur, um aller Welt zu beweisen, wie nobel sie war, aus keinem anderen Grund.

Der dornenreiche, leidvolle Aufstieg eines genialen Arztes war schon Franziskas Religion zu der Zeit, und immer wieder hielt sie sich vor, wie er, unter unsäglichen Mühen und trotz dem Hindernis dieser furchtbaren Ehe, seinen Weg nach oben gemacht hatte. Auch die Last, die seine Mutter doch darstellte, finanziell und moralisch, war für ihn keine leichte, und die wenigsten konnte Franziska ihm abnehmen. Obwohl es ihr sonst vielleicht nicht gerade in den Sinn gekommen wäre, ihre freien Stunden mit einer alten Frau zu verbringen, wurden die, im Gedanken an Leo, zu

etwas besonderem, zu einer Handreichung, einem Liebes-
beweis für ihn, damit er seinen Kopf ganz frei hatte für die
Arbeit.

Leo war eben auch zu gut zu ihr, er sagte ihr, das sei übertrieben, wie sie sich um seine Mutter kümmere, ein Anruf
hie und da genüge auch. Seit ein paar Jahren hatte die alte
Frau ein Telefon, das sie aber mehr fürchtete als liebte,
denn sie telefonierte nicht gerne und schrie immer zu sehr
hinein und hörte schlecht, was der andere sagte, außerdem
kostete das Telefon zuviel, aber das dürfe Franziska Leo ja
nicht sagen. Die alte Frau, von Franziska angeregt und vor
einem zweiten Glas Sherry, fing einmal doch an, von früheren Zeiten zu sprechen, von den ganz frühen, und es
stellte sich heraus, daß sie aus keiner Akademikerfamilie
war, ihr Vater war Handschuh- und Sockenstricker in einer kleinen Fabrik in Niederösterreich gewesen, und sie
war das älteste von acht Kindern, aber dann hatte sie trotzdem eine wunderbare Zeit gehabt, als sie in Stellung ging,
denn sie kam zu einer griechischen Familie, zu immens reichen Leuten, die einen kleinen Buben hatten, das schönste
Kind, das sie je gesehen hatte, und sie wurde seine Gouvernante, denn Gouvernante war eine sehr gute Stellung,
nichts Erniedrigendes, und die junge Frau des Griechen
hatte ja Dienstboten genug, oh ja, sie hatte schon ein besonderes Glück gehabt, denn es war damals schwierig gewesen, eine so gute Stellung zu finden. Kiki hatte das Kind
geheißen. Kiki wurde es jedenfalls damals von allen genannt. Wenn die alte Frau immer häufiger von Kiki zu
sprechen anfing und jedes Detail ihr einfiel, was Kiki gesagt hatte, wie drollig und zärtlich er war, welche Spazier-
gänge sie miteinander gemacht hatten, kam ein Glanz in
ihre Augen, der niemals darin war, wenn sie von ihrem eigenen Kind sprach. Kiki war einfach ein kleiner Engel gewesen, ohne Unarten, betonte sie, ohne alle Unarten, und
die Trennung mußte so furchtbar gewesen sein, Kiki hatte

man verheimlicht, daß das Fräulein wegging, und sie hatte die ganze Nacht geweint, und Jahre später hatte sie noch einmal versucht, herauszufinden, was aus der Familie geworden war, einmal hieß es, sie seien auf Reisen, dann wieder in Griechenland, und nun wußte sie überhaupt nicht, was aus Kiki geworden war, der jetzt über sechzig Jahre alt sein mußte, ja, über sechzig, sagte sie gedankenvoll, und gehen hatte sie müssen, weil die Griechen damals eine erste lange Reise machen mußten und sie nicht mitnehmen konnten, und sie hatte zum Abschied ein wunderbares Geschenk bekommen von der jungen Frau. Die alte Frau stand auf und kramte in einer Kassette, sie zeigte ihr die Brosche von Kikis Mutter, eine echte, mit Brillanten, aber sie fragte sich noch heute, ob man sie nicht hatte gehen lassen, weil die junge Frau gemerkt hatte, daß Kiki mehr an ihr hing als an seiner Mutter, verstehen könnte sie es schon, aber es sei der schwerste Schlag gewesen, und sie sei nie ganz darüber hinweggekommen. Franziska schaute nachdenklich die Brosche an, die vielleicht wirklich sehr wertvoll war, sie hatte aber keine Ahnung von Schmuck, nur die erste Ahnung, daß dieser Kiki der alten Frau mehr bedeutet haben mußte als Leo. Denn sie zögerte oft, etwas von Leos Kinderzeit zu erzählen, oder sie fing an, brach erschreckt ab und sagte rasch: Es waren eben Kindereien, Buben sind eben so schwer aufzuziehen, und absichtlich hat er es nicht getan, aber damals hatte er eben eine so schwierige Zeit und ich hatte schon meine liebe Not, aber man bekommt das ja alles tausendfach zurück, wenn ein Kind groß ist und dann seinen Weg macht und so berühmt wird, er war eigentlich mehr seinem Vater ähnlich als mir, wissen Sie.

Franziska gab behutsam die Brosche zurück, und die alte Frau erschrak wieder. Bitte, Franziska, aber sagen Sie nur ja kein Wort zu Leo, wegen der Brosche, er weiß nichts davon, und es könnte ihn verärgern, aber ich habe so meine

Pläne, denn wenn ich krank werde, dann könnte ich sie verkaufen, damit ich ihm nicht noch mehr zur Last fallen muß. Franziska umarmte die alte Frau furchtsam und heftig. Das dürfen Sie niemals tun, versprechen Sie's mir, daß Sie diesen Schmuck nie verkaufen. Sie fallen uns doch nicht zur Last!

Auf der Heimfahrt machte sie Umwege kreuz und quer, denn es war eine solche Turbulenz in ihr, diese arme Frau wollte doch wohl nicht diese Brosche verkaufen, während sie und Leo ziemlich viel Geld ausgaben, reisten, Gäste hatten, und sie überlegte immerzu, was sie eigentlich Leo sagen müsse, aber etwas warnte sie, es war ein erster leiser Alarm in ihr, denn in irgend etwas, auch wenn sie schrullig war und übertrieb, mußte die alte Frau recht haben, und deswegen sagte sie dann doch kein Wort zuhause, nur fröhlich, daß es der Mutter ausgezeichnet gehe. Vor der Reise zu einem Kongreß nach London schloß sie aber heimlich mit einer Garage, die Autos vermietete und Taxis privat auf Bestellung schickte, einen Vertrag, den sie anzahlte, und zu der alten Frau sagte sie vor der Reise: Uns ist da so eine Idee gekommen, weil Sie nicht allein zu weit gehen sollten; Sie rufen jetzt jedesmal ein Taxi, es kostet so gut wie nichts, es ist einfach eine Gefälligkeit von einem alten Patienten, aber reden Sie nicht darüber und vor allem nicht mit Leo, Sie kennen ihn ja, er mag nicht, daß Sie sich bedanken und so, und Sie fahren in die Stadt, wenn Sie etwas brauchen, und lassen den Wagen warten und lassen sich nur von Herrn Pineider fahren, dem jungen. Der weiß übrigens nicht, daß sein Vater ein Patient von Leo war, das fällt unter die ärztliche Schweigepflicht, wissen Sie, ich komme gerade von ihm, und Sie versprechen mir, Leo zuliebe, daß Sie den Wagen nehmen, es beruhigt uns einfach. In der ersten Zeit machte die alte Frau wenig Gebrauch von diesem Wagen, und Franziska schimpfte sie aus, als sie aus England zurückkam, denn mit dem Bein ging es wieder schlechter und die alte Frau hatte natürlich alle Einkäufe zu Fuß gemacht und war sogar einmal mit der Straßenbahn in die Innere Stadt gefahren, weil man in Hietzing fast nichts bekam, und Franziska sagte energisch wie zu einem widerspenstischen Kind, das dürfe einfach nicht mehr vorkommen.

Auch die Zeit der Gespräche über Kiki, das Leben einer jungen Gouvernante im Wien vor dem ersten Weltkrieg und vor der Heirat gingen vorüber, und manchmal erzählte auch nur Franziska, besonders wenn sie von einer Reise zurückgekommen war mit Leo, etwa was für einen großartigen Vortrag Leo gehalten hatte auf dem Kongreß, und daß er ihr jetzt diesen Sonderdruck für die Mutter mitgegeben habe. Die alte Frau las mühsam und angestrengt den Titel: »Die Bedeutung endogener und exogener Faktoren beim Zustandekommen von paranoiden und depressiv gefärbten Psychosen bei ehemaligen Konzentrationslagerhäftlingen und Flüchtlingen.« Franziska versicherte, es sei nur eine kleine Vorarbeit für eine viel größere, an der er arbeite, und sie dürfe jetzt auch schon mitarbeiten, es werde wahrscheinlich das bedeutendste und erste wichtige Buch auf diesem Gebiet sein. Von einer noch unabsehbaren Bedeutung.

Die alte Frau war merkwürdig stumm, sie verstand sicher nicht die Tragweite dieser Arbeiten, vielleicht überhaupt nicht, was ihr Sohn tat. Dann sagte sie überraschend: Wenn er sich nur nicht zu viele Feinde damit macht, hier in Wien, und dann ist da noch etwas . . .

Franziska erregte sich: Aber das wäre sogar sehr gut, es ist auch eine Provokation, und Leo fürchtet niemand, denn für ihn ist das die einzig wichtige Aufgabe, die noch weit über ihre wissenschaftliche Bedeutung hinausgeht.

Ja, natürlich, sagte die alte Frau schnell, und er weiß sich zu verteidigen, und Feinde hat man überhaupt, wenn man berühmt ist. Ich habe nur an Johannes gedacht, es ist aber schon so lange her. Wissen Sie, daß er eineinhalb Jahre, vor dem Kriegsende, im KZ war? Franziska war überrascht, sie hatte es nicht gewußt, verstand dann aber den Zusammenhang nicht. Die alte Frau wollte nicht weiterreden und tat es dann doch. Für Leo war es schon eine gewisse Gefahr, damals, einen Verwandten zu haben, der, nun Sie verstehen schon. Ja, natürlich, sagte Franziska. Sie blieb aber etwas verstört, denn die alte Frau hatte manchmal eine so umständliche Art, Dinge zu sagen und doch nicht zu sagen, und sie fand sich dann nicht zurecht, obwohl sie auf einmal ganz von Stolz erfüllt war, daß jemand aus Leos Familie etwas so Furchtbares durchgemacht hatte, und daß Leo, in seiner taktvollen bescheidenen Weise, ihr nie etwas darüber gesagt hatte, auch nicht in welcher Gefahr er sich, als junger Arzt, befunden haben mußte. An diesem Nachmittag wollte die alte Frau nicht mehr weitersprechen, sondern sagte, zusammenhanglos: Hören Sie das auch?

Was?

Die Hunde, sagte die alte Frau. Früher hat es nie so viele Hunde gegeben in Hietzing, ich habe wieder welche bellen gehört, und nachts bellen sie auch. Die Frau Schönthal nebenan hat jetzt einen Pudel. Der bellt aber wenig, er ist ein sehr lieber Hund, ich treffe sie fast jeden Tag beim Einkaufen, aber wir grüßen einander nur, der Mann ist nicht Akademiker.

Franziska mußte rasch heimfahren in die Stadt, und diesmal wollte sie Leo fragen, ob das etwas zu bedeuten habe, daß seine Mutter auf einmal von Hunden sprach, ob es ein bedenkliches Symptom war, es konnte mit dem Alter zusammenhängen. Aufgefallen war ihr auch, daß die alte Frau sich irgendwann einmal aufgeregt hatte, wegen zehn Schilling, die auf dem Tisch gelegen waren, dann nicht mehr da waren, als die Frau Agnes weggegangen war, und diese Erregung wegen der zehn Schilling, die fehlten, was sie sich aber gewiß nur einbildete, das waren doch Anzeichen von einem Prozeß, denn die Bedienerin konnte sie unmöglich genommen haben, sie war, was man, in manchen Kreisen, den besseren, eine kreuzbrave Frau nennt, die mehr aus Mitleid kam als des Geldes wegen, das sie überhaupt nicht brauchte, es war eine Gefälligkeit, weiter nichts. Auch die hilflosen Geschenke der alten Frau Jordan, eine abgeschabte uralte Handtasche oder sonst ein unnützer Gegenstand hätten diese Frau Agnes kaum veranlaßt, zu kommen, denn daß es weder von der Alten noch von ihrem Sohn etwas zu erwarten gab für sie, das hatte sie längst begriffen, und von Franziskas eifervollen Gedanken, die Lage zu verbessern, wußte sie nichts, und Franziska hatte deswegen der alten Frau gut zugeredet wie einem Kind, denn sie wollte nicht, daß die kostbare Hilfe verlorenging, wegen einer Altersstörrischkeit und einem Verdacht, der haltlos war.

Sie fand die alte Frau immer öfter am Fenster, wenn sie kam, und sie saßen nicht mehr beisammen, wenn Franziska kam, um den Sherry zu trinken und kleines Gebäck zu knabbern, und es ging also weiter mit diesen Hunden, während zugleich doch ihre Schwerhörigkeit zuzunehmen begann, und Franziska war ratlos, denn es mußte doch etwas geschehen, und Leo, dem sie zwar alles fernhielt, würde eines Tages auch nicht darum herumkommen, sich mit seiner Mutter beschäftigen zu müssen. Nur fing gerade damals etwas an, kompliziert zwischen Leo und ihr zu werden, und sie entdeckte, daß er sie schon dermaßen eingeschüchtert hatte, daß sie sich fürchtete vor ihm, aber wenigstens einmal, in einem Anfall von ihrem alten Mut, ihre unbegreifliche Furcht überwindend, schlug sie beim Abendessen vor: Warum nehmen wir denn die Mutter nicht zu uns, wir haben doch Platz, und dann wäre doch unsere Rosi immer bei ihr und du brauchtest dir nie Sorgen zu machen, außerdem ist sie so still und ohne Bedürfnisse, sie würde dich niemals stören und mich schon gar nicht, ich sage es deinetwegen, weil ich weiß, welche Sorgen du dir machst. Leo, der an diesem Abend bei guter Laune war und sich über etwas heimlich freute, und sie erriet nur nicht worüber, aber sie nutzte die Gelegenheit, antwortete lachend: Was für eine Idee, du hast überhaupt kein Gefühl für die Situation, mein Schatz, alte Leute darf man nicht mehr verpflanzen, es würde sie nur bedrücken, und sie braucht ihre Freiheit, sie ist eine starke Frau, die Jahrzehnte allein gelebt hat, und wie ich sie kenne, kennst du sie wohl kaum, sie würde ja vor Angst umkommen hier, schon der Leute wegen, die zu uns kommen, und dann womöglich stundenlang Skrupel haben, auch nur ins Bad zu gehen, vor Ängstlichkeit, daß einer von uns auch ins Bad wollen könnte. Aber, Franziskalein, bitte, nicht so ein Gesicht, ich finde deine Anwandlung rührend und lobenswert, aber du würdest sie glatt damit umbringen, mit deiner wunderbaren Idee. Nur, glaub mir, über diese Dinge weiß ich eben doch besser Bescheid.

Aber diese Sache mit den Hunden . . .? Franziska fing zu stottern an, denn sie hatte davon gar nicht sprechen wollen und hätte gern sofort jedes Wort zurückgenommen. Sie war nicht mehr fähig, ihre Besorgnis richtig auszudrücken.

Was, fragte ihr Mann, völlig verändert, will sie noch immer einen Köter? Ich verstehe nicht, antwortete Franziska. Wieso sollte sie – du meinst doch nicht, daß sie einen Hund haben will?

Aber natürlich, und ich bin nur froh, daß dieses kindische Zwischenspiel rasch vorübergegangen ist, denn sie würde doch nicht, in ihrem Alter, noch mit einem Hund zurechtkommen, sie soll auf sich selber aufpassen, das ist mir wichtiger, ein Hund ist eine derartige Plage, von der sie sich, bei dieser fortschreitenden Senilität, doch keine Vorstellung macht. Sie hat nie etwas gesagt, erwiderte Franziska schüchtern, ich glaube nicht, daß sie einen Hund will.

Ich wollte etwas ganz anderes sagen, aber es ist ohne Bedeutung, verzeih. Nimmst du einen Cognac, arbeitest du noch, soll ich dir etwas abtippen?

Bei ihrem nächsten Besuch wußte Franziska nicht, wie sie es anstellen sollte, aus der alten Frau, die auf der Hut war, etwas herauszufragen, was sie wissen mußte. Sie fing es auf einem Umweg an und sagte beiläufig: Ich habe übrigens heute den Pudel von der Frau Schönthal gesehen, wirklich ein hübscher Hund, ich mag Pudel sehr, überhaupt alle Tiere, weil ich doch auf dem Land aufgewachsen bin, wir hatten immer Hunde, ich meine, meine Großeltern und alle Leute im Dorf, und Katzen natürlich auch. Wäre es für Sie nicht gut, einen Hund zu haben, oder eine Katze, jetzt wo Sie sich mit dem Lesen schwer tun, so was geht zwar vorüber, aber ich zum Beispiel würde schrecklich gern einen Hund haben, nur, wissen Sie, in der Stadt, das ist eine Mühe und für einen Hund nichts Rechtes, aber in Hietzing, wo er im Garten herumtollen kann und man spazieren gehen kann . . .

Die alte Frau sagte erregt: Einen Hund, nein, nein, ich will keinen Hund! Franziska merkte, daß sie etwas falsch gemacht hatte, aber sie fühlte zugleich, daß sie die alte Frau nicht gekränkt hatte, als hätte sie ihr vorgeschlagen, sich einen Papagei zu halten oder Kanarienvögel, es mußte etwas ganz anderes sein, was sie so erregt hatte. Nach einer Weile sagte die alte Frau sehr ruhig: Nuri war ja ein sehr schöner Hund, und ich bin gut mit ihm ausgekommen, das war, lassen Sie mich nachdenken, das muß schon fünf Jahre her sein, aber ich habe ihn dann weggegeben, in so ein Asyl oder wo sie die weiterverkaufen. Leo mag Hunde nicht. Nein, was sage ich da, es war ganz anders, in diesem Hund war etwas, was ich mir nicht erklären kann, er konnte Leo nicht leiden, er ist ihn jedesmal angeflogen und hat gebellt wie verrückt, wenn Leo auch nur auf die Tür zugegangen ist, und dann hätte er ihn beinahe gebissen, und

111

Leo hat sich so empört, das ist ja natürlich, ein Hund, der so scharf ist, aber das war er sonst nie, mit keinem Fremden, und dann habe ich ihn selbstverständlich weggegeben. Ich konnte doch Leo nicht von Nuri anbellen und beißen lassen, nein, das war zuviel, denn Leo soll es doch gemütlich haben, wenn er zu mir kommt, und sich nicht ärgern müssen über einen unerzogenen Hund.

Franziska dachte, daß Leo, obwohl kein Hund mehr da war, der ihn anflog und nicht leiden konnte, doch reichlich selten kam und immer weniger, seit Franziska ihm das abnahm. Wann war er denn überhaupt hier gewesen? Einmal hatten sie zu dritt eine kleine Spazierfahrt gemacht über die Weinstraße und ins Helenental und in einem Gasthaus gegessen mit der Mutter, aber sonst kam doch nur Franziska.

Sagen Sie Leo nur ja nichts, das mit Nuri hat ihn sehr getroffen, er ist sehr verletzlich, wissen Sie, und ich kann es mir heute noch nicht verzeihen, daß ich so egoistisch war, Nuri haben zu wollen, aber alte Leute sind eben sehr egoistisch, liebe Franziska, das verstehen Sie noch gar nicht, Sie sind noch so jung und gut, aber wenn man sehr alt ist, dann kommen diese egoistischen Wünsche, und man darf sich da nicht nachgeben. Wenn Leo nicht für mich sorgte, was wäre dann aus mir geworden, sein Vater ist ja so plötzlich gestorben und hat an nichts mehr denken können, und Geld war auch keines da, mein Mann war ein bißchen leichtsinnig, nein, nicht ein Verschwender, aber er hat es schwergehabt und keine glückliche Hand mit dem Geld, da ist ihm Leo nicht nachgeraten, nur habe ich damals noch arbeiten können, denn es war ja für den Buben, und ich war noch jung, aber was sollte ich heute denn tun? Meine einzige Angst war immer, in ein Altersheim zu müssen, und das würde Leo nie zulassen, und hätte ich nicht diese Wohnung, müßte ich in ein Heim, und das ist wohl ein Hund nicht wert. Franziska hörte ihr verkrampft zu, und sie sagte in sich hinein: Das also ist es, das ist es, und sie hat ihren Hund für ihn weggegeben. Was sind wir für Menschen, sagte sie sich – denn sie war unfähig zu denken, was ist mein Mann für ein Mensch! – wie gemein sind wir doch, und sie hält sich für eine Egoistin, während wir alles haben! Um nicht ihre Tränen zu zeigen, packte sie rasch ein kleines Paket von MEINL aus, mit Kleinigkeiten, und tat, als hätte sie nichts verstanden. Ach, übrigens, wo hab ich bloß meine Gedanken, ich habe Ihnen nur den Tee und den Kaffee gebracht und ein bißchen Lachs und russischen Salat, ganz zusammen paßt es wohl nicht, aber ich war heute ziemlich verdreht beim Einkaufen, weil Leo abreist und ein Manuskript noch nicht fertig ist, er wird Sie aber heute abend anrufen, und er kommt ja schon in einer Woche zurück.

Er sollte ausspannen, sagte die alte Frau, sorgen Sie doch dafür, ihr habt doch noch keine Ferien gehabt in diesem Jahr. Franziska sagte lebhaft: Das ist ein guter Gedanke, ich bekomme ihn schon irgendwie herum, man muß das ein bißchen listig machen, aber das ist ein guter Rat, den Sie mir da geben, denn er überarbeitet sich ja ständig, und ich muß ihn einmal bremsen.

Was Franziska nicht wußte, war, daß es ihr letzter Besuch bei der alten Frau war, und sie keine kleine List mehr nötig hatte, weil andere Geschehnisse kamen und von einer so orkanartigen Stärke, daß sie beinahe die alte Frau vergaß und vieles andre mehr.

Die alte Frau, in ihrer Furcht, fragte ihren Sohn am Telefon nicht, warum Franziska nicht mehr kam. Sie beunruhigte sich, aber ihr Sohn klang vergnügt und unbesorgt, und einmal kam er sogar und blieb zwanzig Minuten. Das Gebäck rührte er nicht an, den Sherry trank er nicht aus, von Franziska sprach er nicht, aber eine ganze Menge von sich, und das machte sie überglücklich, denn er hatte schon lange nicht mehr von sich selber gesprochen. Er verreiste jetzt also, ausspannen müsse er, nur bei dem Wort »Mexiko« bekam die alte Frau einen gelinden Schrecken, denn gab es dort nicht Skorpione und Revolutionen, und Wilde und Erdbeben, aber er lachte sie aus, küßte sie und versprach zu schreiben, er schickte auch ein paar Ansichtskarten, die sie andächtig las. Franziskas Grüße fehlten darauf. Von Franziska bekam sie einmal einen Anruf aus Kärnten. Ach, was diese jungen Leute da an Geld hinauswarfen! denn Franziska erkundigte sich nur, ob alles gut ginge. Sie sprachen dann von Leo, nur die alte Frau schrie immer im unpassendsten Moment: Es wird aber zu teuer, Kind, aber Franziska redete weiter, ja, es sei ihr gelungen, er spanne jetzt endlich aus, und sie habe zu ihrem Bruder fahren müssen, etwas sei zu regeln hier, deswegen habe sie Leo nicht begleiten können. Familienangelegenheiten in Kärnten. Wegen des Hauses. Dann bekam die alte Frau noch ein merkwürdiges Kuvert, mit ein paar Zeilen von Franziska, außer Herzlichkeiten stand nichts weiter darin, als daß sie ihr gerne eine Fotografie lassen möchte, die sie selber gemacht habe, das Foto zeigte Leo, vermutlich auf dem Semmering, lachend, in einer Schneelandschaft, vor einem großen Hotel. Die alte Frau beschloß, Leo nichts zu sagen, und fragen würde er ohnehin nicht. Sie versteckte das Bild unter der Brosche in der Kassette.

Bücher konnte sie jetzt überhaupt nicht mehr lesen und das Radio langweilte sie, nur nach Zeitungen verlangte sie, die Frau Agnes ihr brachte. In den Zeitungen, für die sie Stunden brauchte, las sie die Todesanzeigen, es war immer eine gewisse Befriedigung in ihr, wenn jemand gestorben war, der jünger war als sie. So, also auch der Professor Haderer, er konnte höchstens siebzig Jahre alt sein. Die Mutter von Frau Schönthal war auch gestorben, an Krebs, noch nicht einmal fünfundsechzig. Sie kondolierte steif in der Milchhandlung und schaute den Pudel nicht an, und dann ging sie wieder nachhause und stellte sich an das

Fenster. Sie schlief nicht so wenig, wie man oft von alten Leuten behauptet, aber oft wachte sie auf, und schon hörte sie die Hunde. Wenn die Bedienerin kam, erschrak sie, denn es störte sie schon jedes Kommen von jemand, seit Franziska nicht mehr kam, und ihr selber war, als veränderte sie sich. Denn jetzt ängstigte sie es wirklich, daß sie plötzlich auf der Straße umfallen könne oder sich nicht mehr in der Kontrolle hatte, wenn sie etwas in der Stadt brauchte, und sie rief darum gehorsam immer nach dem jungen Herr Pineider, der sie herumfuhr. Und sie gewöhnte sich an diese kleinen Bequemlichkeiten aus Sicherheitsgründen. Den Zeitsinn verlor sie ganz, und als Leo einmal, braungebrannt, zu ihr kam, auf einen Sprung, wußte sie nicht mehr, ob er jetzt aus Mexiko zurück war oder wann er überhaupt dort gewesen war, aber sie war zu klug, um sich zu erkundigen, und dann entnahm sie einem Satz, daß er geradewegs aus Ischia kam, von einer Italienreise. Sie sagte zerstreut: Gut, gut. Das hat dir gut getan. Und während er ihr etwas erzählte, fingen die Hunde zu bellen an, mehrere gleichzeitig, in großer Nähe, und sie war so eingekreist von dem Gebell und einem sehr sanften, sanften Schrecken, daß sie sich vor ihrem Sohn nicht mehr fürchtete. Die Furcht eines ganzen Lebens wich auf einmal aus ihr.

Als er ihr sagte, im Gehen: Das nächste Mal bringe ich dir Elfi mit, du mußt sie endlich kennenlernen!, wußte sie überhaupt nicht, wovon er sprach. War er nicht mehr verheiratet mit Franziska, und seit wann eigentlich nicht mehr, und die wievielte Frau war das nun eigentlich, sie erinnerte sich nicht mehr, wie lange er mit Franziska gelebt hatte und wann, und sie sagte: Bring sie nur. Gut. Wenn es nur gut für dich ist. Einen Augenblick lang hatte sie die Gewißheit, Nuri sei wieder bei ihr und würde ihn anfliegen, anbellen, so nahe war jetzt das Gebell. Er sollte doch endlich gehen, sie wollte allein sein. Aus Gewohnheit bedankte sie sich, vorsichtshalber, und er fragte verwundert: Aber wofür denn? Jetzt habe ich doch tatsächlich vergessen, dir mein Buch mitzubringen. Ein phänomenaler Erfolg. Ich lasse es dir schicken.

Also vielen Dank, mein Bub. Schick es nur, aber deine dumme Mutter kann ja leider kaum mehr lesen und versteht so wenig.

Sie ließ sich von ihm umarmen und fand sich schon wieder allein, diesem Bellen ausgesetzt. Es kam aus allen Gärten und Wohnungen von Hietzing, eine Invasion der Bestien hatte angefangen, die Hunde näherten sich ihr, bellten ihr zu, und sie stand aufrecht, wie immer, da und träumte nicht mehr von der Zeit mit Kiki und den Griechen, sie dachte nicht mehr an den Tag, an dem der letzte Zehnschillingschein verschwunden war und Leo sie angelogen hatte, sondern versuchte nur noch angestrengt, die Dinge besser zu verstecken, sie wollte sie auch wegwerfen, besonders die Brosche und die Fotografie, damit von Leo nichts gefunden würde nach ihrem Tod, aber es fiel ihr kein gutes Versteck ein, nur der Kübel mit den Abfällen, aber der Frau Agnes traute sie auch immer weniger, denn ihr hätte sie den Mistkübel geben müssen, und sie hatte den Verdacht, daß diese Person ihn durchstöberte und dann die Brosche finden würde. Etwas zu unfreundlich sagte sie einmal: Geben Sie doch wenigstens die Knochen und die Reste den Hunden.

Die Bedienerin schaute sie erstaunt an und fragte: Welchen Hunden? Den Hunden natürlich, beharrte die alte Frau herrisch, ich möchte, daß es die Hunde bekommen!

Eine verdächtige Person, eine Diebin, die würde sich die Knochen wahrscheinlich nachhause tragen.

Den Hunden, sage ich. Verstehen Sie mich denn nicht, sind Sie schwerhörig? Kein Wunder, in Ihrem Alter.

Dann bellten die Hunde leiser, und sie dachte, jemand habe die Hunde entfernt oder einige Hunde weggegeben, denn es war nicht mehr, das starke und häufige und feste Bellen von früher. Je leiser sie bellten, desto unbeugsamer wurde sie, sie wartete nur auf die Wiederkehr des stärkeren Bellens, man mußte warten können, und sie konnte warten. Es war auf einmal endlich nicht mehr ein Bellen, obwohl es unzweifelhaft von den Hunden kam aus der Nachbarschaft, auch nicht ein Knurren, nur hin und wieder das große, wilde, triumphierende Aufjohlen eines einzigen Hundes, ein Gewimmer danach und im Hintergrund das sich entfernende Gebell aller anderen.

Eines Tages erhielt Herr Dr. Martin Ranner, fast zwei Jahre nach dem Tod seiner Schwester Franziska, eine Rechnung von einer Firma Pineider, über Taxifahrten, die genau datiert waren, auch von Frau Franziska Jordan angezahlt und in Auftrag gegeben worden waren, aber da nur wenige Fahrten zu ihren Lebzeiten gemacht worden waren, die meisten nach ihrem Tod, rief er die Firma an, um eine Erklärung für diese mysteriöse Rechnung zu bekommen. Die Erklärung erklärte ihm zwar nur wenig, aber da er nicht wünschte, seinen ehemaligen Schwager anzurufen oder ihn noch einmal im Leben wiederzusehen, bezahlte er, ratenweise, diese Fahrten einer Frau, die er nicht gekannt hatte und die ihn überhaupt nichts anging. Er kam zu dem Schluß, daß die alte Frau Jordan, die dieser Pineider gefahren hatte, vor einiger Zeit gestorben sein mußte, denn die Firma hatte mehrere Monate seit der letzten Fahrt, aus Pietät vielleicht, verstreichen lassen, ehe sie ihre Forderungen geltend machte.

Drei Wege zum See

Auf der Wanderkarte für das Kreuzberglgebiet, herausgegeben vom Fremdenverkehrsamt, in Zusammenarbeit mit dem Vermessungsamt der Landeshauptstadt Klagenfurt, Auflage 1968, sind 10 Wege eingetragen. Von diesen Wegen führen drei Wege zum See, der Höhenweg 1 und die Wege 7 und 8. Der Ursprung dieser Geschichte liegt im Topographischen, da der Autor dieser Wanderkarte Glauben schenkte.

Sie kam immer auf dem Bahnsteig II an und fuhr auf dem Bahnsteig I weg. Herr Matrei, dem das schon seit Jahren geläufig sein mußte, irrte aber wieder nervös und aufgeregt, unsicher, ob er auch die richtige Auskunft bekommen habe und ob die Ankunftszeiten auf den Anschlägen stimmten, auf diesem Bahnsteig II herum, als könnte er sie verfehlen auf einem Bahnhof, der nur zwei Bahnsteige hatte, und dann standen sie voreinander, jemand reichte ihr schon den zweiten Koffer herunter und sie bedankte sich überschwenglich und zerstreut bei einem Fremden, denn jetzt kam das Ritual der Umarmung, sie umarmten einander und sie mußte sich zu Herrn Matrei herunterbükken, wie immer, aber diesmal durchfuhr sie ein alarmierendes Gefühl, denn er war kleiner geworden, nicht gerade zusammengesunken, aber eben doch kleiner, und sein Blick war kindlich und ein wenig hilflos geworden, und das alarmierende Gefühl war: er ist älter geworden. Nun war Herr Matrei zwar immerzu älter geworden, aber Elisabeth hatte es nie bemerkt, weil sie ihren Vater immer gleichmäßig alt auf dem Bahnsteig fand, jedes Jahr, und jedes Jahr ärgerte sie sich von neuem, daß er keinen Gepäckträger bestellt hatte, sondern ihr die Koffer schleppte, damit sie, gewiß erschöpft von der Reise, nichts zu tragen brauchte, doch da er dieses Mal älter geworden war, stritt sie nicht mit ihm herum und zerrte nicht an einem der Koffer wie sonst, sondern ließ ihn beide tragen und ihn ihr beweisen, daß er kräftig, gesund und unverändert war und ihm das Schleppen von zwei Koffern einfach nichts ausmachte. Im Taxi fand sie ihre Unbefangenheit wieder, sie lachte und redete wie immer, legte ihren Kopf an seine Schulter, schaute gelegentlich auf ein paar neue Fassaden in der Bahnhofstraße und nahm geläufig den Lindwurm auf dem Neuen Platz zur Kenntnis, der auch kleiner geworden war, und danach erst, als das Stadttheater zu sehen war und sie einbogen in die Radetzkystraße, atmete sie auf, denn nun verhieß ihr schon alles die Nähe des Laubenwegs und des Hauses, in dem sie zuhause gewesen war. Nein, von der Reise und warum sie über Wien hatte fliegen müssen, wolle sie heute überhaupt nicht reden, über den Horror der letzten Tage, die Hauptsache war ja, daß sie endlich angekommen war, nach diesen vielen Tagen des Wartens, nach vielen Telegrammen, die Herrn Matrei jedesmal bestürzten, und wenn sie wieder abgesagt hatte, dann war er trotzdem zum Flughafen gefahren und hatte dort gewartet, obwohl sie doch eigens so oft telegrafierte, damit er nicht dahin fuhr und nicht wartete.

Nachdem sie das Taxi bezahlt hatte und sie durch den Garten gingen, wollte Herr Matrei ihr sofort die Neuerungen zeigen im Vorgarten, aber sie drängte ins Haus, sie sagte: Bitte später, bitte morgen! und im Haus setzten sie sich zuerst in das Wohnzimmer, sie mußte zuerst einen Schluck Kaffee trinken und rauchen, dann würde sie baden und sich umziehen. Sie tranken den Kaffee, den er warmgestellt hatte, einen etwas schalen, lauen Kaffee, der ihr aber, nach dem englischen Teetrinken von morgens bis abends, trotzdem schmeckte, und sie schimpften beide ein wenig auf die jungen Leute, nämlich auf Robert und Liz, und Herr Matrei erklärte dann doch, fast im Ernst, daß es ihm nicht ganz begreiflich sei, warum Robert mit Liz nicht nach Klagenfurt gefahren war, sondern ausgerechnet nach Marokko, schließlich wäre Klagenfurt gesünder und weniger teuer, und hatte Liz sich nicht schon das erste Mal hier wohlgefühlt, ein Waisenkind, das nie eine Familie gehabt hatte und endlich einmal sah, was ein Zuhause war? Elisabeth verteidigte Robert matt, denn viel gab es nicht zu sagen und zu erklären. Sie konnte sich ihren Bruder, mit seiner angestauten Unternehmungslust, nicht vorstellen im Laubenweg, gerade jetzt, und Liz brannte ja noch wie ein Kind darauf, etwas von der Welt zu sehen, gerade jetzt, denn zurückgezogen lebten die beiden sowieso schon ein ganzes Jahr lang in London, einfach weil sie immer beide todmüde von der Arbeit nach Hause fuhren, getrennt, lange Strecken mit der underground, und ihre Sonntage schon wie ein uraltes Ehepaar in Roberts Garçonniere verbrachten, schon seit einer Zeit, in der von Heirat noch keine Rede war.

Elisabeth wich diesem heiklen Thema aus, sie sprang auf, sie wolle endlich ihre Koffer auspacken, und sie machte ein geheimnisvolles Gesicht, das nur ihr Vater kannte; er solle sich etwas gedulden. Sie fing zwar nur an, ihre Koffer aufzumachen und hin und her zu gehen zwischen ihrem alten Zimmer und dem Bad im ersten Stock, und doch veränderte das Haus sich schon bei diesen Hantierungen, es belebte sich, denn ein »Kind« war zurückgekommen, daran änderte auch nichts, daß kein Kind mehr herumlief im Haus, sondern eine Frau, die sich wie ein Zwitter aus Gast und Mitbesitzerin fühlte. Elisabeth versuchte, ihr Wegbleiben nicht in die Länge zu ziehen, duschte nur, zog einen Morgenmantel an und hatte, obenauf, zwischen den Büchern, schon gefunden, was sie am nötigsten hatte heute abend, ein kleines Geschenk für ihren Vater, das schon wieder einmal, wie alle Jahre wieder, bescheiden und ärmlich ausgefallen war, weil Herr Matrei nichts, aber auch nichts brauchte und es seinen Kindern schwermachte in dieser Hinsicht. Es war nicht nur eine Behauptung, die er ein für allemal aufgestellt hatte, sondern war tatsächlich wahr, man konnte ihm keine Dunhillpfeifen, keine goldenen Feuerzeuge, teure Zigarren, keine Krawatten, keine Luxusgegenstände aus Luxusgeschäften schenken, auch Nützliches nicht, weil er alles ablehnte und das Nützliche schon hatte und hütete, von den Baumscheren bis zum Spaten, und den Hausrat, den ein alter Mensch noch brauchte. Alkohol trank er keinen, er rauchte nicht, er brauchte keine Anzüge, Seidenschals, Kaschmirpullover, Gesichtswasser, und Elisabeth, die im Lauf der Jahre einen Einfallsreichtum sondergleichen entwickelt hatte für Geschenke, die allen noch so verschiedenen Arten von Männern entsprachen, fiel nichts ein, wenn sie an ihren Vater dachte. Seine Bedürfnislosigkeit war auch keine Marotte, sondern ihm angeboren, und er würde an ihr festhalten bis zu seinem letzten Tag. Nur der Ausdruck »letzter Tag« störte Elisabeth heute, sie strich ihn sofort aus ihren Gedanken, und nahm die Fotos heraus, die zum Glück nicht einen Knick bekommen hatten, weil sie noch rechtzeitig einen alten festen Aktendeckel nicht weggeworfen hatte. Eh sie hinunterging zu ihm, sah sie die Fotos prüfend an, die sie in London nur rasch aussortiert hatte, dilettantische Fotos in ihren Augen, den fachmännischen, aber sie zeigten, was ihren Vater mehr interessieren würde als ihre Fotobücher und Reportagen. Die Hochzeitsbilder, gemacht vor einem schäbigen Registry Office und vor dem Hotel, in dem das kleine Essen nach der Hochzeit stattgefunden hatte, konventionelle, unvermeidliche, gestellte Bilder, die bald so altmodisch aussehen würden wie die ihrer Eltern und Großeltern. Robert mit Liz immer in der Mitte, Robert lächelnd zu Liz heruntergebeugt, Liz zu ihm lächelnd aufsehend, Elisabeth an der Seite von Liz, beinahe so groß wie ihr Bruder, schmal, fast schmäler als die junge zarte Liz. Einen Augenblick kam ihr wieder der Einfall, daß, bei einer kleinen Umgruppierung, man eher Robert und sie für das Paar halten konnte, obwohl sie geradeaus lächelte, wie Roberts Freund, der schlaksig und jungenhaft an Roberts Seite stand. Auf eine Fotografie war der Hotelportier mit daraufgerutscht, durch einen Irrtum, auf einer anderen standen noch zwei Personen da, eine entfernte Tante von Liz, eine kleine Freundin von Roberts Freund. Als Elisabeth die Fotos ordnete, damit obenauf das einzige Foto von Robert und Liz allein lag, fing sie zu rechnen an. Wenn dieses Jahr um war, noch im Winter, würde sie fünfzig Jahre alt sein, Robert war sechzehn Jahre jünger als sie, Liz dreißig Jahre jünger, diese Rechnung war unabänderlich, nur auf den Fotos konnte man sich täuschen, denn neben Liz sah sie keineswegs aus, als hätte sie die Mutter von Liz sein können, sondern, so lächelnd, sah sie undefinierbar aus, wie eine Frau Ende Dreißig, und Philippe, mit dem sie noch nie über ihr Alter gesprochen hatte und der jünger war als Robert, durfte oder konnte denken, daß er sich mit einer Frau eingelassen hatte, die einfach ein paar Jahre älter war als er. Sie rechnet heute aber genau. Fünfzig weniger zweiundzwanzig machte achtundzwanzig, denn Philippe war vor einem Monat achtundzwanzig geworden. Zweiundzwanzig Jahre Unterschied. Sie hätte also auch seine Mutter sein können, obwohl ihr dieser Gedanke noch nie gekommen war und auch jetzt für sie ganz fremd war. Es war jedenfalls bedeutungslos, und nur die Rechnung war richtig.

Während sie hinunterging zu ihrem Vater, der mittlerweile die Heizung angestellt hatte für den Abend, obwohl es Juli war, aber zu kalt in diesem vereinsamten Haus und für diesen Sommer, der keiner zu werden drohte, kein warmer Sommer aus ihrer Kindheit, versuchte sie, etwas zu erraten auf diesen lächelnden Gesichtern, denn es mußte ihr etwas entgangen sein in London. Es war dauernd in London etwas in der Luft gehangen, und es war nicht nur der schwüle kühle Sommeranfang, schütterer Regen, dieses Frieren in allen Räumen, es mußte mehr gewesen sein, aber die Fotos waren doch kein Indiz, obwohl sie die Abzüge noch einmal genau betrachtete wie ein Detektiv, der diesem Etwas auf die Spur kommen wollte. Wo blieb diesmal ihre Witterung, ihre Fähigkeit, blitzschnell einer Sache auf den Grund zu kommen oder sich oder anderen, in einer Sache? Entweder hing es mit Robert und ihr zusammen oder mit Robert und Liz. Es gibt wieder eine Frau Matrei, hatten sie in London gesagt, lachend, und sie würden also doch nicht aussterben, denn Liz würde sicher Kinder wollen, Robert wohl kaum, nicht Robert, der ihr zu ähnlich war, er würde nicht wirklich wollen. Elisabeth hatte darüber nachzudenken gelernt, aber Robert hatte bestimmt nie darüber nachgedacht, nur sein Instinkt war besser und stärker gewesen als der ihre, von Anfang an. Denn sie wußte nur und auch genau, warum Familien wie die Matreis aussterben sollten, auch daß dieses Land keine Matreis mehr brauchte, daß schon ihr Vater ein Relikt war, und Robert und sie sich zwar in die Fremde gerettet hatten und tätig waren wie tätige Menschen in wichtigen Ländern, und Robert würde durch Liz noch sicherer in der Distanz werden. Aber was sie zu Fremden machte überall, war ihre Empfindlichkeit, weil sie von der Peripherie kamen und daher ihr Geist, ihr Fühlen und Handeln hoffnungslos diesem Geisterreich von einer riesigen Ausdehnung gehörten, und es gab nur die richtigen Pässe für sie nicht mehr, weil dieses Land keine Pässe ausstellte. Nur zufällig hatten sie beide noch ihre Staatszugehörigkeiten, weil Elisabeth damals in Amerika es zu anstrengend fand, sich durch umständliche Ansuchen und Verfahren in eine Amerikanerin zu verwandeln, bloß weil sie einen Amerikaner geheiratet hatte, und nach der Scheidung war es noch belangloser, was sie war auf dem Papier, denn ihre Arbeitserlaubnis hatte sie, und immer geschützt von einer Zahl von Freunden und Halbfreunden, konnte ihr in keinem Land etwas passieren, es gab in Washington einen wichtigen Jack und auch einen einflußreichen Richard, und wenn Elisabeth auch nur im äußersten Notfall aus Bekanntschaften Nutzen zog, profitierte sie für andere davon, denn sie hatte ihre Männer immer unter jenen gefunden, die gescheiterte Existenzen waren und sie brauchten, als Halt, auch für Empfehlungen, und mit Philippe war es natürlich wieder einmal so.

Als sie vor ihrem Vater die Fotos ausbreitete, sagte er, jemand habe angerufen aus Paris, schon zweimal, das konnte nur Philippe gewesen sein, und er würde schon wieder anrufen, wenn er etwas brauchte oder zufällig auf den Gedanken kam, ihr ein paar freundliche Worte zu sagen. Ihr Vater bedankte sich stirnrunzelnd für das Geschenk, ein Buch, das sie zufällig gefunden hatte bei einem Antiquar in London, »Die Straße nach Sarajewo«, mit alten Bildern, und er blätterte darin still, denn das ging ihn etwas an. Zu den Fotos sagte er wenig. Robert sehe aber gut aus, das betonte er mehrmals, Liz sei in Wirklichkeit hübscher als auf diesen Fotos, und wie jung seine Tochter noch aussah, das merkte er nicht, weil er sie nicht anders kannte und er nie eine Rechnung machte wie heute Elisabeth. Sie war sein Kind, Kinder sahen immer jünger aus, und für Herrn Matrei gab es nur die Beobachtung: Du schaust gut aus. Oder: Du schaust aber nicht gut aus. Und das bezog sich auf die Gesundheit des betreffenden Kinds. Herr Matrei sagte: Es war Zeit, daß der Bub geheiratet hat, jetzt bin ich beruhigt. Und Elisabeth, die wußte, wie verärgert Herr Matrei jedesmal über die Beteuerungen Roberts gewesen war, daß er nie, nie und um keinen Preis je heiraten würde, wunderte sich, daß er gar nie beunruhigt war, weil Elisabeth allein lebte, denn die kurze Ehe mit diesem Amerikaner, von der sie auch erst berichtete, als sie schon kurz vor der Trennung stand, war für ihn entweder in Vergessenheit geraten oder er hatte sie nie ernst genommen, Amerikaner ließen sich – seiner Ansicht nach – ja trauen und scheiden wie nichts, und da war es kein Wunder, daß Elisabeth so rasch wieder nicht verheiratet war. In dem Brief wegen der Scheidung, der ausführlicher war als der über ihre Heirat, hatte sie ihm mitgeteilt, es gehe ihr gut, sie habe Hugh nichts vorzuwerfen, es sei besser für sie beide so, und alles in bester Freundschaft und so fort, sehr fair, von einem Drama könne keine Rede sein, sie werde aber vielleicht wieder nach Paris gehen. Nun, dieser Hugh – bei Herrn Matrei hatte er sich ja nicht vorgestellt, und daß er das damals unglaublich gefunden hatte, auch eine Taktlosigkeit von Elisabeth, verschwieg er, denn wenn nur Elisabeth nicht zu leiden gehabt hatte, dann war es gut. Ihr Brief las sich aufrichtig optimistisch, und Herr Matrei sagte sich: Ich kenne meine Pappenheimer, und die Hauptsache ist, daß der scheidungsfreudige Mister sie nicht unglücklich gemacht hat. Glückwünsche auf den Straßen von Klagenfurt zu der Heirat seiner Frau Tochter hatte er kurz angebunden entgegengenommen, und als er einmal merkte, daß die Frau »Direktor« Hauser, wie er sie ironisch nannte, eine heuchlerische Frage stellte, als Elisabeth längst geschieden war, sagte er herablassend: Abgesehen davon, daß ich selber mich nie in die Angelegenheiten meiner Kinder mische, so dürfte eine amerikanische Heirat kaum Gültigkeit bei uns haben. Meine Tochter ist sehr beschäftigt, sie ist in Afrika. Mein Sohn, vermute ich, will später Chemie studieren. Mit mehr kann ich Ihnen nicht dienen. Habe die Ehre.

Danach wagte in dem ganzen Viertel keiner der Leute, Herrn Matrei nach dem Privatleben seiner Tochter zu fragen, und mit den Jahren starben so viele von diesen Leuten, auch diese gehässige Frau Direktor Hauser, die für die Verbreitung des Klatsches in der Nachbarschaft gesorgt hatte, war längst tot. Herr Matrei sah nur noch selten auf, erstaunt, wenn ihn jemand grüßte, und er grüßte höflich zurück.

Elisabeth versuchte, da die Fotos nicht aufschlußreich genug waren, eifrig zu erzählen, denn ihr Vater hatte sich strikt geweigert, mit seinen siebenundsiebzig Jahren zum erstenmal in ein Flugzeug zu steigen und nach London zur Hochzeit seines einzigen Sohnes zu fahren, in ein Land, wo er kein Wort verstehen würde und wo er nicht einmal mit Liz sprechen konnte. Diese Londoner Tage mußte sie jetzt ausschmücken, mit Reizen versehen, die sie nicht gehabt hatten, und es ging bald flüssig, denn schon am Abend ihrer Ankunft war alles schiefgegangen, in Heathrow – Heathrow heiße der Flughafen von London, so wie Orly der von Paris –, weil sie sich mit Robert falsch verabredet hatte, beide hatten an verschiedenen Stellen gewartet, Heathrow sei nämlich sehr groß, ein kleines bißchen größer als der Klagenfurter Flughafen, und dann sei sie ins Hotel gefahren und hatte mehr als den doppelten Preis bezahlt, worüber Robert schallend gelacht hatte, denn daß seine Schwester, die mehrmals um die ganze Welt gereist war, sich ausgerechnet von einem englischen Taxifahrer hineinlegen ließ, das war zu grotesk und bestimmt noch dem unerfahrensten Amerikaner oder Afrikaner nicht passiert. Später waren sie friedlich beisammengesessen und hatten alles durchbesprochen und durchgerechnet, wieviel das Essen kosten würde, was alles noch zu kaufen und zu erledigen sei, und Liz nähte, Liz hätte für keine Reportage getaugt, denn sie war überhaupt kein Typ, der jetzt verlangt wurde, sie stellte weder »swinging London« dar, noch irgend etwas, was man erwartete von einer Zwanzigjährigen, sie war nirgend herumgewirbelt und kannte nur das Vergnügen, mit Robert zu sein, denn vorher hatte es nur

Arbeit für sie gegeben, jahraus jahrein, und ein Zimmer, mit einem anderen Mädchen geteilt, weil ein eigenes zu teuer war. An jenem Abend nähte sie an einem Strandkleid für einen marokkanischen Strand, und dann beschlossen sie, Klagenfurt anzurufen, um Herrn Matrei zu sagen, daß für den »fatalen Schritt« alles in Ordnung sei, Elisabeth als Trauzeugin für Robert ohne Schwierigkeiten akzeptiert worden sei, daß überhaupt alles gar nicht aufregend sei, sondern ganz einfach, und Robert und Elisabeth rissen sich abwechselnd das Telefon aus der Hand, sie beteuerten, sie dächten an ihn und zuletzt drückten sie Liz den Hörer in die Hand, die hilflos hineinstotterte: Grüß Gott, Vater, auf Wiedersehen. Das waren so ziemlich die einzigen Worte, die sie auf deutsch wußte. Von Elisabeth hatte sie noch »Dummkopf« gelernt, damit sie in passenden Momenten ein passendes Wort für Robert wisse, und von Robert hörte sie oft das Wort »Dummerle«, aber das war ein ausschließlich für sie bestimmtes geheimnisvolles zärtliches Wort. Sie tranken jeder ein Glas Bier, dunkles Guinness, Elisabeth freute sich nachdenklich an den beiden, denn wie hatte Robert es nur fertig gebracht, richtig zu wählen? Nach dem Bier würde sie gut schlafen. In den nächsten zwei Tagen ging sie mit Liz einkaufen, zu Harrods und noch in einige andere dieser Kaufhäuser, und Liz erzählte aufgeregt, daß sie niemand im office gesagt habe, daß sie heirate, die würden Augen machen, denn Liz hatte nur um ihren Urlaub gebeten. In den Kaufhäusern, in denen Liz alles kindlich entzückte, obwohl sie nur das wollte, was auf der Liste stand, und Elisabeth viele Male hinderte, ihr etwas zu schenken, hatte es angefangen, Elisabeth schlechtzugehen, und an dieser Stelle brach sie abrupt ab und sagte: Vater, wir gehören ins Bett. Dir fallen auch schon die Augen zu. Und morgen will ich gleich in den Wald.

Elisabeth wurde wieder hellwach vor dem Einschlafen, sie ging leise in die Küche hinunter und deckte den Tisch für das Frühstück, damit Herr Matrei einmal seinen Tag anders anfangen konnte, wie in längst vergangenen Zeiten, aber in Gedanken war sie noch in London, in diesen labyrinthischen Kaufhäusern und nicht in einer Familieneintracht aus einem Erinnerungsalbum, mit frischen Semmeln und heißem Milchkaffee. Warum nur war ihr schlecht geworden, als sie die Rolltreppen hinauf- und hinunterfuhren, an hunderttausend Waren vorbei, und im Coffee Shop, wo sie sich in eine lange Reihe stellten, um Tee und Eier mit Schinken zu bekommen, geriet sie in eine Panik, und Liz fand glücklich noch zwei Plätze nebeneinander, zwischen fürchterlichen alten Frauen, die ihre Teller voller Kuchen und Sandwiches hatten und genußvoll alles verschlangen, was ungenießbar war, und schwätzten und plauderten, als wäre es der gemütlichste Ort von der Welt, alte Frauen, unter denen viele so alt waren wie Elisabeth, aber anders alt und unförmig und lächerlich angezogen. Elisabeth rührte ihre Eier nicht an, sie mußte ganz blaß geworden sein, denn Liz sagte zart: Ich fühle schon, daß du ganz erschöpft bist, du möchtest dich sicher bald ausruhen, ich bringe dich gleich ins Hotel. Elisabeth erwiderte einfach: Ja, verzeih mir, ich halte es leider nicht mehr aus. Im Gehen, während sie überlegten, was sie auf morgen verschieben konnten, sagte Liz schüchtern: Ich verstehe es, London ist eben nicht Paris oder New York, und wir wissen auch, wieviel Arbeit du gehabt hast, ich glaube, es war ein ziemliches Opfer für dich, zu kommen, aber ohne dich wäre Robert nicht froh und ich auch nicht, und dann möchte ich dir so gern einmal sagen, daß ich es genau weiß, daß Robert mich – daß alles, seine Entscheidung, doch von dir abhängig war, und ich habe dich gern, aber nicht nur deswegen. Ich habe dich wirklich lieb.

Elisabeth umarmte sie schnell und dankbar, denn daran war etwas wahr, daß Robert hatte wissen wollen, ob Liz ihr recht war, und sie hatte ausdrücklich nichts gesagt, aber zu verstehen gegeben, daß Liz ihr gefiel, und nun bekam sie eine Schwägerin, das hörte sich ziemlich furchtbar an auf deutsch, und sie dachte, daß sie eine »sister-in-law«, eine Schwester durch das Gesetz, lieber bekam.

Bei Gesprächen über Paris mußte sie aufpassen. Liz war mit Robert einmal übers Wochenende nach Paris gefahren, und sie hatte es »super« gefunden. Elisabeth hörte ihr lächelnd zu, denn ihr eigenes Paris war weit entfernt davon, »super« zu sein, aber sie war auch einmal das erste Mal in Paris gewesen, und obwohl sie es so nicht bezeichnet hätte, mußte sie unwillkürlich denken, daß vor fünfundzwanzig Jahren auch Paris herrlich gewesen war, als es noch keine Macht hatte, ihre verschiedenen Leben und so viele Menschen zu verschütten. Es gab überhaupt keine Orte mehr für Elisabeth, die ihr nicht wehtaten, aber diese liebe kleine Person hatte noch einige Städte vor sich zum Bestaunen und sie würde sie in ihrer Begeisterung alle aufregend und schön finden.

Sie brauchte morgens ja nicht gleich den Höhenweg bis zum See zu gehen, das war vielleicht zuviel, aber zum Waldwirt oder zumindest den Kalvarienberg hinauf konnte sie gehen, sie hatte keine frische Luft mehr geatmet seit Wochen, war nie mehr zu Fuß gegangen, und Herr Matrei kannte das schon, daß Elisabeth sich jedesmal »auslief«, wenn sie heimkam, die Stadt vermied und gleich hinter dem Haus in den Wald ging. Früher waren sie oft miteinander gegangen, und auch jetzt ging sie noch ein zweites Mal spazieren mit ihm, aber ihren Vormittagsspaziergang machte sie allein, denn sie rannte ja, fand Herr Matrei, und dieses Tempo konnte er nicht mehr mithalten.

Nachts fuhr Elisabeth auf, sie meinte, noch immer in London zu sein, und das durfte sie ihrem Vater nicht sagen, auch Robert nie, wie schlecht es ihr ergangen war, besonders nach der Abreise der beiden, als sie völlig ohne Verstand dachte, sie habe jetzt Robert verloren, denn als sie wenige Stunden später auch abfliegen wollte, stellte sich heraus, daß mit ihrem Flug etwas nicht in Ordnung war, und es war einfach nicht herauszubekommen im Reisebüro des Hotels, was zu tun sei, da alles ausgebucht war seit langem. Juli, Hochsaison, Touristenflüge führte man ins Treffen. Ganze Gruppen mußten sich dieser Flugzeuge bemächtigt haben, und sie mußte zehn Tage in diesem Hotel bleiben, lag meistens im Zimmer auf dem Bett und las, ließ sich einen Tee und ein Sandwich bringen, nebenan flüsterten immer Männer, sie sah einmal einen Pakistani herauskommen, dann, nachts, weil sie meinte, es klopfe jemand an ihre Tür, versuchte sie vorsichtig herauszufinden, was los war, aber es waren nur zwei Pakistani für den Zimmernachbarn, und es wurde wieder geflüstert. In den Gängen standen Spanierinnen herum, lustlos, untätig, die Zimmerkellner waren Inder, Philippinen, Neger, einmal war ein alter Engländer darunter, aber auch die Gäste waren alle aus Asien und Afrika, in den großen Lifts fuhr sie inmitten einer schweigenden Menge mit, als einzige Weiße, und es war recht absonderlich hier, in der Nähe von Marble Arch und dem Hyde Park. Es war nie beklemmend gewesen in Asien oder Afrika, wo sie gerne allein war und sich entfernte, wenn sie mit anderen reiste, denn dann war sie etwas wie »die Frau, die davonritt«, aber hier nicht, es war alles stumpfsinnig, es waren alle völlig stumpfsinnig, nichts stimmte, und die Gäste und die Angestellten verständigten sich in einem Englisch, das auf eine geringe Anzahl von Wendungen beschränkt war, und wer eine mehr verwendete, wurde nicht mehr verstanden, es war nicht eine lebende Sprache, die gesprochen wurde, sondern ein Esperanto, und der Erfinder dieser Weltsprache wäre vermutlich erstaunt gewesen, daß es nun doch schon gelang, auf eine andre Weise zwar, aber immerhin, und sie verlernte auch rasch ihr Englisch und gebrauchte dieses verwünschte Esperanto, wenn sie Zeitungen kaufte oder Zigaretten oder wieder fragte wegen des Flugs. Einmal setzte sie sich in die Bar, um zu sehen, was für Männer hier herumsaßen und ob einer in Frage kam, die wurde aber nun gleich geschlossen, alles wurde immerzu geschlossen, und dann durfte man sich in einen grell erleuchteten Nebenraum setzen, der einem mißglückten Konferenzsaal glich, und man bekam zwar ein paar Tropfen Whisky in ein Glas oder ein Bier, aber die nächste Schwierigkeit war wieder das Zahlen. Elisabeth, die keine Lust hatte, in diesen Tagen zu erlernen, welche Geldstücke jetzt was bedeuteten, sagte, indem sie aus der Geldbörse ein paar Geldstücke nahm: Bitte nehmen Sie sich, was Sie bekommen! Sie wußte nicht, wohin ihr früheres London verschwunden war, alles, was ihr einmal gefallen hatte. Es verstörte sie die Karikatur der Großstadt in der Großstadt, sie ärgerte sich auf der Oxford Street, wenn sie durch diese Menschenmassen trieb, Gruppen von singenden religiösen Sektierern begegnete, und einmal ließ sie sich rasch zur Westminster Bridge fahren und war eine Weile ruhig auf der Brücke und ging weiter und ein wenig auf der anderen Seite der Themse auf und ab, die sie alles sehen ließ wie früher einmal, und es war doch anders. Sie mußte nicht London sehen, es war ihr gleichgültig, sie war müde, sie wollte weg und nachhause, sie wollte in den Wald und zum See, und sie telegrafierte an ihren Vater, hoffentlich verstand er, daß sie hier nur sinnlos festgehalten wurde, und regte sich nicht auf. Nach vielen »I am sorry« und »I don't know«, die wichtigsten Worte in diesem Esperanto, hatte sie dann endlich ihren Flug, wenn auch nur bis Frankfurt. Sie kam vor lauter Überglück eine Stunde zu früh nach Heathrow und wartete dann noch Stunden, weil der Flug nach Frankfurt Verspätung hatte, und in Frankfurt wartete sie nicht, aber hetzte herum, um das Ticket noch einmal umschreiben zu

lassen, auf Wien, und in Wien fuhr sie direkt zum Südbahnhof, dort war sie wieder zu früh dran und ging zur
Bahnhofsmission, zu einer Schwester, sie bat, sich niederlegen zu dürfen, denn sie fürchtete, auf dem Bahnsteig zu-
sammenzubrechen, lag erschöpft auf einem Notbett und
trank ein Glas Wasser, nein, eine Platzkarte habe sie nicht,
sie komme aus London, und es sei alles drunter und drüber
gegangen, das sei der ganze Fortschritt, diese Bescherung.
Elisabeth gab der Schwester hundert Schilling für die Mis-
sion, und die Frau versprach ihr, mit dem Schaffner zu
verhandeln, damit sie einen Platz bekäme, und wenn sie ein
kleines Trinkgeld erübrigen könnte für den Mann, dann
ginge es sicher. Elisabeth war erleichtert, das waren wieder
vertraute Töne, aber gerne, es komme nicht darauf an, und
als der Zug aus dem Südbahnhof hinausfuhr, täuschte sie
nur mehr eine schläfrige Übelkeit vor, dem Schaffner zuliebe, weil sie sich sofort gut fühlte, der ganze Alptraum ein
Ende hatte, denn ein paar Stunden später würde sie auf
bekannten Bahnhöfen halten und bald zuhause sein.

Am Morgen verschlief sie das Frühstück, Herr Matrei arbeitete schon im Garten, und sie trank rasch eine Schale
Kaffee und rief vergnügt: Ich bin bald zurück, ich will
nicht übertreiben am ersten Tag! Sie versuchte es mit dem
Weg 2, aber der »Aussichtsturm« gefiel ihr nicht mehr,
und versuchte dann, auf den Weg 1 zu kommen und zu
den Teichen. Es waren hier, so nah an der Stadt, aber Leute, die auch spazierengingen und lärmende Kinder, das war
ein wenig enttäuschend, aber schon morgen würde sie die
großen Wanderungen machen zum See, und ihren Badeanzug konnte sie dann auch mitnehmen und schwimmen
danach.
Mit ihrem Vater aß sie eine Kleinigkeit, und er wunderte
sich immer, daß Elisabeth zuhause zufrieden war mit den
»Kleinigkeiten«, denn er stellte sich ihr Leben vor mit raf-

finierten Mittagessen und Abendessen, Champagner und
Kaviar, und wenn sie erzählte, mußte er das auch glauben,
weil in ihren Erzählungen nur diese wunderbaren Restau-
rants vorkamen und berühmte und interessante Leute, und
obwohl alle diese Geschichten wahr waren, ließ sie die anderen weg, die sich schlecht zum Erzählen eigneten und in
denen kein Champagner und kein berühmter Mann unterzubringen war, sondern Kollegen und Intrigen in einem
wirren und anstrengenden Alltag, mit Arbeit und Termi-
nen, mit zuviel Kaffee und einem hinuntergewürgten
Sandwich, mit Besprechungen, Koffern, die kaum ausge-
packt, schon wieder gepackt werden mußten, Ärgerlich-
keiten aller Art, unvorstellbar für Herrn Matrei, dessen
Alltag ruhig verlief im Laubenweg und der nur manchmal
Erschütterungen erfuhr durch die Telegramme und Briefe
der Kinder, Ansichtskarten aus fremden Ländern mit Grüßen, Anrufen, die sogar kamen, wenn er gerade die Nachrichten hören wollte, und Elisabeth erklärte trotzdem überzeugend, daß es ihr hier mit ihm besser schmeckte, daß es
ihr lieber sei, ein Paar Würstel zu essen und etwas Käse,
als in Paris in einem chinesischen Restaurant zu sitzen. Da
Herr Matrei noch nie chinesisch gegessen hatte und China
ihm unheimlich war, nickte er verständnisvoll, denn das
konnte er gut verstehen, und er ging mit ihr im Garten
herum, pflückte für sie die ersten Weichselkirschen und
schwarze Johannisbeeren, denn das Kind hatte doch das
ganze Jahr nichts wirklich Vernünftiges zu essen, und Obst
aus dem eigenen Garten war eben etwas gesünder als dieses ausländische Zeug auf den Märkten, aber er würde
schon dafür sorgen, daß sie in ein paar Tagen besser aussä-
he. Denn sie sah diesmal nicht gut aus. Dieses Teetrinken
in England gab ihm auch zu denken, sicher das reine Gift,
Tee mochte ja gut sein, wenn man krank war und erkältet,
aber den ganzen Tag Tee! Robert war sicher vernünftiger,
und mit der Heirat kam eine Ordnung in sein Leben, aber

Elisabeth wirtschaftete schlecht mit ihrer Gesundheit, und in seinen Stolz über ihr erfolgreiches Leben mischte sich immer eine Sorge, daß sie unvernünftig lebe.

Am Nachmittag gingen sie miteinander ein Stück des Höhenweges 1, aber Herr Matrei, der den Wald besser kannte als sie, verließ dann die numerierten Wege, und sie kamen auf einem Umweg zurück, den sie nicht kannte, sie war ziemlich erschöpft, weil es ihr zu langsam gegangen war und sie, wie schon oft, über die Zukunft gesprochen hatten. Zukunft hieß für Herrn Matrei, Überlegungen anstellen, wie alles zu regeln sei für die Kinder, und wieder erforschen, ob Elisabeth nie ihre Meinung änderte, wegen des Hauses, aber sie hatte die Meinung wieder nicht geändert, und Robert würde also das Haus erben. Wenn Herr Matrei stehen blieb, fragte er: Beweis einmal, daß du nicht alles vergessen hast. Was ist das für ein Baum, und wie alt ist er? Woran erkennt man sein Alter? Elisabeth kannte diese Fragen, aber sie wußte immer schlechter die Antworten, die Natur hatte sie schon früher gelangweilt, und sie konnte eben keine Esche erkennen. Auch auf dem Waldlehrpfad, wo für die Schulkinder alle wichtigen Bäume eine Tafel trugen, mit dem deutschen und lateinischen Namen, Herkunft, besonderen Kennzeichen, las sie zwar flüchtig interessiert die Beschriftungen, aber sie ging lieber rasch und dachte an alles Mögliche. Am meisten interessierten sie noch die Wegmöglichkeiten, die Kreuzungen, die Abzweigungen und die Angabe der Stunden, etwa wie lange man von der Kreuzung 1–4 bis zur Zillhöhe brauchte, und da sie nie so lange brauchte wie die angegebene Wegzeit, beschäftigte sie sich nur mit den Zeiten und wie lange sie wirklich brauchte. Ohne Uhr wäre sie nie in den Wald gegangen, weil sie alle zehn Minuten auf die Uhr schauen mußte, um zu errechnen, wie lange sie unterwegs war, wie weit sie gekommen war und was sie sich noch vornehmen solle.

An diesem Abend ging sie früh in ihr Zimmer, und sie schlief sofort ein, es war die erste Entspannung, die Auflösung eines Krampfs, weil sie sich zu lange krampfhaft aufrecht gehalten hatte, und morgens war sie darum die erste und richtete das Frühstück, schrieb ein paar Zeilen für ihren Vater und ging über die Kellerstraße zu dem zweiten, abgelegeneren Anfang des Weges 1. Sie begegnete keinem Menschen, denn die Leute blieben nah am Stadtrand, um ihre Kinder und Hunde auszuführen, aber Wanderungen machte niemand mehr, alle fuhren mit den Autos zum See, wie überall. Als Kinder waren sie immer diese Wege mit den Eltern gegangen, weil es Herrn und Frau Matrei nie in den Sinn gekommen wäre, auch nur die Straßenbahn zu nehmen, höchstens zum Heimfahren, oder wenn es regnete, aber zum See ging man zu Fuß, und das große städtische Strandbad vermieden sie, sie waren immer weiter gewandert zu dem kleinen Bad Maria Loretto. See und Loretto gehörten für Elisabeth unzertrennbar zusammen, obwohl sie Wanderungen lange Zeit als junges Mädchen abgelehnt hatte als etwas Lästiges, Überflüssiges, Unbequemes, und erst wieder gerne ging, seit alle Städte, die so »super« waren, ihr diesen Wald anders erscheinen ließen, als den einzigen Flecken Welt, der still war, wo niemand sie hinjagte, um darüber etwas Brauchbares herauszufinden, und niemand hinter ihr herjagen konnte mit Telegrammen und Zumutungen aller Art.

Es war ein trüber Tag, sie hatte einen alten Regenmantel über dem Arm, die alten Schuhe, die sie immer in Klagenfurt ließ, wenn sie abreiste, aber sie hatte vergessen, Socken anzuziehen von Robert oder von ihrem Vater, darum rutschte sie zu oft in den Schuhen, der dünnen Strümpfe wegen, und trottete langsam dahin.

Daheim war sie nicht in diesem Wald, sie mußte immer wieder neu anfangen, die Wanderkarten zu lesen, weil sie kein Heimweh kannte und es nie Heimweh war, das sie nachhause kommen ließ, nichts hatte sich je verklärt, sondern sie kam zurück, ihres Vaters wegen, und das war eine Selbstverständlichkeit für sie wie für Robert.

Als sie nach Wien gegangen war und zu arbeiten anfing, hatte sie aber schon das Fernfieber gehabt, eine lebhafte Ungeduld, Unruhe, und sie arbeitete nur so viel und auch gut, weil sie hinarbeitete auf ein Wunder, das Wunder, weit wegzukommen, es war zuerst nicht einmal klar, was aus ihr werden sollte, aber mit ihrer Energie erreichte sie es, daß man sie in einer Redaktion telefonieren und tippen ließ, für eine dieser rasch gegründeten Illustrierten nach dem Krieg, die bald wieder eingingen, und sie schrieb bald kleine Reportagen, wußte nur nicht, daß sie kein besonderes Talent zum Schreiben hatte, aber es fiel niemand auf, da die anderen auch nicht mehr konnten. Ihr strahlender Eifer hingegen war so überzeugend, daß man sie begabt fand, und sie lernte deswegen eine Menge Leute kennen, rannte mit Fotografen herum, laborierte an einer »story« herum oder an Bildtexten, lernte immer mehr Leute kennen und war beliebt. Sie hatte nichts Richtiges gelernt und dachte hie und da verzweifelt, doch auf die Universität gehen zu müssen, aber es war schon zu spät für sie und ihr Wunderglauben so stark, daß sie mit großer Geschwindigkeit alles auffaßte und daher als intelligent galt, obwohl sie höchst oberflächliche Kenntnisse hatte von Hunderterlei, eben auffing, was gerade aktuell war und worüber einige ihrer Freunde wirklich etwas wußten. Dann reiste sie zufällig zum erstenmal mit einem Fotografen, der unterwegs krank wurde, und sie, besorgt um diese so wichtige »story«, fing zu fotografieren an und begriff wieder so rasch. Damals wurden zufällig die Weichen gestellt für ihr Leben, denn sie fotografierte besser als sie schrieb, und das hatte sie nicht wissen oder auch nur vermuten können, daß sie damit weiterkommen würde und sogar nach sehr hoch oben. Auch kam die endgültige Entscheidung erst, als ein deutscher Fotograf, Willy Flecker, der damals schon einen Namen hatte und eines Tages gar keinen mehr, nach Wien kam und sie, nach einer kurzen Zusammenarbeit, mitnahm nach Paris, ihr noch einiges beibrachte, und in Paris lernte sie durch ihn Duvalier kennen, der der einzige überragende Fotograf von Weltruf über Jahrzehnte war und Gefallen fand an der kleinen »tyrolienne«, wie er sie scherzhaft nannte. Elisabeth, die aus dem Nichts gekommen war, aus einer dilettantischen Wiener Redaktion, begann kurze Zeit später mit dem alten Mann auf Reisen zu gehen, als Assistentin, Schülerin, Sekretärin, dann schon als unentbehrliche Mitarbeiterin, und der kindliche Traum, den sie in Wien geträumt hatte, war kein Traum mehr, sondern wurde überführt in eine Realität, die sie anfangs überwältigte. Sie fuhr mit Duvalier nach Persien, Indien und China, und wenn sie zurückkamen nach Frankreich und sein nächstes Buch fertigmachten, lernte sie, obwohl er der rücksichtsloseste Arbeiter war, den sie je kennenlernte, rücksichtslos auch sie ausnutzend, durch ihn alle die Leute kennen, die Herr Matrei »Gott und die Welt« nannte, und Picasso und Chagall, Strawinsky und Julian Huxley, Hemingway wie Churchill wurden für sie aus Namen zu Bekannten und Personen, die man nicht nur fotografierte, sondern mit denen man essen ging oder die einen sogar anriefen, und nach ihren ersten Beteiligungen, die der vorsichtige, vielleicht auch geizige Duvalier ihr zukommen ließ, hatte sie schon verstanden, daß es richtiger war, von Balenciaga oder einem anderen großen Couturier, der später kurze Zeit einen anderen Gefallen an ihr fand und ihre Eigenart studierte und betonte, drei Kleider zu haben als zwanzig billige, und wenn sie auch besessen war von der Arbeit und an nichts dachte, als immer besser zu werden, so bekam sie Stil, »Klasse«, wie ihr deutscher Freund sagte, denn sie trug nur mehr und tat nur mehr, was genau zu ihr paßte.

Aus der dürren langen kleinen Matrei, die als Mädchen nicht besonders gefallen konnte in Wien, machten die Pariser einen »Typ«, der erst viel später als interessant und schön galt, und darum war es auch ihr Pech gewesen in Wien, nur beliebt zu sein, aber von den Männern als ein Neutrum betrachtet zu werden. Als sie, schon über dreiundzwanzig, noch immer als beliebte Freundin bedeutender Männer herumlief und nicht einmal eine einzige Eifersucht bei den Frauen und Freundinnen dieser Männer hervorrief, faßte sie den Entschluß, diesem peinlichen Zustand ein Ende zu machen. Sie schwankte eine Weile zwischen Leo Jordan, der ein Arzt war und dessen Karriere begann, und Harry Goldmann, der zwar kein Arzt war, dem man aber eine Unzahl von Frauen nachsagte, und sie entschied sich dann für Goldmann, weil er ihr besser gefiel. Es war eine ruhige, kühle Entscheidung, und ein paar Monate später hörte sie, durch eine Indiskretion, aber ohne sich darüber aufzuregen, daß die Schauspielerin X ihrem Freund Y erzählt hätte, der es Elisabeths Bewunderer Z weitersagte, sie sei völlig frigide, wenn auch eine reizende Person. Sie dachte verwundert darüber nach, vermutlich stimmte das sogar, denn wenn sie Goldmann dieses Geschwätz auch nicht zutraute, aber dem einen oder anderen ja, mit denen sie es auch einmal versucht hatte, so konnten diese Männer doch nicht wissen, daß sie zu ihnen ging, wie man sich in einen Operationssaal begibt, um sich den Blinddarm herausnehmen zu lassen, nicht gerade beunruhigt, aber auch ohne Enthusiasmus, im Vertrauen darauf, daß ein erfahrener Chirurg, oder, in ihrem Fall, ein erfahrener Mann, mit einer solchen Kleinigkeit schon fertig würde. Ohne im geringsten eine Komödiantin zu sein, war sie danach zu diesen Männern, zu Goldmann und anderen, immer von einer neutralen Herzlichkeit, Freundschaftlichkeit, eben keines dieser Mädchen, die Ehen und Beziehungen zertrümmerten oder sich an jemand hängten mit An-

sprüchen und Gefühlen, denn am Tag existierte für sie
nichts mehr, was an einem Vorabend oder Nachmittag geschehen war, und erst als sie Trotta in Paris kennenlernte,
änderte sie sich so vollständig, daß sie ihre Wiener Zeit
und ihr Verhalten dort unbegreiflich fand. Daß sie sich
teilnahmslos in irgendein Bett gelegt hatte, um, wie sie
meinte, einem Mann einen Gefallen zu tun, auch nicht einmal daran zweifelte, daß es ein Gefallen war, das konnte
sie sich nicht mehr vorstellen, denn schon in der ersten
Stunde wollte sie Franz Joseph Trotta gefallen und fürchtete und ängstigte sich wie eine Frau. Sie fing an, alles ins
Spiel zu bringen, um ihn zu gewinnen und zu halten, und
verwarf wieder jedes Spiel, denn wie sollte sie diesen son-
derbaren, hochmütigen Mann für sich interessieren, da sie
sich plötzlich ganz uninteressant vorkam und nicht wußte,
was sein ironisches Verhalten bedeutete, das sie fünf Minuten lang günstig für sich auslegte und fünf Minuten
später für ungünstig. Die ersten Tage, in denen sie Trotta
suchte und floh und er sie suchte und floh, waren das Ende
ihrer Mädchenzeit, der Anfang ihrer großen Liebe, und
wenn sie später auch, wie sie es aus dem jeweiligen Blick-
winkel eben sah, meinte, eine andere große Liebe sei ihre
große Liebe gewesen, dann war doch Trotta, nach mehr als
zwei Jahrzehnten auf dem Höhenweg Nummer 1 noch einmal die große Liebe, die unfaßlichste, schwierigste zugleich, von Mißverständnissen, Streiten, Aneinandervor-
beisprechen, Mißtrauen belastet, aber zumindest hatte er
sie gezeichnet, nicht in dem üblichen Sinn, nicht weil er sie
zur Frau gemacht hatte – denn zu der Zeit hätte das auch
schon ein anderer tun können –, sondern weil er sie zum Bewußtsein vieler Dinge brachte, seiner Herkunft wegen, und
er, ein wirklich Exilierter und Verlorener, sie, eine Aben-
teurerin, die sich weiß Gott was für ihr Leben von der
Welt erhoffte, in eine Exilierte verwandelte, weil er sie,
erst nach seinem Tod, langsam mit sich zog in den Unter-

gang, sie den Wundern entfremdete und ihr die Fremde als Bestimmung erkennen ließ.

Das war das Wichtigste an dieser Beziehung gewesen, aber es kam dazu noch etwas anderes. Es kam eben immer darauf an, wo man das Wichtigste gerade suchte, und Elisabeth hatte damals nicht auf alle Sätze Trottas geachtet, der aus jenem sagenhaften Geschlecht kam, wo keiner »darüber hinwegkam«, und auch von seinem Vater wußte sie durch ihn, daß der auch wieder einmal die Zeit nicht mehr verstanden hatte und zuletzt fragte: Wohin soll ich jetzt, ein Trotta? als die Welt wieder unterging, für einen Trotta im Jahr 1938, einer von denen, die noch einmal zur Kapuzinergruft gehen mußten und nur wußten, was »Gott erhalte« heißt, aber vorher alles getan hatten, um die Dynastie Habsburg zu stürzen. Das Allerwichtigste war, daß Trotta Elisabeth unsicher machte in ihrer Arbeit, da sie nach Duvaliers Tod zur besten französischen Illustrierten ging und er sie langsam vergiftete, sie zu zwingen anfing, über ihren Beruf nachzudenken. Als sie einmal hilflos weinend zu ihm kam, weil einer ihrer Freunde, den sie nicht besonders gut kannte, aber sie hatte immer so viele Freunde unter allen, in Budapest bei den Straßenkämpfen getötet wurde, während er fotografierte und mit seiner Kamera in der Hand verblutete, ließ Trotta sie weinen und schwieg hartnäckig. Später verloren sie und die Redaktion und das bessere, das gewissenhaftere Frankreich vor allem drei Fotografen und einen Reporter in Algerien und zwei Journalisten in Suez, und damals sagte Trotta: Der Krieg, den ihr fotografiert für die anderen zum Frühstück, der verschont euch also auch nicht. Ich weiß nicht, aber ich kann deinen Freunden keine einzige Träne nachweinen. Wenn einer mitten ins Feuer springt, um ein paar gute Fotografien nachhause zu bringen vom Sterben der anderen, dann kann er, bei diesem sportlichen Ehrgeiz, auch umkommen, daran ist doch nichts Besonderes, das ist ein Berufsrisiko, nichts weiter!

Elisabeth war fassungslos, denn sie hielt das für das einzig Richtige, alles, was sie taten zu der Zeit, die Leute mußten erfahren, genau, was dort vor sich ging, und sie mußten diese Bilder sehen, um »wach gerüttelt« zu werden. Trotta sagte nur: So, müssen sie das? Wollen sie das? Wach sind doch nur diejenigen, die es sich ohne euch vorstellen können. Glaubst du, daß du mir die zerstörten Dörfer und Leichen abfotografieren mußt, damit ich mir den Krieg vorstelle, oder diese indischen Kinder, damit ich weiß, was Hunger ist? Was ist denn das für eine dumme Anmaßung. Und jemand, der es nicht weiß, der blättert in euren gelungenen Bilderfolgen herum, als Ästhet oder bloß angeekelt, aber das dürfte wohl von der Qualität der Aufnahmen abhängen, du sprichst doch so oft davon, wie wichtig die Qualität ist, wirst du denn nicht überall hingeschickt, weil deine Aufnahmen Qualität haben? fragte er mit leisem Hohn. Elisabeth argumentierte, eifervoll, gescheit noch in der ersten Ratlosigkeit, aber zum erstenmal hatte ihr jemand den Boden unter den Füßen weggezogen, und sie sagte trotzig: Und damit du endlich verstehst, daß es mir ernst ist, ich werde jetzt gehen und aus Überzeugung, ich werde André bitten, daß er mich nach Algerien schickt, er war immer dagegen bisher, daß ich gehe, aber ich sehe nicht ein, warum mir etwas erspart bleiben sollte und den Männern nicht. Das ist doch auch in allen anderen Dingen nirgends mehr so, schon längst!

Damals hatte Trotta seine besondere Zeit mit ihr, er liebte sie wie jemand, den man verlieren wird, verzweifelt und angstvoll, mit der Besorgnis, mit der sie ihn sonst immer liebte, und er bat sie, nicht zu gehen. Geh nicht, Elisabeth, geh nie, es ist nicht richtig, und ich weiß ja, was du damit meinst, aber es hat doch keinen Sinn, du wirst noch selber daraufkommen. Du und deine Freunde, ihr werdet diesen Krieg damit nicht beenden, es wird anders kommen, ihr werdet nichts ausrichten, ich habe überhaupt die Menschen nie verstehen können, die sich diesen Abklatsch, ach nein, diese in die ungeheuerlichste Unwirklichkeit verkehrte Realität ansehen können, man schaut sich doch Tote nicht zur Stimulierung für Gesinnung an. Einmal, es war im Sudan, dort ist mir weiter nichts aufgefallen, nur eine Aufschrift überall, für alle diese Weißen, weil ja nur die kein Schamgefühl kennen, es sei verboten, bei hoher Strafe, »human beings« zu fotografieren. Den Nil und alles andere habe ich vergessen, dieses Verbot nicht.

Obwohl Elisabeth beharrte auf der Wichtigkeit dessen, was sie und andere taten, diskutierten, auch wie sie handelten, um alle Gefährdeten vor Anschlägen zu schützen und Algerier über die Grenzen zu bringen, in ein sicheres Land, nach Italien vor allem, fing sie damals unmerklich an, ihre Arbeit anders zu sehen, denn sie hatte, weil sie den Kopf immer voll hatte von den Tagesereignissen, nie über heiklere Formen von Recht und Unrecht nachgedacht, wie Trotta, und der Verdacht blieb in ihr, daß etwas Beleidigendes in ihrer Arbeit war, daß Trotta, der nicht recht hatte, doch in einem Punkt recht hatte, denn was unterschied so sehr die Fotos von Fensterstürzen, Zugunglücken, weinenden Müttern und grauenvollen Slums von den Bildern, die von allen Kriegsschauplätzen geschickt wurden, und hätten nicht so viele Fotografen das wirklich fotografiert, dann hätte man diese Aufnahmen genau so geschickt herstellen können, wie ein geschickter Bilderfälscher ein Original eben fälschen kann, ohne sich der Gefahr des Mißlingens auszusetzen und ohne einen anderen Einfall zu haben, als gut zu fälschen. Die Fotoserien, die erschienen, waren fast nie gefälscht, aber Elisabeth sah sie jetzt manchmal anders an, besonders die letzten Fotos von dem jungen Pedrizzi, der kurz danach mit einigen Algeriern und einem anderen Franzosen, Leuten, die man nur nebenbei betrauerte, weil man in der Presse nur Pedrizzi kannte und ihn zum Helden einiger Nachrufe machte, in die Luft gesprengt worden war. Trotta fing immer wieder an, sie und ihren jungen festen Glauben zu verhöhnen. Die Leute sollen doch lesen, und überdies wissen sie alles schon, ehe sie es gelesen haben. Du liest doch auch, als wüßtest du es nicht ohnedies, alle Berichte über die Folterungen, einer gleicht dem anderen, und du liest es und weißt, daß es wahr ist, unmenschlich, daß es ein Ende haben muß, und dann möchtest du es vielleicht noch fotografieren, damit Hunderttausende auch sehen dürfen, wie man gefoltert wird. Wissen genügt wohl nicht! Elisabeth warf ihm das Buch, in dem sie gerade erschüttert gelesen hatte, nicht an den Kopf, denn sie verfehlte ihn und es fiel ihm seitlich über die Schulter. Trotta nahm sie in die Arme, schüttelte sie: Aber du mißverstehst ja alles, und du, du darfst nicht mißverstehen. Ich sage nur, es ist eine Zumutung, es ist eine Erniedrigung, eine Niedertracht, einem Menschen auch noch zu zeigen, wie andere leiden. Denn es ist natürlich anders in Wirklichkeit. Also so etwas zu tun, bloß damit einer seinen Kaffee einen Moment stehen läßt und murmelt, ach, wie schrecklich! und ein paar werden sogar einer anderen Partei die Stimme geben bei den Wahlen, aber das würden sie ohnehin tun, nein, meine Liebe, nicht ich halte die Menschen für grundschlecht, für bar jeder Möglichkeit, etwas nicht zu begreifen, und für immer verloren, aber du tust es, denn sonst würdest du nicht denken, daß sie außer ein paar Geboten auch noch Reportagen und »hartes Material«, wie dein Willy es nennt, brauchen.

Elisabeth sagte: Ich sag dir noch einmal, aber zum letzten Mal, es ist nicht mein Willy, und die Menschen müssen einmal zur Vernunft kommen. Dazu werde ich tun, was ich kann, wie wenig das auch ist.

O zu welcher, welcher Vernunft, wenn sie es bis heute noch nicht getan haben, was hat in Jahrhunderten ausgereicht, sie zur Vernunft zu bringen, und was wird ausreichen, um dich zur Vernunft zu bringen!

Aber ich bewundre alle, alle Franzosen, die zusammen mit ihnen für die Freiheit und die Unabhängigkeit . . . ich meine, es gibt für Algerien nichts Wichtigeres als die Freiheit . . . Da Trotta lachte, fing sie zu stottern an vor Wut und Ohnmacht, und er sagte: Vergiß nicht, daß ich ein Franzose bin, und ich finde daran nichts zum Bewundern, du Kind, ich ginge ja sofort, denn ich werde mit diesen verdammten Franzosen, die in deiner Bewunderung existieren, mir mit Vergnügen die Hände weiß waschen, die sich schmutzig gemacht haben, aber bewundert will ich dafür bestimmt nicht werden. Und die Freiheit, die Freiheit, die dauert, wenn sie kommt, kaum einen Tag und ist ein Mißverständnis.

Du bist eben kein Franzose, sagte Elisabeth erschöpft, du verstehst ihr Drama nicht, du verstehst sie nicht.

Nein, ich verstehe sie nicht, weil ich gar nicht will, wer kann von mir verlangen, daß ich sie auch noch verstehe. Es genügt mir, daß ich einer geworden bin und wieder einmal eine Erbschaft antreten darf, die ich mir nicht ausgesucht habe.

Du lebst nicht in dieser Zeit, sagte sie erbittert, ich kann nicht mit jemand leben und reden, der sich bloß in diese Zeit verirrt hat und nicht in ihr lebt.

Ich lebe überhaupt nicht, ich habe nie gewußt, was das ist, Leben. Das Leben suche ich bei dir, aber ich kann mir nicht einmal einbilden, daß du es mir geben könntest. Du siehst nur aus wie das Leben, weil du dich herumtreibst und abhetzt für alles, wovon man in ein paar Jahren kaum mehr wissen wird, wozu es nötig war.

Ehe der Algerienkrieg zuende war, hatten sich Elisabeth und Trotta getrennt, und Elisabeth sah, während alle anderen längst zur »Tagesordnung« übergingen, noch bedrückt, was aus der Freiheit schon zu werden drohte, und aus dem neuen Algerien kam sie niedergeschlagen zurück, sagte aber ostentativ allen, daß es hochinteressant sei, und schrieb mit vorsichtigen Einschränkungen allerlei Positives, und sie überlas ihre Bildtexte, stundenlang, ehe sie sie abholen ließ, ihren Grenzübertritt in die erste Lüge, die ihr klar war, aber sie konnte nicht mehr mit Trotta sprechen, der eines Tages sein Hotelzimmer gewechselt hatte, ohne eine Adresse zu hinterlassen. Viel später las sie zufällig einen Essay »Über die Tortur«, von einem Mann mit einem französischen Namen, der aber ein Österreicher war und in Belgien lebte, und danach verstand sie, was Trotta gemeint hatte, denn darin war ausgedrückt, was sie und alle Journalisten nicht ausdrücken konnten, was auch die überlebenden Opfer, deren Aussagen man in rasch aufgezeichneten Dokumenten publizierte, nicht zu sagen vermochten. Sie wollte diesem Mann schreiben, aber sie wußte nicht, was sie ihm sagen sollte, warum sie ihm etwas sagen wollte, denn er hatte offenbar viele Jahre gebraucht, um durch die Oberfläche entsetzlicher Fakten zu dringen, und um diese Seiten zu verstehen, die wenige lesen würden, bedurfte es einer anderen Kapazität als der eines kleinen vorübergehenden Schreckens, weil dieser Mann versuchte, was mit ihm geschehen war, in der Zerstörung des Geistes aufzufinden und auf welche Weise sich wirklich ein Mensch verändert hatte und vernichtet weiterlebte.

Sie kam nie dazu, diesen Brief zu schreiben, sie vermied nur einige Aufträge, die sie bekam. André fragte sie einmal belustigt: Hast du Angst, Elisabeth? Und sie sagte, seinen Blick vermeidend: Nein, aber ich kann nicht, und ich kann es nicht erklären. Es wird vielleicht vorübergehen, aber ich habe Zweifel, das ist wohl eine Schande heutzutage. André, der schon wieder ein Telefon in der Hand hatte und von ihrer Scham nichts mehr wahrnahm, sagte, da er den Faden verloren hatte, nach dem Telefonieren: Du spannst am besten aus, denn wenn du zufällig einmal meine Meinung hören willst, aber vergiß es gleich wieder, damit du mir nicht eingebildet wirst, du bist viel couragierter als unsere Herren, die, wenn sie couragiert tun, doch nur ehrgeizig sind oder sich einen Mut zurechtlegen. Bei dir geht das vorüber, ich habe dich ein bißchen zu sehr beansprucht, du weißt, ich bin eine Canaille und nutze euch aus, wie ich kann, aber ich weiß es auch, und wäre ich keine, wie sähe dann unsre famose Illustrierte aus.

Danke, Canaille, sagte Elisabeth lächelnd, und klar war mir das längst, daß du eine bist, aber ich arbeite nämlich nicht ungern für Canaillen deiner Art, nur ob ich ausspannen soll, gerade jetzt – ich weiß nicht. Ich werde einmal darüber schlafen und dir Bescheid geben!

Elisabeth verließ den Höhenweg und ging seitwärts hinüber zur Zillhöhe, zu den Bänken, aufgestellt für müde, rastsuchende Wanderer, die nie mehr kamen. Sie schaute auf den See, der diesig unten lag, und über die Karawanken hinüber, wo gradewegs in der Verlängerung einmal Sipolje gewesen sein mußte, woher diese Trottas kamen und wo es noch welche geben mußte, denn einmal war dieser hünenhafte fröhliche Slowene zu Trotta gekommen. Franz Joseph sagte ihr, das sei sein Vetter, dessen Vater beinahe noch ein Bauer gewesen war. Sie erinnerte sich nur an Trottas ungewöhnliche Zartheit diesem Vetter gegenüber, auch wenn er wieder ironisch wurde, eben nicht zeigen wollte, daß etwas ihn anrührte, und sie sagte einmal zerstreut: Ich muß ihn doch schon einmal in Wien getroffen haben, als ganz jungen Burschen, aber ich irre mich vielleicht, er schaut mich immer so an, daß ich nicht weiß, was ich mit ihm reden soll, ist er vielleicht etwas beschränkt? Nein, sagte Trotta, das ist er gar nicht, aber so verflucht gesund, ich weiß nicht, wie die es fertig gebracht haben, dort unten, zuhause, sich nicht zu irren und gesund zu bleiben. Ich bin zu nervös, um dich anschauen zu können wie er, ich kann mich selber nicht anschauen. Deshalb rasiere ich mich tagelang nicht, weil ich mich erschießen könnte, wenn ich mich im Spiegel sehe.

Auf dem Heimweg dachte sie nicht mehr daran, es war kein guter Tag, auch keiner zum Schwimmen, aber morgen konnte es sich aufhellen, und sie ging nachhause, etwas enttäuscht, weil sie sich mehr vorgenommen hatte und nicht weiter gegangen war. Vor dem Abendessen, denn Herr Matrei aß immer sehr früh, sagte sie, sie wolle noch rasch zum EINSIEDLER und ein Bier holen, ein Bier solle er ihr ausnahmsweise bewilligen, bat sie im Scherz, denn Herr Matrei hatte seinen Kindern nie etwas verboten, aber er hörte es gern, wenn sie taten, als hätte er ihnen etwas zu erlauben und zu verbieten. Sie ging rasch noch einmal weg, durch die Teichstraße. Noch ehe sie zum Gasthaus EIN-SIEDLER kam, zögerte sie, vor dem letzten oder ersten Haus der Teichstraße stand ein alter, abgenutzter Volks-wagen und davor eine junge Frau, die ihr überrascht ent-gegensah und grüßte. Elisabeth blieb stehen und grüßte verwirrt, sie gaben einander die Hand, sie kannte das Mäd-chen, wußte aber nicht, wo sie es unterbringen sollte, und verlegen sagte die andere: Ich war gerade, bin gerade bei meinem Onkel Hussa, ja danke, meiner Tante und meinem Onkel geht es gut, ich muß nur gleich ... Elisabeth fiel plötzlich ein, wer diese Nichte von den alten Hussas war, natürlich die Elisabeth Mihailovics, die sie zwei- oder dreimal in Wien getroffen hatte, und die war also hier auch auf Ferien, hoffentlich würde daraus jetzt keine Komplika-tion, denn sie hatte keine Lust, jemand zu treffen und über Wiener Bekannte zu reden. Die beiden Frauen versicher-ten einander, daß es eine Überraschung sei und leider das Wetter in diesem Sommer so gar nicht erfreulich. Elisa-beth bemerkte, daß noch ein junger Mann hinter dem Auto stand, um etwas in den Gepäckraum zu tun und um ihn abzuschließen, und jetzt wartete er abseits, die Mihailovics machte keine Anstalten, ihr den Burschen vorzustellen, der angezogen war wie ein Förster, etwas primitiv aussah, und so sagte sie herzlich: Wenn Sie Lust haben, rufen Sie doch einmal bei mir an, und schöne Grüße an Ihre Tante und Ihren Onkel, die werden sich kaum mehr erinnern an mich, aber mein Vater, ja danke, es geht ihm gut. Da die Mihailovics immer verlegener wurde, verabschiedete sie sich gewandt: Sie verzeihen, aber ich muß noch rasch etwas kaufen, schöne Ferien! Sie ging verärgert weiter, hoffentlich rief die nicht an, und sie drehte sich, ehe sie ins Gasthaus ging, vorsichtig um: die beiden stiegen in den Wagen, der aussah, als wäre er reif für einen Schrotthaufen, und als sie herauskam mit ihrem Bier, fuhren sie gerade an ihr vorbei, und Elisabeth, die lächelte und schon winken wollte, tat es nicht, weil die andere Elisabeth ostentativ vor sich hinsah, und tat, als bemerkte sie sie gar nicht. Beim Abendessen fragte sie ihren Vater, was die Hussas machten, und Herr Matrei sagte kühl, er habe keine Ahnung, ganz anständige Leute übrigens, und Elisabeth erzählte kurz, daß sie diese Wiener Nichte getroffen habe, eine ganz nette Person, etwas farblos, sie mußte sie in Wien kennengelernt haben, bei Freunden, und warum die hier mit einem Bauernburschen herumfuhr, sei ihr nicht klar, denn das Mädchen war ihr ganz anders vorgekommen in Wien, eher eine Intellektuelle, aber die Zusammenhänge fielen ihr nicht ein, und natürlich zog man sich hier, wie sie selber, für den Wald nicht an wie in der Stadt, aber die Elisabeth Mihailovics hatte etwas so Ärmliches und Trauriges an sich gehabt, natürlich, doch, sie kam ja aus einer verarmten Familie, die aber noch ein paar Beziehungen zur Gesellschaft haben mußte, und dann schloß sie, da Herrn Matrei das Ganze wenig interessierte: Es ist ja ganz unwichtig, wenn sie bloß nicht anruft, und sag du ihr jedenfalls, daß ich nicht zuhause bin. Bevor sie einschlief, dachte sie noch, daß es etwas viel war, jetzt noch eine Elisabeth zu treffen, sie war schon verstört gewesen, als Liz auf dem Registry Office mit vollem Namen genannt wurde, Elizabeth Anne Catherine, mit einem Familiennamen dazu, den Elisabeth sofort wieder vergessen durfte, weil sie ihn vorher nicht gewußt hatte und er jetzt keine Rolle mehr spielte, für die neue Frau Matrei. Im Halbschlaf fuhr sie auf, sie war Jahre zurück gefallen, und sie lag mit offenen Augen da, und hörte alles wieder, sie war zuhause und doch in Paris.

Schau, dein Willy! Elisabeth sagte zornig: Er ist nicht mein Willy, so hör doch auf. Trotta fuhr gemächlich fort: Dieser Willy zum Beispiel, wenn er englisch spricht, dann ist er ein Mensch für mich, das klingt doch natürlich, wenn er okay sagt, aber deutsch sollten sie nicht sprechen, nur das nehme ich ihnen so übel. Sie haben irgendwann unterwegs das Gefühl dafür verloren, wie man es sprechen muß. Und die exkulpierten Jüngeren wie er, die machen doch keine Ausnahme. Du mußt nicht denken, daß ich so sehr hasse, es ist etwas komplizierter. Obwohl ich keine Deutsche anrühren könnte, vor Angst, sie könnte den Mund aufmachen.
Weil du kompliziert sein willst! (Und er wußte, daß sie es nur sagte, weil sie sich und den anderen prinzipiell keine Diskriminierungen erlaubte.)
Ich nicht, ich bin gar nicht kompliziert, aber ich habe soviel Kompliziertes vorgefunden. Du meinst, ich hasse sie, aber ich mag doch niemanden, meinst du, ich mag die Franzosen? Das fällt mir doch gar nicht ein, ich will nur sagen, daß es verkehrt war, den Deutschen zuerst alles zu demontieren und sie auf die eine und andre Weise zu strafen und dann mit dieser Teilung, ihnen aber dann gleich wieder Schießprügel in die Hand zu drücken, damit sie nach zwei Seiten brave Verbündete werden.
Also was hättest du gemacht, fragte Elisabeth aggressiv, dir wäre natürlich etwas Glänzenderes eingefallen. O ja, sagte Trotta arrogant, ich hätte in Jalta oder wo war es, einfach beschlossen, daß sie nicht mehr deutsch sprechen dürfen, weiter nichts, und damit wäre das ganze Problem

gelöst. Englisch oder russisch hätte ich sie lernen lassen, irgend etwas, damit man sich mit ihnen verständigen kann.

Elisabeth sagte: Du bist einfach ein Narr, ein Phantast.

Nur Trotta fuhr seelenruhig fort: Aber was diese winzige phantastische Idee für Folgen gehabt hätte. Dein Willy, verzeih, dieser Willy ist sympathisch, zumindest nicht peinlich, wenn er sagt: have a nice time, darling, das klingt sogar normal. Aber: Halt die Ohren steif, Mädchen, dann liegst du richtig. Über den Daumen gepeilt. Acht Uhr plusminus – bei diesem ganzen unerträglichen Gewäsch, da denke ich unwillkürlich, jemand redet aus seinem Bauch, die haben keine Sprache und deswegen verfälschen sie alles. Komm mal rüber! Warum die immer »mal« sagen müssen? Seltsam, aber du weißt das alles natürlich besser und meinst, das komme nur von dem Jargon, den sie in ihren Tausend Jahren gelernt haben, ich glaube das nicht, es steckt in ihnen.

Franz Joseph Eugen Trotta, an dir ist der Welt wirklich ein politisches Genie verlorengegangen, sagte Elisabeth streng.

Vielleicht, sagte Trotta. Aber es fragt mich ja niemand. Und hast du eigentlich bemerkt, daß dieser Willy immer nur herumrennt und sich wichtig macht, aber nie etwas wirklich tut, denn du tust es für ihn.

Das sagst du, erwiderte Elisabeth lachend, und du tust doch überhaupt nichts.

Ich tu nichts, aber das ist etwas anderes, ich spiele mir keine Komödie vor wie ein Deutscher, der die ganze Zeit alles in Trab hält, sich selber vor allem.

Ich bin einmal in Heidelberg stationiert gewesen, es ist ja egal, also in ein paar Städten war ich, weil ich in dieser französischen Uniform herumlaufen mußte und kaum zwanzig Jahre alt schon ein Sieger war, ausgerechnet ich, ein Trotta, wo wir die geborenen Verlierer sind, jedenfalls war ich plötzlich ein Sieger, und das war noch mit Humor auszuhalten, anderes weniger. Interessant war doch, wie die andren Franzosen, und nicht die allein, alle Deutschen für dämonisch hielten, ganz besonders natürlich diese ganz prominenten Mörder. Und dabei sind sie nur völlig verdaddert und bieder gewesen, wirkliche Biedermänner, bei denen, bei soviel Idiotie, ja ein Kurzschluß nach dem anderen eintreten kann. Bei den Befragungen, den Verhören, wenn ich dolmetschen mußte, kamen aber einmal zwei von unseren Leuten an die Reihe.

Elisabeth unterbrach ihn verwundert: Was meinst du mit »unseren«?

Trotta sagte ungeduldig: Natürlich die Österreicher, und denen war die Gemeinheit, der Genuß an jeder erdenklichen Brutalität wirklich in die Visagen geschrieben, und so antworten sie auch. Das waren, wenn du willst, die zwei einzigen dämonischen Figuren, die mir untergekommen sind, für die kann ein Befehl nur ein willkommener Vorwand gewesen sein, für die Deutschen war ein Befehl ein Befehl, und deshalb waren sie so konsterniert, daß man ihnen dann einige Millionen von Ermordeten übel nahm. Aber unsere Franzosen, mit ihrer »logique française«, hatten sich ein für allemal entschlossen, das Dämonische zu sehen, wo es nicht war, und dieser Logik zufolge schickten sie nur die beiden Verbrecher weiter, weil die harmloser erschienen, aus einem Operettenland eben, das mit allen seinen Operettenfiguren ein Opfer geworden war. Ein Opfer ja, aber ich wollte ihnen nicht erklären, warum und weshalb, es war eben zu kompliziert zu sagen, auf welche Weise, mit welcher Geschichte, dieser amputierte Staat ein Opfer geworden war. Das Komplizierte habe ich vorgefunden, und ich bin zu unkompliziert geblieben, um damit fertigzuwerden.

Am Morgen, vor den Nachrichten, lasen Elisabeth und Herr Matrei in je einem Teil der Zeitung, Elisabeth war auf einmal neugierig, was hier geschrieben wurde für die Leute, und sie las es nicht mit Herablassung, sondern mit

Rührung, diese dilettantischen Berichte und das schlecht-
geschriebene Feuilleton. Die Lokalnachrichten gefielen ihr
am besten, denn über einen Kirchtag im Rosental und über
die anwesenden Honoratioren zu schreiben, das trafen sie
besser, wenn es auch unfreiwillig komisch ausfiel, und die
Eröffnung einer »Internationalen Holzmesse«, die man
hier für international hielt, war gar nicht uninteressant, ein
paar missionarische Töne fehlten auch nicht. Missionari-
sches also doch auch hier. Nur mit der Welt kamen sie
nicht zurecht, und Elisabeth fragte sich, mit dem leisen
Hohn, der immer in Trotta gewesen war und der erst später in sie eingezogen war, ob es nun wichtig war, daß die
Leute hier, in diesem Winkel, Nachrichten entstellt zu lesen bekamen oder nicht, und ob es sie etwa geändert hätte,
wenn sie je eine weniger verdrehte Vorstellung von den
Vorgängen außerhalb des Landes bekommen hätten.
Wahrscheinlich nicht. Schon Wien war ein höchst ver-
dächtiger und dunkler Schauplatz für sie, und da sie sowieso so mißtrauisch waren, wenn aus dem Parlament etwas
durchsickerte und Minister Erklärungen abgaben, mußte
man sie vielleicht gar nicht noch mißtrauischer machen
gegen den Rest einer großen vertrackten Zeit, die Gegenwart hieß. Besonders gerne wurden Unwetterkatastrophen
und Flugzeugabstürze behandelt, eine Hitzewelle in Italien mit Todesfällen, obwohl man weit weg von diesen Un-
wettern und der Hitze saß und keine Flugzeuge bestieg,
und von fern, wenn auch der Vergleich nicht ganz stand-
hielt, erinnerte es sie an die vielen Zeitschriften in Paris,
die sich mit der Dritten Welt beschäftigten, die über Boli-
vien weitaus mehr zu sagen hatten als über alles, was den
Parisern erreichbar war, die sich zwischen Trabantenstäd-
ten oder der banlieue und der Stadt hin und her schlepp-
ten, immer erschöpfter, denn erschöpft waren die meisten
nicht von den Ungeheuerlichkeiten, die in südamerikani-
schen oder asiatischen Ländern geschahen, sondern von ih-

rer eigenen Misere, der Teuerung, Übermüdungen und Depressionen, die sich natürlich neben den großen Verbrechen erbärmlich ausnahmen; doch etwas Gehässiges, Kaltes, das bei jeder Bitte, auch nur um eine Auskunft, immer häufiger wurde in Paris und von dem die anderen, die es noch nicht waren, auch immer gehässiger und kälter wurden, merkten sie schon gar nicht mehr. Was in ihnen, selbst in Philippe, so verkümmerte oder in leeren Förmlichkeiten sich erhielt, das reichte dann noch bei manchen jungen Leuten für einen Liebesausbruch für die Menschheit, aber es reichte nicht mehr bis zur nächsten Tür, zu jemand, der, schluchzend oder am Zusammenbrechen, neben ihnen auf der Straße ging. Das Telefon läutete, und sie sprang auf, aber sie hob zu spät ab. Es konnte nur Philippe gewesen sein, als hätte er in Paris gewußt, daß sie gerade an ihn dachte mit Sorge, weil er alles, was in ihm an Feuer, Jugend, Aggression und Anmut war, verbraucht hatte in den Maitagen 1968 und schon am Ende war, verbittert und von Selbstmitleid krank, wenn auch weniger krank, seit sie da war für ihn.

Auf dem Höhenweg 1 kam sie wieder zur Zillhöhe mit den Bänken, und sie setzte sich einen Moment, schaute kurz auf den See hinunter, aber dann hinüber zu den Karawanken und weit darüber hinaus, nach Krain, Slawonien, Kroatien, Bosnien, sie suchte wieder eine nicht mehr existierende Welt, da ihr von Trotta nichts geblieben war, nur der Name und einige Sätze, seine Gedanken und ein Tonfall. Keine Geschenke, keine vertrockneten Blumen, und nicht einmal sein Gesicht konnte sie sich mehr vorstellen, denn je besser sie ihn verstand, desto mehr verschwand von ihm, was wirklich gewesen war, und die Geistersätze kamen von dort unten, aus dem Süden: Verschaff dir nichts, behalt deinen Namen, nimm nicht mich, nimm dir niemand, es lohnt sich nicht.

Ach, und das Lied von der Dankbarkeit, wem bist du denn nicht dankbar? Willy, weil er dich nach Paris gebracht hat, Duvalier, weil du mit ihm hast arbeiten dürfen, und zwei Leuten in Wien, weil sie dich haben arbeiten lassen, und André, weil er dich gut findet. Ich seh kein Ende, wer dich alles entdeckt hat, nur wirst du vor lauter Dankbarkeit noch ganz blöde werden, das hört an einem gewissen Punkt auf, jeder gibt jedem einmal die Hand, aber deswegen mußt du nicht, wenn es schon unwahr geworden ist, weil du allein deinen Weg gehst, noch immer kleben an Schulden, die längst nicht mehr da sind.

Daß Trotta mit Willy Flecker recht behalten sollte, das erfuhr er nicht mehr, denn erst Monate nach der Trennung, als sie mit großer Anstrengung etwas für Willy unternommen hatte, weil es nicht mehr ging, obwohl man ihr noch manchmal einen Gefallen tat für ihn, auch weil·er sich ständig betrank und aus der jungen Hoffnung ·der deutschen Fotografie ein Wrack geworden war, beleidigte er sie, vollkommen betrunken, vor einigen Freunden, die, wie sie, alle erst erstaunt, dann entsetzt zuhörten, aber was aus ihm herausbrach, war nicht, wie manche meinten, eine maßlose Eifersucht, ein Deliriumsanfall, weil sie sich hielt und er unterging, sondern für Elisabeth wurde es die Stunde der Wahrheit zwischen ihnen beiden, sie war nur nicht fähig, sich zu erklären, womit sie sich diesen Haß zugezogen hatte, und dachte hilflos an Trotta, sie ertrug noch ein paar Stunden und versuchte, höflich zu sein, ehe sie aufstand, wegging und zum erstenmal ein paar Schlaftabletten nahm, weil sie nicht in dieser Haßlache einschlafen konnte. Willy schickte ihr noch einmal einen kurzen Brief, ohne Entschuldigung, sie solle sofort für ihn etwas erledigen, und da sie die Unterlagen hatte, suchte sie im Laboratorium einen Tag lang herum, nach Negativen. Sie schickte sie ihm ohne ein Wort. In der Zeit endeten auf ähnliche groteske Weise einige Freundschaften, keine so violent und grausam, aber beiläufig, stumm, gehässig und sie wußte nicht, was das bedeutete, denn Franz Joseph konnte ihr dazu nichts mehr sagen, der ihr nur einmal gesagt hatte, zwischen ihnen könne es wenigstens keine unangenehmen Dankbarkeiten geben, weil nie einer für den anderen etwas getan habe, aber sie werde sich eines Tages an etwas erinnern. Nur erinnerte sie sich zuerst nicht, sondern überlegte ein New Yorker Angebot, kündigte bei André, der ihr Glück wünschte und sagte, ein Telegramm genüge, er nehme sie jederzeit zurück, und sie arbeitete in New York ziemlich erleichtert, weil ihr erstes Paris, jetzt in viele Feindschaften zerfallen, von ihr abgefallen war. In New York lernte sie wieder viele Leute kennen und sie fuhr noch mehr herum als früher, bis sie Hugh kennenlernte, der auch eine gescheiterte Existenz war, aber nicht jemand, der scheitern wollte, sondern euphorisch etwas anfing, und wenn man ihn enttäuschte, deprimiert und unfähig wurde, denn Hugh versuchte ja, etwas zu tun nach seinem Architekturstudium, bekam aber keine Aufträge, doch Innenarchitektur lag ihm gottlob besser, und sie hoffte an seinen Hoffnungen mit und brachte ihn mit einigen von den vielen Leuten zusammen. An dem Tag, als er seinen ersten Auftrag bekam, fragte er sie, ob sie ihn heiraten wolle, und sie sagte augenblicklich ja, obwohl sie vorher keine Sekunde lang daran gedacht hatte, einen Homosexuellen zu heiraten, er doch nur vorübergehend bei ihr wohnte, aber sie dachten aufgeregt und glücklich, es könne sehr gut gehen, jeder würde sein eigenes Leben haben und den anderen nie stören, und es war eine Freundschaft vielleicht eine bessere Basis für eine Ehe als eine Verliebtheit. Sie kannte auch den boy, von dem Hugh gerade meinte, das sei nun die entscheidende Beziehung für ihn, und dann war es drei Wochen später ein anderer, sie gewöhnte sich an den ständigen Wechsel und einige Komplikationen, weil sich manchmal die Affairen von Hugh überschnitten, die sie dann ins

Lot brachte, wenn Hugh das Durcheinander seiner Gefühle und Versprechen über den Kopf wuchs, und mit dem Geld ging es knapp, obwohl sie viel verdiente manchmal, aber Hugh doch wieder nichts und weil einmal ein junger Mann aus Brooklyn und dann wieder einer aus Rio sehr kostspielig waren. Aber sie hatten ein fröhliches kleines Zuhause, das Elisabeth sehr genoß, Hugh und sie verstanden einander immer gut, und wenn sie zu dritt waren, sehr oft zu dritt, aber nie zu viert, dann ging es auch gut, weil alle boys immer besonders nett zu ihr waren. Vielleicht waren sie wirklich alle so nett und taktvoll, aber manchmal hatte Elisabeth Hugh im Verdacht, daß er das bewirkte, daß er es war, der von jedem neuen boy strikt verlangte, Elisabeth nicht nur zu respektieren, weil sie seine Frau war, sondern sie zu bewundern, über die Maßen, weil er sie bewunderte und die ganze Achtung für sie wollte, die er nie erreichen konnte bei seinen boys, die manchmal berechnend waren oder ihn erniedrigten oder ihn leiden ließen, nur auf Elisabeth, der er zwar alles sagte, durfte kein Schatten fallen, und der Respekt, den man ihr zeigte, war ein Ersatz für die oft beschädigte und gekränkte Selbstachtung von Hugh.

Aber einen Abend in Paris, den brauchte sie nie in sich hervorzurufen, weil die Erinnerung jeden Tag da war, sie vergaß ihn nicht, als sie längst wieder zurück war, New York verlassen hatte, und schuld daran hatte ein durchreisender Wiener Journalist, der sie anrief und mit Grüßen oder einer Nachricht oder einer Bitte kam. Warum sie diesen Mann überhaupt traf, wußte sie nicht mehr, vermutlich hatte sie zufällig ja am Telefon gesagt und ging in ein kleines Café am Boulevard St. Germain, und wichtig war sicher nichts gewesen, wichtig auch dieser junge Wiener nicht, der sie einladen wollte, weil er irgendwelche Leute in Wien kannte, die sie auch kannte, weil er auch ein Journalist war, ein gewisser Mühlhofer oder Mühlbauer, und dann fragte er plötzlich: Sie haben doch den Grafen Trotta gekannt? Elisabeth sagte ärgerlich, es habe nie irgendwelche Grafen Trotta gegeben, und falls er diese sagenhaften Trottas meine, die geadelt worden waren, eines Mißverständnisses wegen, dann seien die längst ausgestorben, schon 1914, und es gebe natürlich Nebenlinien, aber die seien nicht adlig, und einige sollen noch da unten leben in Jugoslawien, und einer hier in Paris. Der Wiener schaute sie einen Moment prüfend an und sagte: Also doch in Paris, dann ist es eben der! Da Elisabeth immer ungehaltener wurde, weil sie nicht mit einem Fremden über Franz Joseph sprechen wollte und ihr schon dieses Getu mit den Grafen Trotta auf die Nerven ging, rief sie nach dem Kellner. Während sie sich beide ungeschickt um die Rechnung stritten, sagte der Mann aus Wien, bevor sie von ihm loskam, noch einmal, daß es dann jedenfalls der Pariser Trotta sei und ob sie nicht wisse, daß er sich erschossen habe, vor einigen Monaten in Wien, es habe ein ziemliches Aufsehen gegeben, weil keine Angehörigen aufzufinden waren und überhaupt nichts in einer kleinen Pension außer seinem Paß, und dann vermutete man eben – er habe nachgeforscht –, es könne der Ururenkel des Helden von Solferino sein, über den er etwas in den Archiven gesucht hatte und doch nichts mehr fand. Elisabeth, die noch nicht zitterte, sagte heftig: Was für ein Unsinn, sein Großvater war ein Rebell und kein treuer Diener seines Herrn wie die Solferino Nachkommen.

Aber da sie schon nicht mehr wußte, warum sie das diesem zudringlichen Menschen erzählte, stand sie auf, winkte zerfahren nach einem Taxi, sie sagte zitternd: Ich bitte Sie, so helfen Sie mir doch, ein Taxi suchen, ich habe eine wichtige Verabredung!

An diesem Abend war sie eingeladen auf das BATEAU IVRE, und als sie auf ihrem Bett lag und nachdachte über ihre einzige und große Liebe und eine Nachricht, deren Ausmaß dieser Wiener gar nicht verstehen konnte, weinte sie nicht, sie war nur zu schwach, um aufzustehen, sie konnte sich nicht einmal ein Glas holen und etwas trinken. Sie versuchte ihn zu rufen mit allen seinen Namen, Franz Joseph Eugen, die Namen, in die sein Vater alles gelegt hatte, ein wirkliches Vermögen und ein vollkommenes Unvermögen zu vergessen. Die Freunde riefen an, Maurice und Jean Marie, und sie versuchte zu sagen, daß sie nicht könne, daß sie todmüde sei, aber die beiden redeten abwechselnd ins Telefon, schon zu gut gelaunt und lachten und sagten, sie kämen gleich vorbei, und ehe Elisabeth widersprechen konnte, hatten sie aufgelegt. Sie zog zum erstenmal ein Kleid mit Bedacht an, nicht um jemand zu gefallen, sondern um nicht zu vergessen, ein abgetragenes verdrücktes Wollkleid, das lange in einer Lade gelegen war und das sie versuchte, müde an sich glatt zu streichen, denn sie dachte daran, daß Trotta sie ein einziges Mal begleitet hatte beim Einkaufen und vor dem Geschäft auf und ab gegangen war in wütender Ungeduld, weil es ihm zu lange dauerte, während sie, schnell wie nie, das erste nahm, das ihre Maße hatte, und nun war es ihr Aschenkleid, Trauerkleid, ihr Trottakleid, mit dem sie hinunterging zu dem Auto, in dem schon vier Leute saßen. Niemand machte sie mit dem Mädchen bekannt, das sich wieder blasiert auf den Vordersitz setzte, und der Mann am Steuer, dessen Namen ihr auch niemand sagte, wandte sich kurz um, sah sie einen Augenblick lang zu lang und zu spöttisch an und sagte: Das sind also Sie? Ihre Freunde, hinten mit ihr aneinander gepreßt auf den Notsitzen, redeten unentwegt. Maurice sagte: Paß auf, Elisabeth, er ist gefährlich. Jean Marie sagte: Nimm dich in acht, ich muß dich unbedingt vor ihm warnen, auf den fällt jede herein. Sie gab keine Antwort, schwieg noch beim Essen, und erst nach einem Glas Wein fing sie zu reden an, Belangloses mit Maurice, und als sie einmal den Fremden aufstehen sah, der für das affektierte Mädchen etwas holen mußte aus der Garderobe und sich vorher herüberbeugte zu ihr, um sie zu fragen, ob sie auch etwas wünsche, holte sie aus ihrer Geldbörse ein Geldstück, gab es ihm und sagte unfreundlich: Werfen Sie das für mich in die Musicbox! Nein, sie habe keinen besonderen Wunsch, überhaupt keine Wünsche, er solle bloß auf irgendeinen Knopf drücken. Als er zurückkam und sich wieder übertrieben höflich verbeugte, als belustigte ihn etwas an ihr, fiel ihre Platte auf den Plattenteller, und es fing eine Musik an, kein Chanson und kein Hit, niemand sang schmachtend oder grölte etwas zu der Musik, die sie noch nie gehört hatte, aber später hörte sie sie noch ein Jahr lang oft wieder, denn erst dann wurde dieses Stück überall gespielt, ein dumpf verjazztes Stück von einer alten Musik, die sie nicht erkannte. Sie hörte erstarrt und versunken zu, ohne jemand anzusehen, und fühlte nur, daß das Mädchen die Schultern im Rhythmus dazu bewegte und sich nur bewegte für diesen Fremden. Elisabeth hörte auch zu essen auf, sie konnte nicht essen während einer Totenmesse und sie wartete noch eine Weile höflich, dann sagte sie, sie müsse sofort nach Hause, sie bat Maurice, ihr ein Taxi zu rufen, und die anderen sollten sich bitte nicht stören lassen. Es hatte sie aber niemand verstanden, denn alle besprachen laut, ob sie noch zu SASCHA gehen sollten oder anderswohin, und endlich saß sie, erschöpft auf die anderen wartend, allein mit dem Fremden im Wagen, während die sich, halb betrunken, herumstritten in der Nähe. Sie beide redeten kein Wort, und dann meinte er, er müsse einmal nach dem Rechten sehen, und sie sagte, wieder zu unfreundlich: Nein, zuerst bringen Sie mich zu einem Taxi, ich bin nicht in der Stimmung, zu SASCHA zu gehen! Warum sie eine Weile später aber dann doch mit allen anderen dort war, begriff sie nicht, es wurde Champagner getrunken und getanzt, und sie stand auf und tanzte mit diesem Mann, der ihr unsympathisch war, und in einer kurzen Pause sah sie ihn einmal genau an und bemerkte: Sie sind aber auch kein Franzose, kein echter jedenfalls. Nein, ein falscher, sagte er befriedigt, aus Zlotogrod, Galizien, und obendrein gebe es diesen Ort gar nicht mehr, aber von solchen Dingen habe sie sicher nie etwas gehört. Elisabeth sagte absichtlich: Nein, natürlich nicht, keine Ahnung, ich wüßte nicht einmal, wie man das ausspricht! Nur versuchte sie danach, wirklich zu tanzen und nicht mehr gelangweilt herumzuschlenkern, und obwohl sie nie gern getanzt hatte, gelang es ihr einmal, wirklich zu tanzen. Jetzt hatten auf einmal die anderen genug, und sie gingen, er brachte sie zuerst nach Hause und vor dem Haustor sagte er bestimmt: Ich komme danach sofort zurück, ich muß mir nur diese Bande vom Hals schaffen.

Obwohl sie mehr getrunken hatte, als es ihr gut getan hätte, Kopfschmerzen hatte und meinte, beim Warten einzuschlafen, schleppte sie sich ins Badezimmer, putzte sich die Zähne und versuchte, sich etwas zurechtzumachen, als es schon läutete, denn er war rascher zurückgekommen, als sie es für möglich gehalten hatte, weil es drei Uhr früh war und kaum mehr Verkehr gab. Sie öffnete, er schloß leise die Tür, und sie wußte nicht, ob er sie so rasch in die Arme genommen hatte oder ob sie es war, die sich so rasch an ihn drängte, und bis zum Morgen, verzweifelt, in einer Ekstase, die sie nie gekannt hatte, erschöpft und nie erschöpft, klammerte sie sich an ihn und stieß ihn nur weg, um ihn wiederhaben zu können, sie wußte nicht, ob ihr die Tränen kamen, weil sie Trotta damit tötete oder wiedererweckte, ob sie nach Trotta rief oder schon nach diesem Mann, nicht, was dem Toten galt, was dem Lebenden galt, und sie schlief ein, an ein Ende gekommen und zugleich an einen Anfang, denn was immer auch von ihr später über diese Nacht gedacht wurde, in vielen Variationen – es war der

Anfang ihrer ganz großen Liebe, manchmal sagte sie, ihrer ersten wirklichen Liebe, manchmal ihrer zweiten großen Liebe, und da sie auch noch oft an Hugh dachte, ihrer dritten großen Liebe. Mit Manes sprach sie nie über den Grund, der sie zu ihm getrieben hatte, nie über das Warum dieser Ekstase, die es nie mehr wieder zwischen ihnen gab, denn in wenigen Tagen war er nichts weiter als ein Mann, in den sie verliebt war, ein sich verändernder Mann, der ein Gesicht und einen Namen für sie bekam und im Laufe von zwei Jahren auch eine Geschichte und eine Geschichte mit ihr, die soweit Gestalt annahm, daß sie langsam daran glaubte, sich ihr Leben mit ihm genau vorstellen zu können, eine Zukunft mit ihm. Als er sie plötzlich verließ, war sie mehr über diese Plötzlichkeit, der nie eine Trübung vorausgegangen war, erschrocken als über die brutale Verletzung und daß sie wieder einmal allein war. Sie litt unter dieser Trennung mehr als unter dem Tod von Trotta, saß tagelang am Telefon und wartete auf einen Anruf, aber sie suchte Manes nicht und sie konnte auch nicht nach dem Grund für dieses Verlassen suchen, weil es keinen gab. Sie vermied auch die paar Menschen, die sie beide kannten, denn sie wollte durch Dritte nichts wissen. Nach vielen Tagen sinnlosen Wartens mußte sie doch mit jemand sprechen und sie fuhr nach Wien zu einem Arzt, den sie von früher kannte. In Wien vermied sie alle Freunde, ging in ein kleines Hotel und saß jeden Tag gemütlich in der Praxis dieses Mannes, der einmal ein kleiner Assistenzarzt gewesen war und jetzt einen Namen hatte und prominente Patienten, und sie redete gar nicht so viel, wie sie meinte, reden zu müssen, sondern drückte sich präzise aus und antwortete auf seine Fragen, geduldige, sensible Fragen, mit Humor. Er machte mit ihr zweimal den Versuch einer Narkoanalyse, die nichts ergab, aber Elisabeth fand es ganz interessant, und nach wenigen Tagen sagte er ihr, er habe gottlob nie einen verständigeren Patienten gehabt, und ihre Probleme, sofern man sie als Probleme bezeichnen könne, seien eben ein integrierender Bestandteil ihrer Person. Er beglückwünschte sie zu ihrer Luzidität, und sie unterhielten sich dann nur noch über Dinge, die nichts mit ihr zu tun hatten, beinahe freundschaftlich und voller Sympathie füreinander. Mit dem Zeugnis »Luzidität« reiste sie nach Paris zurück, voller Optimismus, denn es war wirklich weiter nichts passiert, als was jedem anderen auch unweigerlich passierte. Einen Tag danach brach sie plötzlich zusammen, geriet in ungekannte Angstzustände, weil ihre Klarsicht nichts ausrichten konnte gegen die Tatsache, daß ein Mensch, mit dem sie sich schon zusammengehörig gedacht hatte, sie weggeworfen hatte, daß sie einen so einfachen Verlust nicht überwinden konnte nach einem viel schwereren großen Verlust. Sie litt wie unter einer Amputation und begriff überhaupt nichts mehr, saß wieder tagelang hilflos am Telefon.

Eines Tages fing sie wieder zu arbeiten an, aufzutauchen unter den Leuten und die Dinge zu tun, die sie früher getan hatte.

Nimm nicht ihn, nimm dir nichts, sagte eine Geisterstimme. Manchmal half sie sich auch noch mit ganz primitiven Vorstellungen, zum Beispiel daß Manes ja älter werden würde, daß er ihr dann nicht mehr genügen werde, daß ein jähes Ende besser war als ein langsames Absterben von Gefühlen, und sie half sich eines Tages auch damit, daß sie wieder mit einigen Männern ausging, mit Roger und einem anderen Jean Pierre und Jean und Luc, und sie schlief mit einigen und hörte sich von allen stundenlang Geschichten an über Probleme und Schwierigkeiten. Für Roger ging es darum, daß er gegen eine ältere Frau, die er A nannte, Verpflichtungen hatte und sie auch noch liebte, aber andrerseits hatte er jetzt eine jüngere, B, kennengelernt, mit einer unehelichen Tochter, die er nicht andauernd in seinen Zweifeln hängen lassen konnte, und am liebsten wollte er die Flucht nach vorn, da er sich nicht entscheiden konnte, und Elisabeth beriet ihn vorsichtig, denn es war beinahe klar, daß er die Flucht zu Elisabeth erwog, die nicht gerne ein Ausweg sein mochte, aber plötzlich rief er sie an, als sie von einer Reise nach Afrika zurückkam, und sagte ihr: Bitte lach nicht! Ob sie ihn verstehe, ja gestern, er habe gestern geheiratet, die jüngere, B, mit der Tochter, die Tochter habe den Ausschlag gegeben, und sie ging noch an dem Tag zu dem Cocktail, zu dem er sie eingeladen hatte, lernte Rogers B kennen und die kleine Tochter. Roger kam ihr strahlend entgegen und zog sie auf die Seite, nachdem sie vielen Leuten die Hand gegeben hatte, er würde sie morgen sofort anrufen, aber dann rief er am nächsten Tag nicht an, auch nicht am übernächsten und sie saß, wie schon vor Jahren, wieder tagelang vor dem Telefon, suchte verzweifelt nach einer Erklärung und weinte hemmungslos, und viele Monate später, unvermutet, noch einmal deswegen, weil es ihr unglaublich erschien, daß jemand, zu dem sie gut gewesen war, einfach nie mehr anrief. Es war ihr nur klar geworden, daß A und B recht entschlossene Frauen sein mußten, da schon eine die andere nicht duldete und am wenigsten natürlich eine dritte, die A verstand und B verstand.

An Manes dachte sie nur mehr selten, und seit sie nach dem Grund seines Verschwindens nicht mehr suchte, erinnerte sie sich beiläufig daran, daß er ihr einmal gesagt hatte, mit Frauen ihrer Art habe er nie etwas zu tun gehabt, es sei wahrscheinlich damals Maurice schuld gewesen an allem, der ihm soviel von ihrer Intelligenz vorgeschwärmt habe, zum Erbrechen, und intelligente Frauen seien für ihn keine Frauen, er habe sich damals auch nur dermaßen geärgert über sie, weil sie stumm und arrogant in diesem Restaurant gesessen sei.

Elisabeth sagte ihm nicht, auf welchem ungeheuerlichen Mißverständnis dieser Abend beruht hatte, daß sie zwar stumm, aber nicht arrogant gewesen war. Und es blieb ihm verborgen, wie ihr Abschied von Trotta und ihre Auferstehung durch ihn und ein Wort wie Zlotogrod ineinandergegriffen hatten.

Diesmal ging sie den Höhenweg über die Zillhöhe hinaus, obwohl es wieder regnete von Zeit zu Zeit, und sie lief hinunter, wo der Weg zum See führte, aber als sie aus dem Wald kam, verlief der Weg ohne Spuren in einer Wiese, und da jede Markierung fehlte, ging sie nach links und rechts und schließlich weit vor, um zu schauen, wo es weiterging. Im letzten Moment hielt sie inne, denn wenn sie, so in Gedanken, noch einen Schritt weiter gegangen wäre, wäre sie abgestürzt, und sie sah vorsichtig, am äußersten Rand der Wiese, was da, wie ein Steilhang, den es früher nie gegeben hatte, vor ihr abbrach. Natürlich begriff sie sofort, daß nicht der Berg abgebrochen war, sondern abgetragen von Baggern. Die frische feuchte Erde war noch zu sehen, und unter ihr lag ein riesiger breiter Bauplatz, hier sollte wohl einmal die neue Autobahn entstehen, die Herr Matrei, der nicht mehr so weit gehen konnte, beiläufig erwähnt hatte, mißbilligend, weil es sicher noch Jahre dauern werde, bei dieser typischen Langsamkeit hier, bis diese Autobahn je fertig wurde. Sie ging an diesem Abgrund auf und ab, suchte nach einem Abstieg, aber wo sie auch ansetzte und versuchte, hinunterzurutschen, gab es keinen Halt, kein Strauchgezweig, keinen Baum, die Erde war überall locker und unbewachsen, und sie wäre sofort über hundert Meter abgerutscht. Dann rekognoszierte sie die Baustelle, an der nicht gearbeitet wurde, nur sehr fern, aber unerreichbar für ein lautes Rufen, stapften zwei Arbeiter in der Trasse, und sie konnte daher nicht schreien und fragen, wo es hier hinunterginge und wie man zum See käme. Sie setzte sich vor den Abgrund und überlegte und ging entmutigt zurück zum Höhenweg, dessen wenig zertretenes Ende sie beinahe nicht mehr fand. Hier also ging es nicht, auf dem Weg 1, und sie mußte eben morgen den Weg 7 oder 8 versuchen, denn einen Weg mußten sie ja übriggelassen haben, zumindest einen Abstieg aus dem Wald zum See. Sie wanderte zurück, schaute in eine plötzlich aufgetauchte Sonne zwischen den Bäumen, die zwar schwach war, aber stechend, und am frühen Nachmittag, als Herr Matrei aufstand nach seinem kurzen Nachmittagsschlaf und sie beunruhigt fragte, wo sie so lange geblieben sei, erzählte sie, daß man vom Höhenweg nicht hinunterkomme und daß die da eine Straße bauten, aber nicht einmal daran gedacht hatten, ein Warnungsschild aufzustellen. Wirklich gefährlich sei es, wenn jemand ahnungslos vorlief und meinte, zum Abstieg zu kommen. Herr Matrei sagte, das sei auch ein typischer Skandal und er sei heilfroh, daß sie wieder da sei. Übertrieben habe sie natürlich auch, denn er hatte sich schon Sorgen gemacht über diese lange Wanderung, viel zu lang für die ersten Tage, aber sie könne es ja versuchen auf den anderen Wegen, und dann tranken sie im Garten Kaffee und sprachen von früher, am meisten von den Zeiten, an die er sich am lebhaftesten erinnerte, nur mehr gelegentlich und amüsiert über die Hochzeitsreise nach Marokko, denn mit Frau Matrei war er nach der Hochzeit einfach durch das Rosental und über den Loiblpaß nach Bled gewandert, und das war eine schöne Wanderung gewesen, wenn auch keine Reise, und Elisabeth steigerte sich wieder hinein in Roberts Pläne, in Roberts Zukunft, und gelegentlich dachte sie ermüdet an ihre eigenen Pläne. Es kam ihr aber ein dumpfer Verdacht. Robert und Liz hatten keine Zukunft, sie hatten nur die Jugend, die Zukunft nicht. Elisabeth hatte ihre Zukunft nicht bekommen, und ihre Eltern hatten sie nicht bekommen, es war nichts mit dieser Zukunft, die immer allen jungen Leuten versprochen wurde. Sie lud ihren Vater diesmal auch nicht mehr zu einem Essen ein, zum SAND-

WIRT oder gar nach Paris zu kommen, wünschte nicht mehr, ihm Paris zu zeigen, denn seit seiner Mitteilung, zur Hochzeit nicht zu kommen, wußte sie genau, daß ihr Vater niemals mehr ausgehen oder reisen würde. Seine letzte Reise hatte er allein und nach Sarajewo gemacht mit siebzig Jahren.

Herr Matrei sagte, er verstehe nicht, warum noch immer keine Ansichtskarte von Robert und Liz gekommen sei, und Elisabeth beruhigte ihn, denn die jungen Leute würden doch nicht gleich schreiben können, auch die Post brauche immer länger, es konnte die Post überhaupt seit der Postkutschenzeit nie so lange gebraucht haben, erst seit es ganz schnelle Flugzeuge gab und immer schnellere Züge, und sie sehe keinen Grund zur Beunruhigung, die Karte würde schon einmal vor Weihnachten kommen. Obwohl sie von Roberts Zukunft sprachen, ohne sich viel darunter vorstellen zu können, fiel Elisabeth etwas Seltsames ein, da sie an Manes dachte und ihm einmal lachend gesagt hatte, bei ihr sei alles verkehrt gegangen, sie hätte nämlich zuerst ein Kind geliebt und erst sehr viel später einen Mann. Und wenn bei einer Frau das eine vor dem anderen kam, dann könne man wohl kaum erwarten, daß sie ganz normal sei. Da Elisabeth nicht sicher war, wollte sie einmal mit ihrem Vater darüber sprechen, und sie fragte, ob er sich noch erinnere, daß sie, vor vielen vielen Jahren, sich ganz merkwürdig aufgeführt hätte wegen Robert und sich unmöglich benommen hätte zu Mama. Herr Matrei, der genießerisch seinen Kaffee trank, denn diese Stunde nach dem Nachmittagsschlaf war seine liebste, sagte abwesend: Aber nein, davon weiß ich nichts, ich versteh dich nicht, was soll denn zwischen der Mutter und dir gewesen sein? Elisabeth kam ins Erzählen: Du weißt also nicht, daß Mama und ich einander gehaßt haben, natürlich nur wegen Robert. Denn Mama konnte nicht verstehen, daß eine Sechzehnjährige, der sie schon dreimal alles gesagt hatte, was man Mädchen eben zu sagen hat, sie plötzlich anschrie und fragte, ob denn Robert überhaupt ihr Kind sei, er könne nämlich genauso gut ihres, Elisabeths Kind, sein. Und damals muß Mama einmal die Nerven verloren haben, weil sie mir zum ersten und letzten Mal eine Ohrfeige gegeben hat, und das hat mich natürlich noch mehr aufgebracht, und ich habe ihr gesagt, eines sei aber ganz sicher, daß ich niemals ein Kind haben würde, weil ich das nicht ertragen könnte, es würde ja niemals so schön und einzigartig sein wie Robert. Mama muß damals in einer furchtbaren Verfassung gewesen sein, denn praktisch kämpften wir ja um dieses Kind, und Robert, der natürlich keine Ahnung haben konnte, auf welche Weise er zu zwei Müttern gekommen war, brachte Mama auch noch zur Verzweiflung, weil er nur einschlief, wenn ich dabei war, du weißt, damals nach seiner ersten Krankheit.

Herr Matrei war nicht verärgert, aber ungehalten. Er sagte: Du übertreibst wieder einmal maßlos, Mama war sehr gerecht und hat euch beide gleich gern gehabt.

Elisabeth ereiferte sich: Aber das bestreite ich doch gar nicht, ich meine nur, sie hat ganz genau gewußt, daß ich ihr dieses Kind nicht gegönnt habe, und ist es nicht wunderlich, daß ich, trotz recht widersprüchlicher Anwandlungen, bei meinem ersten Versprechen geblieben bin, einem kindischen Versprechen, niemals ein Kind zu wollen, weil Robert schon auf der Welt war. Und viel später ist noch einmal etwas passiert, aber ich weiß nicht, warum Mama mir das erzählt hat. Einmal bin ich aus Wien nach Hause gefahren, und nicht einmal ihr habt gewußt, daß ich komme, aber nachts fand Mama Robert verheult im Dunkeln auf der Stiege, und als er zu heulen aufhörte und sie ihn ins Bett zurückgebracht hatte, sagte er zu Mama, ich weiß es doch, ich weiß, sie kommt, mir hat geträumt, daß sie kommt, und mit »sie« war natürlich ich gemeint. Ich muß heute noch manchmal denken, daß Robert der einzige

Mensch auf der Welt ist, der je nachts aufgefahren ist und sich meinetwegen freute und weinte und wußte, daß ich im Kommen war.

Herr Matrei schüttelte den Kopf und sagte: Das ist mir leider zu hoch, wieso soll Robert denn etwas gewußt haben, was wir nicht wußten, aber ihr beide, Robert nämlich auch, ihr habt ja immer schon eine blühende Phantasie gehabt, von der Mutter und von mir habt ihr das bestimmt nicht. Ich weiß nur, daß Robert, ein Lausbub war er eben, mir gesagt hat, er will nicht, daß du heiratest, der junge Herr Bruder wollte das nicht erlauben, und ich habe ihm natürlich meine Meinung gesagt. Entschuldige, ich wollte wirklich nicht über deine Ehe reden und dir weh tun! Elisabeth, die an etwas ganz anderes dachte, mit großer Erleichterung, tröstete ihn lachend: Du tust mir doch nicht weh, meine Ehe war wirklich sehr komisch, fast das einzig Komische in meinem Leben, aber ich weiß, daß du den armen Hugh nie verdaut hast.

Auf dem Steilhang, der zur Autobahn abfiel am plötzlichen Ende des Weges 7, legte sich Elisabeth nieder, und der stechenden Sonne wegen, die wieder herausgekommen war, zog sie sich seufzend die Jacke aus, die Schuhe und die Socken, sie hatte nie solchen Durst gehabt und hätte den See trinken mögen, zu dem sie einfach nicht hinunter kam, aber sie mußte sich wohl abfinden mit dem Gedanken, und sie kam auch, wie über so vieles, über den See hinweg, sie nahm das Dreiländereck ins Aug, dort drüben hätte sie gerne gelebt, in einer Einöde an der Grenze, wo es noch Bauern und Jäger gab, und sie dachte unwillkürlich, daß sie auch so angefangen hätte: An meine Völker! Aber sie hätte sie nicht in den Tod geschickt und nicht diese Trennungen herbeigeführt, da sie doch gut miteinander gelebt hatten, immer natürlich in einem Mißverständnis, in Haß und Rebellion, aber man konnte ja von den Menschen wirklich nicht verlangen, daß sie sich von der Vernunft regieren ließen, und sie dachte belustigt an ihren Vater, der ganz ernsthaft erklärt hatte, es sei damals alles ganz und gar unvernünftig gewesen und sonderbar, und gerade das hätten alle verstanden, weil sie eben allesamt sonderbare Leute waren, und auch die Revolutionäre seien ganz erschrocken gewesen, wie es dann dieses verhaßte, aber mehr noch geliebte sinnlose Riesenreich nicht mehr gab. Sie aber würde sich nicht mehr anstecken lassen von dieser Krankheit, die im Aussterben war, nur eines verleugnen konnte sie natürlich nicht, das war ihre Moral, denn ihre Moral kam von hier und nicht aus Paris und hatte nichts zu tun mit New York und kaum etwas mit Wien. Sonst war sie alle zwei oder drei Jahre nach Wien gekommen, für eine Woche etwa, immer strahlend, immer mit einem anderen Begleiter, manchmal mit zweien, und sie wurde so wenig klug aus ihren Begleitern wie ihre Wiener Freunde, die mit einem gewissen Heißhunger die Besuche Elisabeths genossen. Den einzigen Unfall im Dschungel des Wiener Klatsches hatte ausgerechnet der diskrete Atti Altenwyl verursacht, der einmal meinte, man tue der Matrei gewaltig unrecht, denn niemand sei besser dazu gemacht, mit einem einzigen Menschen zu leben, aber dann verließ ihn sein Geist, weil die anderen ihn entgeistert ansahen, und er könnte auch nicht begründen, worauf sich seine Idee von der Elisabeth stützte, und seine Frau dachte das einfachste, daß er, früher natürlich, vor der Ehe, etwas mit der etwas älteren Matrei gehabt habe, und Antoinette schaute Atti sehr lieb an, denn sie war im Grund stolz auf diese Errungenschaft. Sie beredete die Besuche Elisabeths mit einem Dutzend Leuten unter dem Siegel strengster Verschwiegenheit, und das hieß soviel, daß die Geheimnisse besser gewahrt worden wären, wenn sie in der Zeitung gekommen wären, weil man sie dann vielleicht übersehen hätte. Die Matrei zu kennen war für Antoinette ein großer Gewinn, denn so viele Leute gab es selbst für die Altenwyls nicht, die immerzu mit berühmten Leuten zu tun hatten, und nicht nur beruflich, sondern jemand, der sich mit diesen fernen Gestalten, Malern und Filmstars, Politikern und den Rothschilds einfach traf zu einem Picnic oder einem Abendessen, und Antoinette, die, wie viele Wiener, zwar eine aufrichtige Bewunderung für Schauspieler hatte und selbst Fanny Goldmann herzlich und gerne einlud, hatte natürlich nie wirkliche Filmstars getroffen, für die sie die größte Verachtung zeigte, aber gerade deswegen hatte sie ein kindliches Interesse daran zu fragen, wie es auf den Parties in Hollywood zuging oder wie Liz Taylor wirklich war und aussah, und Elisabeth war etwas erstaunt darüber, denn Leute wie die Altenwyls würden natürlich nie und nimmer auch nur einen Fuß in diese Halbwelt setzen, mit Leuten verkehren, deren Privatleben in Illustrierten abgehandelt wurde, und wenn es auch Filmschauspielerinnen und Fotomodellen allerorten gelang, in die Aristokratie einzuheiraten, so konnten solche Frauen sich kaum vorstellen, daß ein Altenwyl lieber Straßen gekehrt hätte, als sich an der Seite eines Fotomodells zu zeigen, und von jemandem wie der Fürstin von Monaco sagte Antoinette: Ich sag ja nicht, daß sie ihre Rolle schlecht spielt, aber Schauspielerin bleibt Schauspielerin! Niemals hätte sie einen ähnlichen Satz auf Fanny Goldmann gemünzt, denn von ihr sagte sie schlicht: Die Fanny, als Iphigenie, die ist eben königlich.

Wenn Elisabeth beiläufig von ihrem Leben erzählte zwischen Paris und New York, vielmehr von Begebenheiten, deren Zeuge sie gewesen war, da sie über ihr eigenes Leben nie sprach, konnten ihre Wiener Freunde oder zufällige Zuhörer allerdings den Eindruck haben, sie hätten einen Moment teil an einer Welt, die andersartig, schillernd, faszinierend war, weil Elisabeth gut und witzig erzählte, aber zuhause, bei ihrem Vater, fielen alle diese Erzäh-

lungen ins Nichts, nicht nur, weil Herrn Matrei das überhaupt nicht interessierte, sondern weil sie merkte, daß sie
das alles zwar wirklich erlebt hatte, aber doch auch nicht,
denn in all diesen Geschichten war etwas trübe und leer,
und das trübste daran war, daß sie alles wirklich mitangesehen hatte, aber ihr Leben daneben anders verlaufen war,
ihr darüber oft vergangen war wie einem Zuschauer, der
Tag für Tag ins Kino geht und sich narkotisieren läßt von
einer Gegenwelt. Von dem, was sie wirklich aufregte, erzählte sie nichts, weil es ungeeignet war für jedes Erzählen. Was gab es zu erzählen zum Beispiel über eine ihrer
letzten Reportagen, für die sie eine Auszeichnung bekommen hatte, die sie spöttisch den »Goldenen Löwen« nannte,
denn diese Reportage hatte, wie so viele andere, einfach
mit dem Problem der Abtreibung zu tun, mit allen diesen
empörenden Geschichten, die viele Frauen bereitwillig und
anklagend ausbreiteten. Diesmal hatte sie an einer Paragraphenfront zu kämpfen und mußte auch Ärzte und Juristen aufsuchen, lauter Kapazitäten verschiedener Anschauung, aber auch die schienen ihr nicht weniger ungenau etwas herzusagen als diese Frauen, und sie wußte ja,
daß es wieder einmal ein sehr wichtiges »Thema« war,
aber was herauskam, hatte nichts damit zu tun, sondern
war nur eine fürchterliche Anhäufung von fertigen Sätzen,
die sie sich auch am Schreibtisch hätte erfinden können,
aber Elisabeth, die keinem mehr glaubte, mußte daraus eine Reportage mit furchterregenden Fotos und Texten machen, während sie merkte, daß das alles sie gar nichts anging, schon gar nicht diese Frauen und diese Ärzte, und es
packte sie plötzlich eine sinnlose Wut, als sie sich mit einem
eleganten, feinsinnigen Gynäkologen unterhielt, sie wollte
plötzlich aufspringen, ihn anschreien, daß ihr sein ganzes
Verständnis und seine vorsichtigen Formulierungen gestohlen bleiben konnten. Was gingen sie diese ganzen
Frauen an mit ihren Schwierigkeiten und ihren Männern

und ihrer Unfähigkeit, auch nur ein einziges wahres Wort über ihr Leben zu sagen, und sie wollte diesen Arzt plötzlich fragen: Wer fragt einmal mich, wer fragt einmal jemand, der selber denkt und zu leben wagt, und was habt ihr aus mir gemacht und aus so vielen anderen, mit diesem irrsinnigen Verständnis für jedes Problem, und ist es denn überhaupt noch nie jemand in den Sinn gekommen, daß man die Menschen umbringt, wenn man ihnen das Sprechen abnimmt und damit das Erleben und Denken.

Natürlich hatte sie nicht geschrien, sondern sich höflich bedankt und einen hervorragenden Bericht abgeliefert, der sie anekelte, und der Bericht war schon vergessen und in Papierkörben versunken, als sie dafür einen Preis bekam.

Sie wurde immer gelangweilter nach ihrem vierzigsten Jahr. Jean Pierre, der spätere, sagte, daß er einmal mit einer Wienerin, einer unglaublich ehrgeizigen Person, gelebt habe, einer Simultandolmetscherin, aber zum Glück gebe es noch Frauen wie sie, Elisabeth, die nicht eines Berufes wegen einen Mann verlassen würden, und er fand, sie seien in einer ähnlichen Lage, denn offenbar sei sie ja immerzu von Idioten verlassen worden, und es sei schade, für sie beide, daß er, seit dieser Affaire, einen Knacks habe und ihn ein Gedanke an Heirat würge, selbst bei ihr.

Mit Claude Marchand, der ein primitiver, gefährlicher, aber aufrichtig zynischer Mensch war, der sich aus der Unterwelt skrupellos in die Pariser Filmwirtschaft hinaufarbeitete und dunkle Geschäfte machte, kam sie dann am besten zurecht, er hatte eine unheimliche Energie, die manchmal ansteckend auf sie wirkte, er war so verderbt bis in die Knochen, daß sie ihn als befreiend empfand nach lauter skrupulösen anständigen und entnervten Männern, die sie traurig gemacht hatten, und wenn man auch rundherum nicht verstand, wie sie sich mit jemand wie diesem kleinen Gangster einlassen konnte, so kümmerte sie sich einfach nicht darum, doch als sie aufhörten, einander oft zu sehen, krochen die anderen bereits vor dem Mann, den sie jetzt nicht mehr für einen Gangster hielten, weil er zwei Synchronfirmen aufgekauft hatte und danach bald einen Filmproduzenten nach dem anderen zu Fall brachte. Mit Elisabeth ging er noch manchmal essen und alte Zeiten feiern, in denen er »ein Ding gedreht« hatte.

Ihre zunehmenden Erfolge bei den Männern hatten mit ihrer zunehmenden Gleichgültigkeit zu tun, also nur in den Zeiten davor hatte es das gegeben, was sie, im nachhinein, belustigt, Wüstenzeiten und Durststrecken nannte, da sie nach jedem Verlust noch geweint hatte und trotzig allein blieb, aber stolz weitermachte, weil sie nichts andres tun konnte als weiterarbeiten. Sie konnte nicht mehr verstehen, was früher so tragisch gewesen war, denn jetzt war sie ruhig, ausgeglichen, und es war nur eine Frage der Zeit, der Gelegenheit, wann sie dieser schon zu lang dauernden Beziehung mit Philippe ein Ende machen sollte. Denn sie konnte nicht gut nach Paris zurückkommen und Philippe sagen, er solle seinen Pyjama, seinen Rasierapparat und seine paar Bücher nehmen und verschwinden, denn so leicht würde das nicht sein, und es mußte noch einiges getan werden für ihn. Die Sätze: Ich brauche dich nicht, weder dich noch einen anderen, es hat nichts mit dir zu tun, nur mit mir, und das wünsche ich nicht zu erklären! ließen sich leicht denken, aber nicht ohne weiteres in Paris sofort sagen. Sie konnte auch nicht gut sagen: Mein Bruder hat geheiratet, und zwischen uns ist es aus, ich hoffe, du verstehst. Nur eine Hoffnung durfte und wollte sie sich nicht offen lassen, denn wenn sie in fast dreißig Jahren keinen Mann getroffen hatte, einfach keinen, der von einer ausschließlichen Bedeutung für sie war, der unausweichlich für sie geworden war, jemand, der stark war und ihr das Mysterium brachte, auf das sie gewartet hatte, keinen, der wirklich ein Mann war und nicht ein Sonderling, Verlorener, ein Schwächling oder einer dieser Hilfsbedürftigen, von denen die Welt voll war, dann gab es den Mann eben nicht, und solange es diesen Neuen Mann nicht gab, konnte man nur freundlich sein und gut zueinander, eine Weile. Mehr war nicht daraus zu machen, und es sollten die Frauen und die Männer am besten Abstand halten, nichts zu tun haben miteinander, bis beide herausgefunden hatten aus einer Verwirrung und der Verstörung, der Unstimmigkeit aller Beziehungen. Eines Tages konnte dann etwas anderes kommen, aber nur dann, und es würde stark und mysteriös sein und wirklich Größe haben, etwas, dem jeder sich wieder unterwerfen konnte.

Am Abend läutete das Telefon nach den Abendnachrichten, und Elisabeth rannte hinunter zum Telefon, ohne zu hören, was Herr Matrei kopfschüttelnd sagte, denn dieses Telefonieren mußte ja die reinste Krankheit sein zwischen den jungen Leuten heute. Philippe sagte, er wäre stundenlang nicht durchgekommen und schon ganz beunruhigt, und dann redeten sie kreuz und quer, er vermisse sie gerade heute sehr, denn heute morgen hatte es sich entschieden, er werde jetzt Assistent bei Luc, der schon anfange mit den Vorarbeiten zu seinem neuen Film, und was sie nun dazu sage? Elisabeth sagte, das sei wunderbar, und dann noch mehrmals, daß das aber die beste Nachricht seit langem sei, und wie sie es feiern würden, miteinander, nach ihrer Rückkehr, und zugleich dachte sie, daß es also doch, trotz ihrer Skepsis, zustande gekommen war und daß er eine glücklichere Natur hatte, als er glaubte, schon vergessen hatte, daß er das ihr verdankte, aber sie erwärmte sich trotzdem, damit er auf den Gedanken gar nicht mehr kam, und sie fragte sich nur noch, warum auch Philippe nichts Besseres einfiel, als »mon chou« zu ihr zu sagen, oder »mon poulet«, denn das ging ihr schon seit Jahren auf die Nerven, von Claude, von Jean Pierre, von Jean Marie, von Maurice, von dem anderen Jean Pierre, immer war sie eine »chérie« und »mon chou«. »Oui, mon chou« hörte sie sich antworten, mit einer kleinen Bosheit in der Stimme, und dann sprach sie fröhlich von den Ferien, wie herrlich es sei, morgen werde sie schwimmen gehen, und Philippe, der seine Neuigkeit schon abgeladen hatte, sagte, sie solle endlich zunehmen, er finde es beängstigend, wie sie in der letzten Zeit abgemagert sei, aber dort, auf dem Land, da werde sie sicher gut gefüttert, und sie sagten beide, also auf bald und nochmals auf sehr bald!

Hier, »auf dem Land«, wie Philippe meinte, aßen sie und ihr Vater aber nur ein wenig Aufschnitt und etwas Salat und Früchte, tranken Milch oder saure Milch, aber natürlich keine, die von einer Kuh kam, sondern aus der Landesmolkerei. Ländlich war hier nichts, es war der Stadtrand einer Provinzstadt, die zugleich eine Hauptstadt war, angeschlossen sogar an das internationale Eisenbahnnetz und Flugnetz mit je einem Zug und einem Flugzeug, mit dem man, aus unerfindlichen Gründen, über Frankfurt nach London fliegen konnte. Zwischen Kärnten und England bestanden keine Beziehungen, es hätte welche nach dem Süden und Osten gebraucht, trotzdem waren diese Flugzeuge seltsamerweise immer ausgebucht, aber die Engländer stiegen vermutlich in Frankfurt aus und die Deutschen in Frankfurt zu, denn nach Kärnten kamen nur Deutsche, und Robert, der dieses Flugzeug nahm, war immer der einzige Passagier, der durchflog bis Klagenfurt. Für Elisabeth waren alle Verbindungen ungünstig, sie mußte über Wien, Mailand oder gar Venedig, aber dann brauchte sie immer noch Stunden in der Eisenbahn, um nachhause zu kommen, und zu Herrn Matrei sagte sie: Versteh doch, es ist nicht lieblos, es ist nur so anstrengend, und ich hasse Reisen, weil ich immer reisen muß, für mich ist Venedig nicht das Venedig der anderen, sondern eine Qual, das Hin- und

Hergeschiebe von den Zügen, und Mailand ist eine Katastrophe, von Wien wollen wir gar nicht reden, denn dann muß ich mir im Städteschnellzug auch noch stundenlang diese Gespräche anhören, die ich verstehe, von Leuten, die ich durchaus verstehe. Es ist viel leichter, zwischen Dakar und Paris hin und her zu reisen, weil man dann nicht jedes Wort so versteht, bis in die Wurzel, jeden Mißbrauch, jede Fälschung, jede Vulgarität. Denn wo gab es noch Menschen, die sprachen wie Herr Matrei und immerhin noch wie Robert, und sie würde sich noch einmal Wachs in die Ohren stopfen, um nicht so beleidigt zu werden, stundenlang, in einem Zug in Österreich.

Herr Matrei verstand sie nicht ganz, aber er nickte zustimmend: Deswegen reise ich ja nicht, und ich mag mit niemand mehr reden. Er liebte auch Dialektworte wie sie, spielte sie im richtigen Moment hinein in einen Satz und intonierte das gute ärarische Deutsch, immer seiner Person und seinem Ausdruck, seiner Stimmung entsprechend, und er las gern, herumkrittelnd, aus der Zeitung ein paar Sätze vor, mit Nachbemerkungen wie: Wo haben sie denn das wieder her? »Verunsicherung«, also so was! Hörst du mir zu? Herr Matrei war immerhin stolz darauf, daß Elisabeth und Robert so viele Fremdsprachen konnten, er wisse gar nicht, von wem sie das hätten, von der Mutter gewiß nicht, die das harte Deutsch der Slawen gesprochen hatte, und von ihm auch nicht, weil er nie eine Sprache gelernt hatte, auch slowenisch nicht. Elisabeth wollte ihm nicht sagen, daß Roberts Sprachentalent so groß nicht war, ihn nur der Beruf gezwungen hatte, zwei zu lernen, und daß er erst durch Liz zu einem ganz guten Englisch gekommen war; eher begabt war sie, die sich so wenig begabt gezeigt hatte, wenn sie deutsch schrieb in Wien, aber sie konnte seltsamerweise französisch und englisch schreiben, nur eine Zweisprachigkeit wie Trotta hatte sie nie erreicht, und ihre Perfektion war keine, sie war nur geschickter und anpassungsfähiger als Robert, hatte ein besseres Gehör, und sie war vorsichtiger, weil sie nie versucht hatte, ein bestimmtes Englisch zu sprechen, sondern sich in einem neutralen aufhielt, ohne die Besonderheiten von englischen und amerikanischen Freunden zu kopieren, und Trotta hatte sie einmal geklagt, daß sie nie so gut französisch sprechen werde wie er, aber er hatte gemeint, das wünsche er ihr nicht, es sei besser, sie geriete nie wie er in diesen Zustand von Auflösung, denn es hätten ihn auch die Sprachen aufgelöst. Im Anfang half er ihr einige Male, Korrekturen zu machen, wenn sie unsicher war, und dann sagte er eines Tages, es reiche für ihr »Gewerbe«, wie er sich mild ausdrückte, und in Amerika half ihr auch noch einmal jemand, und da ging es noch rascher, denn für den Gebrauch hatten sich dort schon viele eine lesbare Sprache zurechtgemacht; sie war darum nicht einmal eine sensationelle Ausnahme wie in Frankreich. Trotta sprach deutsch wie ein Fremder, aus einer deutschen Fremde, und französisch wie ein Franzose, aber daran lag ihm nichts, und auch nichts daran, daß er zwei oder drei slawische Sprachen sprach wie jemand, der nur lange weg war, und einmal sagte er ihr: Ich habe herausgefunden, daß ich nirgends mehr hingehöre, mich nirgends hinsehne, aber einmal habe ich gedacht, ich hätte ein Herz und ich gehöre nach Österreich. Doch es hört alles einmal auf, es kommt einem das Herz und ein Geist abhanden, und es verblutet nur etwas in mir, ich weiß aber nicht, was es ist.

Elisabeth begriff jetzt, als sie mit ihrem Vater redete, daß Trotta aber doch ein Österreicher gewesen war, in der Verneinung, wie ihr Vater, der nicht verneinte, aber alles mißbilligte, was noch so tat »als ob«, als ob von diesem Geist noch die Rede sein könne, und er beharrte störrisch darauf, daß ein Irrtum der Geschichte nie berichtigt worden sei, daß das Jahr 1938 kein Einschnitt gewesen war, sondern der Riß weit zurücklag, alles danach eine Konsequenz des älteren Risses war, und daß seine Welt, die er doch kaum mehr recht gekannt hatte, 1914 endgültig vernichtet worden sei, er habe nie gewußt, wie er in diese Zeit geraten sei, ein Beamter, in Zeiten, in der es längst keine Beamten mehr gab, nichts, was er darunter verstand. Er sprach gerne, mit Achtung und Kritik, von der Zeit vorher, er hatte jeden Fehler im Blick, übersah keinen, als hätte er ihn selber begangen, und Elisabeth hörte ihm immer lieber zu, seit er alt war, denn früher hatte sie das wenig interessiert. Für sie hatte es nur die Zukunft gegeben, und sie wußte auch, daß er, obwohl er in seinem tiefsten Wesen kein Sozialist war, es nicht sein konnte, ohne sich selbst zu verraten, immer »rot« gewählt hatte. Er sagte mürrisch: Zur Beschleunigung! Und damit diese Hypokrisie aufhöre, denn er mochte nicht diesen Wigel-Wagel und Reminiszenzen, denn was er erinnerte, war etwas ganz anderes, und das ging heute niemand mehr etwas an. Er hatte auch nur gelächelt, als Robert ihm, von der Universität kommend, im zweiten Semester triumphierend mitgeteilt hatte, daß er die Kommunisten gewählt habe, und er sagte: So ein Lausbub, wählt die Kommerln, und daran ist natürlich die Elisabeth schuld mit ihrem ganzen Aufklärungsgerede aus der großen Welt, sag schon? Die Welt war einmal beinahe schon wirklich groß und etwas weiter fortgeschritten, aber das erklär ich euch nicht. Macht nur weiter so, es ist schon recht.

Elisabeth war damals ziemlich verlegen gewesen und hatte empört gerufen: Ich habe nur erzählt und immer gesagt, was ich denke, und ich habe noch niemandem Ratschläge erteilt, warum sollte ausgerechnet ich diesen Lausbuben beeinflußt haben. Er wird doch selber wissen, was er tut, und du wolltest doch immer, daß wir allein nachdenken und uns nicht herausreden sollen damit, daß wir jung sind, daß es keine Kindereien geben darf, nicht solche, auch für ganz junge Leute nicht, denn was ein Kind nicht mit zwölf oder dreizehn Jahren schon begreift, das wird es später sicher nicht mehr begreifen. Du bist schuld mit deiner Ansicht gewesen, nicht ich.

Herr Matrei wurde sonderbarerweise von seiner Tochter und dem Sohn gleich geliebt, und es mußte damit zusammenhängen, daß er nie etwas sagte oder tat, um sich beliebt zu machen, nicht einmal bei seinen Kindern, nie eines der Opfer ins Treffen führte, und es waren viele gewesen, die er diesen Kindern gebracht hatte, nie, wie er das Haus am Laubenweg angezahlt hatte und dann abgezahlt hatte in Jahrzehnten, dafür erwartete er keinen Dank und auch nicht dafür, daß er nicht mehr geheiratet hatte, weil es sich mit seinen Überzeugungen nicht vertrug, Elisabeth und Robert eine Stiefmutter zuzumuten, und daran hatte er recht getan, denn beide waren von einer ihnen nicht bewußten Unbarmherzigkeit nach dem Tod der Frau Matrei, unerträglich, wenn sie fühlten, daß eine Frau in die Nähe ihres Vaters kam.

Elisabeth, die Robert einmal nach Paris kommen ließ, als er noch aufs Gymnasium ging, fiel es spät ein: Weißt du eigentlich, ist dir das je klar geworden, daß wir alles haben von ihm, er ist ein großer Mann, und wir sind fürchterlich und haben ihm nie gedankt. Stell dir vor, er hätte geheiratet – und das wäre wohl sein gutes Recht gewesen –, wie wir uns aufgeführt hätten, uns gegen ihn und eine andre Frau gestellt hätten. Heute würden wir es verstehen, aber aufrichtig zulassen, ich weiß noch immer nicht. Ich habe da eine Idee, daß er damals diese Frau Jonke, die hübsche Lehrerin von dir, nicht ungern gesehen hat, und sie hatte ihn bestimmt gern, denn sie hat um mich ja geworben, als hinge alles von mir ab und nicht von ihm, und sie war eine gute Frau, sie hätten gut miteinander leben können. Aber siehst du uns mit Frau Jonke im Laubenweg? Ich nicht. Und wir lassen ihn ganz allein, du wirst bald auch nur mehr auf einen Sprung nachhause kommen, und was wirst du mit dem Haus machen, mein lieber Robert? du wirst es nämlich verkaufen eines Tages, er hat diesmal mit mir darüber gesprochen, und wir sind überein gekommen, daß es dir gehören wird, aber ich könnte, für mein Alter, mein hohes Alter, das Recht auf ein Zimmer behalten. Ich hoffe, ich werde dir kein hohes Alter antun, und immerhin habe ich bald eine eigene Wohnung, und irgendwann werde ich heiraten, sowie ich Zeit habe. Aber wenn du heiratest, wird es kritisch, denn es könnte deine Frau mich nicht mögen oder ich sie nicht, und es wäre dann also alles umsonst, was er für uns getan hat.

Leichtfertig schloß Elisabeth das leidige Kapitel: Ich habe dem Vater gesagt, er solle sich das noch zehnmal überlegen, denn dann hat er wenigstens etwas zum Überlegen, zwischen deinen schlechten Lateinnoten und meinen Besuchen.

Erst als sie mit Robert auf der Place du Tertre saß und ihm irgend etwas erklärte, wovon er noch nichts verstand, und er ihr seine ersten ihn bedrückenden Schulgeschichten erzählte, vor allem was die anderen redeten, über die Weiber, er ihr auch gestand, daß er auch so tun müsse, als wüßte er eine Menge über Weiber, damit die anderen nicht glaubten, er habe noch keine Erfahrungen, und sie ihm hilfreich einiges sagte und ihm recht gab in seinen Vermutungen, daß die anderen die Aufschneidereien brauchten, denn sonst würden sie nicht darüber sprechen, wenn sie schon etwas gehabt hätten, mit den »Weibern«. Sie fühlte sich nützlich wie in der ersten Zeit, als ihr das Windelwaschen für ihn und die schlaflosen Nächte seinetwegen das Wichtigste waren, weil er so oft aufwachte und schrie als Kind in der Nacht, aber nicht nach Frau Matrei, sondern immer nach Elisabeth, und dann fiel ihr ein, daß es eine Ungeheuerlichkeit war, was sie über ihren Vater gesagt hatte, dieses: Damit er etwas zum Nachdenken hat – und sie hörte Robert beinahe nicht mehr zu, es war nicht mehr rückgängig zu machen, sie hoffte nur, daß er es überhört habe, in Gedanken bei seinen Pubertätsschwierigkeiten und Schulschwierigkeiten. Wenn du natürlich in Chemie der Beste bist, aber Latein nicht magst, dann – und sie hielt nicht gerade einen belehrenden Vortrag, aber zwischen dem ersten Aperitif, den Robert in seinem Leben trank, in der sanften Nacht, die über die Place du Tertre kam, zwischen sanften Sätzen, die ihn beruhigten, weil es nicht die größte Schande war, als Sechzehnjähriger noch mit keinem Mädchen geschlafen zu haben, und daß das alles nur eine dumme Angeberei war, und Elisabeth, in ihrer Offenheit und erfahren, wenn es überhaupt so etwas wie Erfahrung gab, wohl mehr darüber wußte und trotzdem keines der »Weiber« war, die in der Schule die größte Rolle spielten, dachte sie zärtlich und leidenschaftlich an ihren Vater, und sie versprach sich, nie mehr etwas zu sagen, was ihr mehr weh tat als dem Menschen, von dem sie so sprach. An diesem Abend warf sie Robert aus ihrem Bett, der, etwas benebelt vom ersten Pernod seines Lebens, anfing, ihre Haare und ihr Gesicht zu streicheln, denn das mußte nun endgültig aufhören, oder es durfte vielmehr gar nicht erst beginnen.

Auf dem kleinen Nachmittagsspaziergang zu den Teichen erzählte Elisabeth, daß man auch über den Weg 8 nur bis zur Baustelle kam, und Herr Matrei meinte, das überrasche ihn nicht mehr, er habe schon immer recht behalten mit seinen pessimistischen Ahnungen, wozu diese Bauplaner imstande seien. Aber wenn sie es weit über den Weg 1 hinaus versuche, über das Gasthaus Jerolitsch, dann müßte es einen Steig geben, einen Abstieg zum See, aber wenn es gar nicht ginge, dann würde er, ausnahmsweise, einmal mit ihr zum See fahren, am frühen Morgen, ehe sie Gefahr liefen, Leute zu treffen, Touristen und volle Busse. Denn er ging, wenn auch selten, erst wieder Mitte September schwimmen, wenn man sicher sei vor den Okkupanten, den vielen Autos und dem Lärm am See. Warum sie es so still hier fand im Laubenweg, verstand er nicht, denn es gab rundherum manchmal mehr Lärm als in ihrer Pariser Wohnung, allerdings einen ganz anderen, ein Hund bellte, ein Auto fuhr um die Ecke und zehn Minuten später wieder eines, und diese unsteten Geräusche schreckten einen wirklich mehr auf als ein kompakter gleichmäßiger Lärm in einer Großstadt. Herr Matrei geriet in Zorn, wenn ein Autofahrer rücksichtslos vorbeifuhr, und einmal hatte es einer sogar gewagt, einen ganzen Tag lang seinen Wagen vor die Gartentür zu stellen, ja, eines Nachts hatten sogar zwei Autos angehalten in der Nähe, Türen waren geschlagen worden, alle hatten laut geredet, und das kurz vor Mitternacht, aber damals war ihm die Geduld gerissen, und er hatte etwas aus dem Fenster gerufen. Er bemerkte befriedigt, daß die dann sofort still geworden wären, und der Vorfall, skandalös, habe sich bisher nicht wiederholt. Kinder aus der Nachbarschaft hörten sie auch manchmal, wenige, daher um so deutlicher, noch deutlicher eine junge Frau, die kreischend aus dem Fenster nach diesen Kindern schrie. Buuubi! Puppi! Buuubi!

Trotzdem war es still hier, aber die Stille rührte aus der Lautlosigkeit der Häuser, denn in dem ganzen Viertel, das einmal voller Leben gewesen war in Elisabeths Jugend, alle Häuser anbezahlt von jungen Ehepaaren mit Kindern, wohnten nur noch wenige alte Leute. Herr Matrei erwähnte ruhig: Die Frau Jonas, erinnerst du dich, die aus der Steiermark ist und die diesen Neffen hat, der jetzt berühmt sein soll, man spricht im Radio sogar über ihn, ein Dichter, der lauter unverständliches Zeug schreibt, aber ich will mir da kein Urteil anmaßen, ist im Winter gestorben. Die Kinder von Frau Vuk sind nach Kanada gegangen. Der Edmund, laß mich nachdenken, er muß etwas älter als Robert sein, ist nach Amerika gegangen. Der Herr

Arrighi ist vor einem Monat gestorben. So, du erinnerst dich nicht? er war einmal bei der Kelag.

Elisabeth waren diese Todesnachrichten geläufig, sie hörte jedes Jahr neue und sie lenkte ab und fragte nach den »Nachbarskindern« von früher. Helga hatte nach Schottland geheiratet, ja einen Schotten, Lise war nach Graz gezogen, aber schon zum zweitenmal geschieden, sie gab jetzt Klavierstunden in Graz. Jolanda, die manchmal aus Wien kam im Sommer, grüßte nicht mehr, und Herr Matrei jedenfalls würde diese dumme Gans nicht grüßen, die tat, als kennte sie ihn nicht. Das Lebensmittelgeschäft vis à vis der Waisenhauskaserne hieß noch immer wie früher, aber die Besitzer waren Zugereiste und versuchten, es in einen »supermarket« zu verwandeln. Herr Matrei konnte das Wort nicht gut aussprechen, er stolperte ironisch hinein, erklärte Elisabeth, was so ein Superdings sei, man müsse jetzt einen Drahtkorb nehmen und in dem winzigen Geschäft herumgehen und dann an der Kasse zahlen, obwohl fünf Leute herumlungerten und nichts taten, aber erfreut waren über jeden, der hereinkam. Elisabeth wollte tags darauf das Einkaufen versuchen, um die Veränderung zu sehen, sah sich gleich erkannt von den neuen Leuten, die sie gar nicht kannte, und ging verlegen herum: Gnädige Frau wieder einmal im Land bei uns, Minni, hilf doch der gnädigen Frau, sie wird sich noch nicht auskennen, nein, was für eine Überraschung, der Herr Papa werden sicher sehr froh sein, der Herr Papa halten sich glänzend, so was von rüstig und immer der erste in der Früh! Elisabeth nickte und dankte, alle halfen ihr, die Milchflaschen zu finden, die man wirklich nicht sehen konnte im hintersten Winkel, und dann ging es zu wie früher, und im Grund hätte sie sich den Korb sparen und stehen lassen können, weil man ihr alles zusammensuchte, was sie brauchte. Der neue Besitzer, Herr Bichler, kassierte gewichtig, aber besonders langsam, und so erfragte er geschickt, daß Elisabeth in Paris lebte. Ja, Paris, er seufzte, erst nächstes Jahr würde er mit seiner Frau nach Paris fahren können, heuer waren sie schon in der Vorsaison auf den Kanarischen Inseln gewesen, auf Teneriffa. Im Papiergeschäft, wo sie einen Notizblock und Ansichtskarten suchte, erkannte Elisabeth zuerst die Frau nicht, unförmig, mit einem großporigen Gesicht, und dann gaben sie einander die Hand, sie waren einmal in einer Klasse gewesen, und das also war das junge Mädchen, das mit einigen anderen in einen Skandal verwickelt gewesen war, der mit diesem Papiergeschäft zusammenhing, denn zu dem Papierwarenhändler gingen heimlich einige Fünfzehnjährige, der sich einen ganzen Harem von Minderjährigen gehalten hatte, aber diese hier – der Name war Elisabeth entfallen, Linde oder Gerlinde – hatte er heiraten müssen. Die Frau atmete schwer aus ihrem fetten Körper, vor drei Jahren sei ihr Mann gestorben, leicht hatte sie es nicht gehabt, er hätte ja ihr Vater sein können, und heute bedanke sie sich dafür, wie sie damals von einigen beneidet worden sei, weil der schönste Mann weit und breit sie geheiratet hatte. Die Frau stöhnte: Ein Leben, sag ich dir, ein ganzer Roman, aber kein schöner, und du? ich hoff, daß dir so was erspart geblieben ist, aber ausschauen tust du noch wie damals, die dürre lange Latte haben wir immer gesagt, weißt du noch? Elisabeth lachte ein bißchen und versprach, wiederzukommen, aber sie würde bestimmt nie mehr in dieses Geschäft gehen, und sie kam etwas einsilbig nachhause.

Beim Mittagessen versuchte sie, diese Unterhaltungen in den Geschäften witzig zu erzählen, aber dann schwieg sie plötzlich und ließ die Frau aus dem Papiergeschäft aus. Ihr Vater wollte sich niederlegen, und sie sagte nur: Ich gehe doch noch weg, obwohl es spät ist, wart bitte nicht mit dem Kaffee auf mich!

Sie ging wieder den Höhenweg, unschlüssig, ob sie noch einmal einen der drei Wege versuchen solle, und sie zweigte dann ab, nach Norden, auf den Weg 10 zum Schloß Falkenberg, der immer enger und dunkler wurde, feucht war, aber sie ging wenigstens nicht in Richtung See. Vor dem Schloß Falkenberg, aus dem man offenbar ein Hotel oder eine Hotelpension gemacht hatte, standen viele deutsche Wagen, aber im Garten, an den bunten Tischen, die nicht zum Schloß paßten, saß niemand, weil die Gäste schliefen oder zum See gefahren waren, und sie setzte sich an einen Tisch, rauchte, vergewisserte sich, daß sie zwanzig Schilling mithatte, denn falls jemand kommen sollte, mußte sie einen Kaffee oder Tee bestellen, um ihre Anwesenheit zu legitimieren an diesem Tisch. Der größte Fehler war wahrscheinlich gewesen, daß sie in New York so schnell aufgegeben hatte, denn als sie Hugh heiratete, hatte sie nicht mehr geglaubt, daß sie Trotta liebe und er der richtige Mann gewesen sei, und an diesem Nachmittag, mit dem Blick zum Wald, glaubte sie noch ein letztes Mal, es sei leider damals etwas von ihr völlig verkehrt gemacht worden, sie hätte niemals in diese Scheidung einwilligen dürfen, auf einen Brief hin, sie hätte ihm sofort nachreisen müssen, weil der Brief vermutlich nicht so ernst zu nehmen gewesen war, der eine Reihe von verwirrten Selbstvorwürfen enthielt, und daß er sie niemals in sein Leben, in diesen Schlamm, hätte hineinziehen dürfen, es war auch etwas darin gestanden von »es geht über meine Kraft, Dir das zu erklären, Du hast etwas Besseres verdient, ich wünsche Dir, daß Du einen Märchenprinzen findest und mich vergißt . . .«, aber sie erinnerte sich ungenau an diesen Schuldbrief mit der Bitte, die Scheidung einzureichen, und noch heute war ihr unbegreiflich, was denn über seine Kräfte gegangen war, da sie so gut miteinander ausgekommen waren. Genau erinnerte sie sich hingegen, weil sie immerzu in New York, aber auch noch später, davon lebte, an den Anfang seines ersten Briefes an sie: »Uncrowned Queen of my heart!« und sie liebte den Anfang dieses

Briefes länger als Hugh, der etwas mißverstanden haben mußte oder gerade wieder in einer verwirrten Verfassung war, als er mit einem jungen Italiener die Flucht nach Mexiko veranstaltete und sie drei Wochen lang vor Sorge fast umkommen ließ. Sie hatte ihm einen reichlich pathetischen Brief geschrieben, daß sie selbstverständlich seinen Wunsch respektiere, aber nicht einsehe, warum er allein die Schuld haben wollte, denn sie sehe überhaupt keine, daß er immer auf sie zählen könne, daß sie auch warten wolle, aber da ihr Brief vielleicht auch so konfus war wie der seine, kam nur mehr eine kurze Bitte, nicht zu warten, er müsse allein durch diese Krise, er habe nur die eine große Bitte, sie solle ihm verzeihen, und die zweite große, sie solle sich scheiden lassen. Gino litte sehr, weil er, Hugh, in Gedanken so weit weg sei, immer bei ihr, und überhaupt bei dem Gedanken, die Ursache dieser Trennung zu sein. Was dieser Gino, den sie nur einmal gesehen hatte, unter Hughs und ihren Angelegenheiten schwer zu leiden hatte, blieb auch für immer ein Rätsel, und Hugh hatte wieder einmal jemand mit Geheimnissen und Sensibilitäten ausgestattet, die sie nicht entdecken konnte, denn sensibel war nur er, kaum je ein Gino. Mit Hugh hätte alles gut gehen müssen, und nur er hatte das fertig gebracht, Einfälle zu haben, die Elisabeth noch heute glücklich machten, denn Hugh war wirklich großzügig und gut zu ihr gewesen. Einmal hatte er einen Auftrag bekommen und eine Anzahlung von hundert Dollars, und von diesen ersten kostbaren Dollars, die er verdient hatte, kaufte er so viele Blumen für sie, daß sie in allen Vasen und Töpfen nicht unterzubringen waren und im Waschbecken und im Bad schwammen, und dazu ein teures Parfum, eine riesige Flasche, und Elisabeth war fassungslos, aber nicht so sehr vor Freude, sondern weil die Telefonrechnung noch nicht bezahlt war und sie auch sehr knapp dran war, aber jetzt, als sie aufstand und abschiednehmend das Schloß, das kein Schloß mehr war, ansah, weil keine Kellnerin gekommen war und ihr ein deutscher Kaffee erspart geblieben war, sah sie sich mit dem ganzen Arm voller Blumen, zwischen Lachen und Weinen, wie in einem Film, wo Männer einer Diva soviel Blumen schickten, daß die Hauptdarstellerin darunter zusammenbrach, und sie hörte sich noch sagen: You are a fool, oh Hugh, my darling, you must be crazy! Heute gab es keinen Zweifel mehr, daß eine bezahlte Telefonrechnung nicht in Elisabeths Erinnerung geblieben wäre, sondern nur eine, die kaum bezahlt hatte werden können, aber die Blumen und das hinausgeworfene Geld, alles, was Hugh ohne Nutzen getan hatte, das war er geworden für sie, so lebte er weiter in ihr, glorifiziert, und er womöglich – in Mexiko oder wo immer es heute Mode war, »von ganz vorn« anzufangen, denn damals war es eine Mode gewesen – wußte vielleicht nichts mehr von dieser Stunde, als die kleine Wohnung von Blumen verschüttet war und er gestrahlt und gesagt hatte, BANDIT sei das einzig richtige Parfum für sie, sondern er dachte in Südamerika oder doch wieder in New York an etwas Peinliches, von dem sie wiederum nichts wußte, oder auch an etwas Schönes, an einen schönen Moment, an den sie sich nicht erinnerte.

Vor der Abzweigung zum Weg 5 setzte sie sich, sie konnte hier natürlich über das Schloß Freyenthurn hinunter, aber nur bis zum Plattenwirt, und das war natürlich die Lösung. Sie brauchte von dort, wo die Stadt noch nicht aufhörte, ja nur ein Stück bis zur Strandpromenade gehen, aber gerade das wollte sie nicht, denn so kam sie doch auf Straße, und die Villacherstraße mußte vermieden werden, sie konnte in diesem Aufzug nicht unter die Leute, sie konnte natürlich schon, ihr machte es auch nichts aus, aber diese zu frühe Mündung der Wege 5 und 6 behagte ihr nicht, und sie ging zwar hinunter, stand dann aber auf einer Wiese, sie hätte weitersuchen müssen, sah nicht einmal den See von hier aus, in der Ebene, sicher mußte es irgendwo weitergehen, aber querfeldein gehen durfte man nicht, und nach einigem Herumstreunen, Pfadesuchen, kehrte sie um und ging über den Höhenweg nachhause.

Wegen des Telefons hatte Herr Matrei lange revoltiert, er dulde keines im Laubenweg, und er mokierte sich über das Telefonieren seiner Kinder, über diese Anrufe von Männern, die nicht deutsch konnten und Elisabeth verlangten, und er sagte jedesmal, schreib auf, wieviel du wieder vertelefoniert hast, denn Robert muß die Rechnung bezahlen. Obwohl Elisabeth ihn zuerst zu bewegen versucht hatte, ein Telefon zuzulassen, weil sie meinte, ihn um den Finger wickeln zu können, denn sie war ja seine Tochter, war es dann doch Robert gewesen, dem die List gelungen war. Aber er mußte das Telefon auch bezahlen, und Elisabeth wiederum mußte ihre Gespräche an Robert bezahlen. Herr Matrei ließ sich schmunzelnd die Bezahlung gefallen, nur weil er es nicht gewollt hatte, denn er hätte ihnen gerne alles bezahlt, aber sie sollten nur ein wenig lernen und symbolisch büßen. Er mochte diesen Apparat zuerst nicht, weil er störte, klingelte, wenn er sich nachmittags ausruhte oder im Garten war oder die Nachrichten kamen. Und immer zu diesen unmöglichen Zeiten riefen die Kinder an, aus einem Ausland. Zuerst war er nur verärgert und sagte jedesmal kurz: Schreib lieber, schreib mir einen Brief, du hast mir schon drei Wochen nicht geschrieben, und jetzt sind Nachrichten.

Später freute er sich, daß Robert sich durchgesetzt hatte, und er lebte doch auf, wenn die Kinder anriefen. Entsetzt war er nur gewesen, weil Elisabeth einmal aus New York anrief, und er dachte, sie sei schwer erkrankt, aber sie wollte nur wissen, ob er ihr einen Auszug aus der Heimatrolle besorgen könne, sie habe nicht mehr alle Dokumente, auch den Geburtsschein finde sie nicht. Später mußte er feststellen, daß dieser leichtsinnigen Tochter einfach alle Maßstäbe verlorengegangen waren, sie bloß angerufen hatte, weil sie partout heiraten wollte, und ein Brief hätte durchaus genügt.

Am nächsten Morgen regnete es, und Elisabeth und Herr Matrei saßen beim Frühstück beisammen, die Zeitung war noch nicht da, und sie sagte: Ich weiß nicht, dieser Sommer, das wird kein Sommer mehr. Herr Matrei entschuldigte sich für den Kärntner Sommer und er meinte, sie könnten es aber heute riskieren, zum Strandbad zu fahren, weil der Regen viele abhalten würde, und dann nach Loretto zu gehen, denn ihr mache Regen ja auch nichts aus, und Menschen begegnen wollten beide nicht. Sie fuhren mit dem Bus weg und stiegen um am Hlg.-Geist-Platz in den Bus zum See.

Es war nicht mehr die alte Tramway, mit den offenen Sommerwaggons, den vielen Kindern, die auf dem Trittbrett hingen, und den Erwachsenen auf den Bänken vis à vis. Nirgends auf der Welt hatte es eine hübschere Sommertramway gegeben als in Klagenfurt. Heute nahm man einfach einen Bus, der aussah wie Busse überall. Sie wanderten zu Fuß nach Loretto, und sie waren die ersten und einzigen, die zum Schwimmen gekommen waren.

Elisabeth hatte schon den Badeanzug an unter dem Kleid und warf es auf der Brücke weg. Herr Matrei zog sich umständlich um in einer Kabine, und dann schwammen sie zwanzig Minuten in einem ziemlich kalten Wasser. Weder er noch sie wollten zurück und nachhause, denn es war herrlich und sie fror und crawlte wild, um sich zu erwärmen, aber sie mußte wirklich arg dürr geworden sein, in der letzten Zeit. Sie schwamm trotzdem noch einmal, ihr Vater schwamm auch noch einmal, und sie trafen sich im See an einem Baumstamm, der wie eine Boje im Wasser rollte. Daddy, I love you, schrie sie zu ihm, und er rief: Was hast du gesagt? Sie schrie: Nichts. Mir ist kalt.

Auf dem Heimweg kamen sie an den riesigen Campingplätzen vorbei, und Herr Matrei ließ einige bissige Bemerkungen fallen, nicht ohne Genugtuung, daß diese Leute so eng zusammengepfercht waren, freiwillig. Er wäre nämlich deswegen allein nie hergekommen, obwohl er noch immer so gerne schwimme wie früher, aber an den See könne man nicht mehr vor dem Herbst, es seien ja nur noch Deutsche da. Herr Matrei sinnierte: Es sind überhaupt nur noch Deutsche da, jetzt haben sie es endlich fertiggebracht, jetzt haben sie uns gekauft, und die haben denen keinen Riegel vorgeschoben, unsere Regierungstrottel, die das hätten kommen sehen müssen. Und nun mußte er noch auf seine alten Tage erleben, daß Kärnten den Deutschen gehörte. Die Bauern hätten praktisch fast alle Grundstücke an sie verkauft, die neuen Besitzer spielten sich schon auf wie die Herren, nicht wie Gäste. Einen Österreicher schaute man während der Saison gar nicht an, und die Speisekarten waren voll von irrsinnigen Ausdrücken, die kein Österreicher verstand, für Topfenkuchen habe er »Käsesahnetorte« gelesen, und danach sei er aufgestanden beim RONACHER und habe das Lokal nie mehr betreten. Herr Matrei sagte empört: Und unsere Leute kuschen und glauben, es sei gut für unsere Devisen und den Fremdenverkehr. Das habe aber nichts mit Fremdenverkehr zu tun, sondern gleiche einer Okkupation. Elisabeth wußte zwar, daß seit vielen Jahren das halbe Rhein-Ruhrgebiet nach Kärnten eingefallen war, natürlich nicht die Reichen, die würden sich hüten, in ein so armes Land zu gehen, aber wie ihr Vater, der »rot« wählte, sagte, es seien diese Proleten mit ihren stinkenden großen Autos, die das Land kaputt machten, und das war einfach zuviel für ihn. Überall diese Proleten zu hören, die von neun Uhr morgens an grölten und Bier tranken, ihre Autos immerzu wuschen und dann nach »Fenedig« rasten. Elisabeth dachte für sich, denn sie wollte ihren Vater nicht noch mehr aufregen: Dieser See ist auch nicht mehr der See, der uns gehörte, sein Wasser schmeckt anders, es schwimmt sich anders darin. Er hat uns nur eine halbe Stunde lang im Regen gehört. Herr Matrei wiederholte sich, während sie stadteinwärts fuhren: die Deutschen hätten jetzt alles, und das habe er nicht mehr erleben wollen. Den Krieg hatten sie verloren, aber nur scheinbar, jetzt eroberten sie Österreich wirklich, jetzt konnten sie es sich kaufen, und das war schlimmer, für ihn war ein käufliches Land schlimmer als ein verirrtes und zerschlagenes. Man durfte sich nicht kaufen lassen.

Warum Elisabeth plötzlich an den Bezirkshauptmann Trotta aus der Monarchie denken mußte, der für sie nur eine Legende war, wußte sie nicht, aber sie dachte, mein Vater und er, die ähneln einander so sehr. Mehr als ein halbes Jahrhundert später gab es wieder jemand, der jemand ähnelte aus einer anderen Welt, einer versunkenen. Und vielleicht waren ihre Gedanken deswegen so oft bei Franz Joseph Trotta in dieser Zeit, an den sie in manchen Jahren kaum mehr gedacht hatte. Und Trotta hatte im Grunde nichts anderes gemeint als ihr Vater, wenn er von den Deutschen sprach: Ich meine, es hat mir buchstäblich die Sprache verschlagen, ich weiß, seit ich mit der französischen Armee in Deutschland war, was sprachlos sein heißt, weil rund um mich diese Leute waren, die sich einbildeten, deutsch zu sprechen, und die Franzosen haben ihnen das auch noch geglaubt, vieles andre nicht, aber ausgerechnet das.

Auf dem Hlg.-Geist-Platz fanden sie keinen Anschluß, und Elisabeth sagte: Ich hole uns ein paar Zeitungen! In einer las sie bestürzt, auf der ersten Seite in einer kleinen Rubrik, daß einer ihrer Freunde bei Sorrent von einem Felsen gestürzt sei, und die italienische Polizei sich noch nicht klar darüber sei, ob es sich um einen Unfall, Selbstmord oder Mord handle. Aber dieses Blatt, wie die anderen Blätter, hatte dicke Schlagzeilen, die sie zuerst nur zerstreut las. Sie kam atemlos zu ihrem Vater zurück, der vor dem Landhaus stand und winkte, weil der Bus kam, sie gab ihm zwei Zeitungen, obwohl er sonst nur eine las, auf die er abonniert war, und dann fing sie, um sich zu beruhigen, entspannt zu lesen an: Eifersuchtsdrama auf Millionärsvilla. »Auf« war gut. Das interessierte sie kaum, aber in der nächsten hieß es schon wieder: Blutbad in Millionärsjagdhaus. Sie fing wider Willen zu lesen an. In dem Moment kam der Bus, und sie stiegen ein. Während der Fahrt las Elisabeth angestrengt, denn sie war zu sehr eine Journalistin, und der Anfang dieser umständlichen Berichterstattung ließ sie zuerst nichts begreifen. Wenn man die Provinzpresse kennt, ihre liebenswerte Unfähigkeit, über Ungewohntes, etwa ein ihr nicht bekanntes Milieu zu schreiben, dann brauchte man allerdings Phantasie oder Metier, um aus dem Wust der Sätze die Fakten herauszulesen. Elisabeth sah einmal auf und sagte, während sie am Stadttheater vorbeifuhren: Der Bertold Rapatz hat seine Frau und irgendeinen slowenischen Forstgehilfen erschossen und nachher sich selber, das ist doch nicht zu fassen! Herr Matrei antwortete nicht, denn er war vertieft in seine Zeitung, er sagte nur: Rapatz? Nie gehört. Elisabeth sagte verwundert: Aber Vater! Immerhin ist das einer der drei reichsten Männer Österreichs, wenn nicht der reichste, und er hat einige Jagden hier bei uns. Aus dem Bericht war sie nicht ganz klug geworden, der zweiundsechzigjährige Diplomingenieur Bertold Rapatz hatte seine dreiunddreißigjährige Frau Dr. Elisabeth Rapatz erschossen, aus Eifersucht vermutlich, zuerst ihren Liebhaber, vor den sie sich zu werfen versucht hatte, einen gewissen Jaslo soundso. Die Gendarmerie in Eisenkappel sei gerufen worden zum Tatort von einer Radmilla soundso, die Haushälterin in der Millionärsvilla war. Elisabeth nahm ihrem Vater jetzt seine Zeitung weg, denn das war ja zum Nervöswerden, diese ungeschickten langatmigen Berichte. In Paris oder New York hätte jeder kleine

Journalist der Boulevardpresse gewußt, wie man so etwas machte, aber die wußten es hier eben nicht. Eifersuchtsdrama, das klang nach Heuboden und Taschenfeiteln, und trotzdem war der Mann Bertold Rapatz. Eine Zeitung bemühte sich sogar etwas weiter zu gehen: »Dipl.-Ing. Bertold Rapatz, dessen Vater aus der erlauchten Familie der Edlen von Rapatz stammt, die für die Verdienste um die Erschließung der Gailtalbahn zu kriegswichtigen Zwecken geadelt wurde . . .«, und Elisabeth dachte zuerst, daß diese armen kleinen Journalisten, die so gut über Holzmessen zu berichten wußten, leider keine Ahnung hatten, was ihrer Gendarmerie da in die Hände gefallen war, und daß Bertold Rapatz' erlauchter Adel zwar nichts wert war, weil Kaiser Karl kurz vor dem Kriegsende so ziemlich alle Leute geadelt hatte, die ihm gerade über den Weg gelaufen waren, und daß es auch uninteressant war, ob Bertold Rapatz Diplomingenieur war, wie sein Vater, der Edle von Rapatz, aber nicht unwichtig war es zu wissen, daß Rapatz nicht einfach ein Millionär war, es gab vielleicht sogar in Kärnten einige Millionäre, sondern eine Macht, das Geld schlechthin, und daß ein Jagdhaus keine Villa war, sondern etwas anderes, und daß Rapatz nur ganz nebenbei auch noch ein Drittel der Holzindustrie und Jagden Kärntens gehörte. In der vierten Zeitung, die Elisabeth endlich von ihrem Vater eroberte, die auch groß tat mit Blutbad und Eifersuchtsdrama, las sie aber bald nicht mehr weiter, sondern ließ das Blatt sinken. Rapatz' dritte Frau, »Dr. Elisabeth Rapatz, geborene Mihailovics«, hieß es dort, und sie dachte an die kurze seltsame Begegnung in der Teichstraße und sagte sich: Nein, das ist nicht möglich, und es muß doch wahr sein, die kleine, arme, schüchterne Mihailovics war die dritte Frau Rapatz geworden, und was bedeutete das nur alles? die war doch keine Frau, die auf einen reichen Mann aus war, und dieser junge Slowene, der ihr einfiel, mußte zwar der erwähnte »Forstangestellte« sein, aber zwischen diesen beiden war doch nichts, das hatte sie in einer Sekunde erraten, es mußte etwas ganz andres gewesen sein, was die Mihailovics so verlegen gemacht hatte. Sie sagte erstickt zu ihrem Vater: Es ist die Elisabeth Mihailovics, die er geheiratet hat, stell dir das vor, und unsere brave Gendarmerie wird nie herausfinden, was da wirklich los war, denn es stimmt alles nicht, was die sich in ihren beschränkten Hirnen zusammenreimen, da stimmt überhaupt nichts. Das laß dir gesagt sein!

Herr Matrei, der nicht verstand, warum Elisabeth sich so aufregte, sagte nur etwas wie: Arme Person! Diese älteren Männer heute mit ihren viel zu jungen Frauen, das muß ja schiefgehen.

Ach was, sagte sie ungeduldig, jedenfalls nicht so. Es gibt kompliziertere Dinge als Eifersuchtsdramen. Ich gäb was darum, wenn ich erraten könnte, auf was dieses Hascherl sich eingelassen hat und was dieser Rapatz für ein Mann war. Gesehen hat ihn ja kaum jemand, auch in Wien nicht. Solche Leute sieht man nie.

Herr Matrei war nun doch erstaunt, denn für ihn waren die wichtigen Leute ganz andere, die, die sonst in den Zeitungen vorkamen, Abgeordnete, der Bürgermeister, der Landeshauptmann vor allem, das waren für ihn und wohl die meisten anderen auf dem Land die Leute »da droben«, und daß es Leute gab wie Rapatz, die diese so wichtigen Persönlichkeiten des öffentlichen Lebens nicht einmal in ihr Haus hineingelassen hätten, das paßte gar nicht in seine Vorstellung von Hierarchien, auch nicht, daß ein Rapatz, falls er wirklich ein bekannter Mann war, wie Elisabeth es sich einbildete, es abgelehnt hätte, sich fotografieren zu lassen oder im Radio zu sprechen, das wollte ihm noch weniger einleuchten. Ich glaube, du überschätzt diesen Mann sehr, sagte Herr Matrei bestimmt. Man hat nie etwas von ihm gehört.

Das glaube ich gern, sagte Elisabeth lächelnd, und wenn er

nicht zwei Leute und sich getötet hätte, wäre nicht einmal seine Anwesenheit hier bekannt geworden. Nicht hier in Klagenfurt jedenfalls. Aus den ersten Aussagen der Haushälterin und der anderen Angestellten ging auch so wenig hervor, das war eher auszulegen als ein beharrliches Schweigen und Verschweigen, so daß sie sich vorstellen konnte, wie Rapatz eine Mauer um sein Leben gezogen hatte und daß darum auch später keiner von ihnen sprechen würde, denn Leute wie Rapatz suchten sich ihr Personal zu genau aus, es fiel ihr auch auf, daß fast nur Slowenen darunter waren, einige Kroaten, das bedeutete einen weiteren Schutzwall gegen Neugierige, auch nach seinem Tod.

Nach der ersten Woche, obwohl sie zwei Wochen hatte bleiben wollen, wurde Elisabeth so unruhig und von Stunde zu Stunde nervöser, weil sie sich beherrschen mußte vor ihrem Vater, der feststellte: Du schaust aber schon viel besser aus. Die Unruhe kam von den langen Wanderungen durch den Wald und vom See, zu dem sie gar nicht mehr hinunter wollte, aber an diesem Tag hatte sie es noch einmal versucht, über das Gasthaus Jerolitsch hinunter zu gelangen, obwohl sie schon wußte, daß es nicht möglich war. Sie kam gebräunter, aber erschöpft nachhause, und dann gab sie vor, sehr müde zu sein, und sie ließ ihren Vater allein beim Abendessen, ging in ihr Zimmer, las aber noch in einem alten Abenteuerbuch von Robert bis Mitternacht, und dann, weil sie sicher war, daß ihr Vater schon schlief, rief sie leise das Fernamt an und verlangte Paris. Nach wenigen Minuten war das Gespräch schon da, sie hörte erleichtert Philippes Stimme, sie bat ihn flüsternd, ihr ein Telegramm zu schicken, in dem etwas stünde von sehr dringend und Abreise erforderlich wegen Arbeit. Am nächsten Morgen kam das Telegramm aus Paris, und Elisabeth tat ungehalten, sie murmelte: Ausgerechnet jetzt, wo ich endlich anfange, mich zu erholen.

Einen Augenblick sah sie zu Boden, denn sie fürchtete, ihren Vater zu enttäuschen, aber sie entdeckte erleichtert kein Zeichen einer Traurigkeit oder Depression, weil sie ihn so rasch wieder verlassen wollte – mußte, wie er glaubte –, und sie fuhren mit dem Bus sogleich in die Stadt zum Reisebüro, nein, er übernahm das Besorgen der Fahrkarte und duldete nicht, daß Elisabeth zahlte bis Wien, denn mit diesen Geschenken, überreichlichen, wollte er immer ausgleichen, was er für ihr Telefonieren verlangte, und auf dem Heimweg schimpfte er wieder auf den wahnwitzigen Verkehr, den Elisabeth nirgends entdeckte. Den Abend vor der Abreise verbrachten sie still miteinander, hörten wieder die Abendnachrichten, lasen abwechselnd Blätter aus der abonnierten Zeitung, die wieder von dem blutigen Eifersuchtsdrama »in auf und um« Millionärsjagdhaus berichtete, ohne ein einziges neues Detail. Eine Karte aus Marokko war noch immer nicht gekommen, und sie redeten ein wenig oder schwiegen nachdenklich, und diesmal war es Herr Matrei, der darauf bestand, daß sie früh schlafen ging. Im Zimmer, allein, hatte sie keine Lust, sich gehorsam hinzulegen, sondern kramte in ihren Sachen und fing an, ihre Koffer zu packen. Sie erschrak ein wenig, als ihr Vater klopfte und dann hereinkam, aber er sagte nichts, weil sie noch nicht im Bett lag, sondern gab ihr befangen ein Kuvert und küßte sie auf die Wange. Er sagte: Damit ich es nicht vergesse, es ist nur etwas für die Reise, und damit du zurecht kommst in Wien.

Elisabeth brachte kein Wort heraus, ihr fiel ein, es würden wieder tausend Schilling darin sein, damit sie, das Kind, auf dem Weg zurecht kam, und sie sagte, wie immer: Wie lieb von dir, damit sie ihn zum Lächeln brachte und er wieder wußte, wie nötig sie ihn hatte. Sie fühlte sich nicht schuldbewußt, als sie am nächsten Morgen mit ihrem Vater zum Bahnhof fuhr und Herr Matrei sich wieder umständlich vergewisserte, daß der Zug vom Bahnsteig I

wirklich abging und wirklich zur angegebenen Zeit, sondern kaufte, indem sie ihn vorausgehen ließ, am Kiosk Zeitungen, Zeitschriften und Zigaretten und schlenderte damit zum Bahnsteig, wo Herr Matrei sie streng erwartete,
da er prinzipiell auf frühes Dortsein bestand, und nun hatten sie leider noch eine halbe Stunde Zeit, standen neben
den Koffern und redeten, sie versprach, sofort zu schreiben, sie erwähnte, sie werde in Wien vielleicht vom Flugplatz aus Freunde anrufen, irgendwelche Freunde, die
Herr Matrei nicht kannte, sie beteuerte, daß ihr ein
Abendflug nach Paris lieber sei als ein Tagflug, daß es sie
überhaupt nicht mehr interessiere, etwas zu sehen von
Flugzeugen aus. Endlich kam der Zug, und sie stieg ein,
nachdem sie ihn umarmt hatte, und sie stellte sich ans Fenster, ja, ihr Vater war kleiner geworden und nur hier, wenn
er nicht zuhause war und nicht mit ihr auf einem Wald-
weg, hatte er wieder diesen kindlichen Blick, den greisen-
haften eines alten Mannes, den man zurückließ, allein ließ,
und Elisabeth, obwohl es nun zu spät war, wollte noch einmal aussteigen und ihm etwas sagen, doch was? was denn
nur? doch nicht, wie sehr sie fürchtete, als der Zug anfuhr,
ihn nie mehr wiederzusehen. Sie schrie, aber er hörte sie
vielleicht nicht mehr: Ich schreibe sofort, danke für alles,
ich schreibe! Sie lächelte und winkte und hoffte, der Zug
würde diesmal rascher hinausfahren als sonst, sie winkte,
als wäre sie nicht verzweifelt, eine strahlende Frau, seine
Tochter, ein Kind, Roberts Schwester, ein Mensch, der ab-
fuhr, reiste und immer weiter reiste.

In Wien auf dem Flughafen, nachdem sie mechanisch die
Formalitäten hinter sich gebracht hatte, ihre Koffer weg
waren, ging sie sofort durch die Paßkontrolle, weil gerade
niemand dort stand. Sie überlegte, ob sie ins Restaurant
hinaufgehen solle, entschied sich dann aber für das ödere
Café, einen riesigen Raum mit Plastiktischen, an denen er-
müdete Leute saßen, die warteten. Nachdem sie einen er-

sten Kaffee getrunken hatte, der eben leider kein Wiener Kaffee mehr war, blätterte sie in ihrem Adreßbuch. Vielleicht sollte sie die Altenwyls anrufen oder die Goldmanns, nein, da stimmte etwas nicht mehr mit den beiden, das war zu heikel, und sie blätterte und blätterte, die Jordans eventuell oder Martin oder Alex... Nein, es hatte überhaupt keinen Sinn, denn wahrscheinlich war niemand in der Stadt Ende Juli.

Ein Mann war jetzt schon zum zweiten oder dritten Mal an ihrem Tisch vorbeigekommen und wieder zurückgegangen, und da sie sich unwillkürlich umdrehte und ihn ansah, kehrte er wieder um und fragte höflich und ungeschickt: Verzeihen Sie, sind Sie Elisabeth Matrei? Da sie ihn ohne Antwort anstarrte, wiederholte er: Verzeihen Sie, Sie werden sich nicht mehr an mich erinnern.

Er war ein Mann ihres Alters, aber er kam ihr jünger vor, obwohl ihr sonst alle Männer älter vorkamen in diesem Alter und er sprach dieses harte Deutsch, das ihr vertraut war, nur fiel ihr einfach nicht ein, was ihr daran vertraut war, woher er sie kannte und ob sie ihn kannte. Sie machte vorsichtig eine Geste, er setzte sich, und in diesem Augenblick fiel es ihr ein, es mußte dieser Vetter von Trotta sein, dieser Branco, einer von denen, die in Jugoslawien geblieben waren, ein Sohn oder Enkel von Bauern oder Händlern, oder waren es Maronibrater gewesen? aus jenem Sipolje, das es nicht mehr gab, und da dieser Branco also dort kaum mehr leben konnte, fragte sie zögernd. Er lebte also in Ljubljana. Er bestellte auch einen Kaffee, und nun wußte sie nicht, worüber sie mit ihm reden sollte, denn von dem Tod seines Vetters mußte er längst alles wissen, es lag auch schon so weit zurück. Sie hörte unaufmerksam zu und hörte ihn noch einmal etwas mühsam sagen von Ljubljana und daß er ein Visum für Moskau habe und jetzt nach Moskau fliege. Dann sagte er, aber ohne Mühe und rasch, so daß sie erstaunt aufsah: Ich habe lange gewartet. Sehr lange. Aber Sie waren immer unter so vielen Menschen. Ich meine, Sie waren immer so beschäftigt, und es waren immer so viele Leute um Sie herum. Sie antwortete heiter: Ja? So viele Leute? Er setzte zusammenhanglos hinzu: Ich habe geheiratet vor einem Jahr, ja, da unten, und ich habe einen Sohn, er ist zwei Monate alt. Sie legte ihre Zigarette auf die Untertasse und sagte herzlich: Da freu ich mich aber sehr für Sie. Aber es kam ihr etwas seltsam vor, und sie sah ihn genauer an, er hatte schon ein paar weiße Haare an den Schläfen. Aber so spät, ich meine, Sie haben erst so spät geheiratet? Es sollte eine ganz gewöhnliche Frage sein und klang auch so. Ja, sagte er, und dann sah er ihr fest in die Augen: Sie waren immer unter so vielen Leuten. Ich habe Sie einmal in Wien gesehen und dann mit meinem Vetter getroffen in Paris, und Sie wissen sicher alles, aber dann habe ich nie mehr etwas von Ihnen gehört. Ich weiß nicht einmal, ob Sie etwas über mich und Franz Joseph wissen, wir waren nicht nur verwandt miteinander, es war etwas mehr, nur ich konnte nichts mehr tun, und wir sind zuhause geblieben.

Elisabeth sagte leise: Das war wohl besser, aber Sie sagen noch »zuhause«, dann gibt es das also noch. Der Mann sagte: Franz Joseph war in Paris nicht zuhause und dann zuletzt in Wien auch nicht, bestimmt nicht, denn er hat immer gerne paradoxe Dinge gesagt, am häufigsten, er sei exterritorial. Sie müssen nicht traurig sein, es war ihm nicht zu helfen. Er stand auf, denn sein Flug wurde aufgerufen, er hörte unschlüssig auf die Stimme, die über die Lautsprecher kam, es war kein Zweifel mehr, es wurden die Passagiere nach Moskau gebeten, und er wartete nicht, bis sie ihm die Hand gab, sondern sagte leise und rasch, im Gehen: Gott beschütze Sie. Sie schaute ihm nach, sie konnte daraufhin nicht gut »Auf Wiedersehen« sagen, und sie blieb verwirrt sitzen und sah zu spät, daß ihre Zigarette verascht vom Teller fiel und das Zigarettenende glühend auf den Plastiktisch, sie verbrannte sich die Finger, weil sie nicht wußte, wie sie anders die Zigarette löschen sollte auf diesem öffentlichen Tisch. In ihrem Kopf war eine solche Konfusion, weil sie nicht verstand, was er immerzu mit diesen vielen Leuten gemeint hatte und warum er das so oft wiederholt hatte. Ein anderer Flug wurde aufgerufen, wieder in drei Sprachen, und dann hörte sie erschrocken eine andere Stimme, wieder über den Lautsprecher, es war kein Aufruf, sondern eine höfliche monotone Mitteilung, daß der Flug nach Moskau aus technischen Schwierigkeiten sich voraussichtlich zwei Stunden verzögern werde, die Passagiere nach Moskau wurden gebeten... Als er zurückkam, war sie schon aufgestanden, weil sie sein Kommen im Rücken spürte, ehe sie die Schritte hörte, und sie wandte sich ihm zu, sie standen voreinander und sahen einander an. Er nahm behutsam, dann immer fester, ihre beiden dünnen überschlanken Hände in seine schweren Hände. Sie fingen beide manchmal zu lächeln an und sagten kein Wort. Sie fragte ihn nicht, warum er nach Moskau flog und was er dort zu suchen hatte, und er fragte sie nicht, ob sie noch in Paris lebte und was sie dort verloren hatte. Sie sahen einander nur in die Augen, und in ihrer beider Augen schwamm ein ganz helles Blau, und wenn sie nicht mehr lächelten, wurde es dunkler. Er sagte gottlob nicht mehr, daß sie immer unter so viel Leuten gewesen war, und sie vergaß auch alle die vielen Menschen in ihrem Leben, die Menschen auf diesem Flugplatz und in diesem trostlosen Buffet. Es lief nur die Zeit so rasch ab, rascher als je zuvor, und sie meinte plötzlich, ohnmächtig zu werden, und gleichzeitig fühlte sie, daß er, der soviel kräftiger war, blaß zu werden anfing und daß auch ihm schlecht wurde in dieser Hochspannung, in dieser Hingabe. In diesem Moment wurde der Flug nach Paris ausgerufen, und sie löste sanft, beinahe erlöst von einer unerträglichen Qual, ihre Hände aus den seinen. Sie ging weg wie jemand, der sich alles genau eingeprägt hatte, die Richtung bis zur Glastür, zu der sie mußte, sie hatte nichts als die gate number im Ohr, als wäre es sehr wichtig, sich darauf zu konzentrieren. Er kam ihr langsam nach bis zur Glastür, die sie trennen würde, und sie fürchtete, er wolle jetzt etwas sagen, aber er blieb nur stehen, zog einen kleinen Notizblock und einen Kugelschreiber heraus, riß ein Blatt ab und schrieb im Stehen etwas auf dieses kleine Blatt und faltete es zusammen. Sie fürchtete noch immer, es könne etwas zerstört werden, und sie sah ihn eindringlich an, er hatte ihr hoffentlich nicht seine Adresse in Ljubljana oder Moskau daraufgeschrieben, aber er sah sie ganz ruhig an, nicht mehr mit diesem Schmerz und dieser Blässe im Gesicht, und steckte ihr das gefaltete Blatt in die Manteltasche. Sie drehte sich um und ging durch die automatisch aufgehende Tür.

Sie las den Zettel nicht im Flugzeug, aber als sie in Orly vor dem Fließband auf die Koffer wartete und nach einem Taschentuch im Mantel suchte, zog sie das kleine Blatt mit heraus, sie öffnete es und las, betäubt und ohne zu begreifen:
Ich liebe Sie.
Ich habe Sie immer geliebt.
Sie hielt auch das Taschentuch in der Hand und wußte nicht mehr, warum sie danach gesucht hatte, ach ja, es zog wahrscheinlich und sie hätte beinahe niesen müssen, aber dann steckte sie den Zettel und das Taschentuch sofort zurück in die Manteltasche, denn sie sah, zu Tode erschrocken, Philippe auf sich zukommen, der zuerst energisch ihre Koffer nahm und sie auf einen Karren stellte und dann Elisabeth an sich zog und lange und heftig küßte, zwischen all den Leuten, die an ihnen vorübergingen, als wären sie allein, und seine Zunge war so tief in ihrem Mund, daß sie ihn zurückstieß, weil sie zu ersticken meinte. Sie sagte atemlos: Aber, ich bitte dich, das war doch nicht

nötig, warum bist du denn nach Orly gefahren, bloß weil ich zurückkomme! Philippe rollte den Karren mit den Koffern zum Ausgang, und sie lief daneben her und wiederholte sich: Ich verstehe absolut nicht, warum du nach Orly rast, wir hätten uns doch später in der Stadt... Philippe suchte ein Taxi, fand zufällig auch eins, und im Taxi küßte er sie noch einmal, mit dieser Gier, und sie wehrte sich nicht mehr. Dann begann er heftig zu reden: Jetzt sag mir bloß, was passiert ist, warum ich dir dieses Telegramm habe schicken müssen, ich bin ja halb verrückt geworden vor Sorge! Sie richtete sich auf und sagte verblüfft: Was du nicht sagst? es ist doch ganz einfach, ich habe mich schrecklich gelangweilt, und das war doch vorauszusehen, daß man sich langweilt auf dem Land, nur deswegen habe ich dich darum gebeten.

Aber da Philippe nicht dumm war, denn das war er wirklich nicht, sah er sie mißtrauisch an und insistierte: Es ist aber etwas passiert. So mach mir doch nichts vor.

Sie schaute aus dem Fenster und antwortete nicht, sie tat, als interessierte sie sich angelegentlich für diese nächtliche Straße mit den vielen Autos und Neonlichtern.

Philippe sagte: Schon wie du dich benimmst, daran merke ich doch alles.

Da wieder keine Antwort kam, fand er es bedenklich, und so fing er wenigstens an, von dem Film zu reden, denn er hatte doch den Wunsch, darüber zu reden, und schließlich ließ er sich nicht alles von einer Laune Elisabeths kaputtmachen, aber an einem Rotlicht, als er so ziemlich alle Neuigkeiten bis ins Detail erzählt hatte, sagte er wieder: Es ist doch etwas passiert.

Sie sagte laut und abweisend: Ach du meine Güte, erstens passiert fast nie etwas, und wenn schon, dann ist doch für dich eine ganze Menge passiert, das freut mich sehr, sehr, nur – sie hielt einen Moment inne – nur die wirklichen Dinge, die geschehen gar nie oder zu spät.

Hast du dich verliebt in einen Tiroler? fragte Philippe, denn jetzt redete sie wenigstens, aber sie dachte angewidert an Jean Pierre, der ihr einmal etwas vorgejammert hatte von einer »tyrolienne«, die gar keine war, und dann dachte sie traurig an Duvalier, der so oft stolz und amüsiert gesagt hatte: Das ist meine kleine begabte tyrolienne! Zu Philippe sagte sie: Nein, überhaupt nicht, leider, mon chéri, nicht einmal in einen Tiroler. Und lässig fügte sie hinzu, um wieder in den alltäglichen Ton mit ihm hineinzufinden: Nur, ich weiß nicht, wie ich es dir sagen soll, und gleich in der ersten Stunde, ich glaube, ich werde furchtbar viel Arbeit haben in der nächsten Zeit, du weißt doch, wie das ist, bitte nicht so enttäuscht aussehen, bitte nicht so!

Philippe sagte zärtlich: Nein, ma chérie, ich war doch nur so besorgt, deswegen habe ich auch so oft angerufen, denn ich habe mich jeden Abend miserabel gefühlt ohne dich, ohne deinen Rat, ich habe dich noch nie so gebraucht wie in diesen letzten Tagen. (Elisabeth dachte mild, nun übertreibe er doch sehr, denn es war ja nicht das erste Mal, daß er sie, wie noch nie zuvor, gebraucht hatte.) Dich anzulügen, das käme mir dermaßen schäbig vor, ich glaube, ich habe eine Riesendummheit gemacht, und ich muß es dir gleich jetzt sagen, nur am Telefon, da konnte ich nicht anfangen damit, weil ich merkte wie glücklich du warst in deinem herrlichen Landleben dort. Es ist wegen Lou.

Elisabeth, die sich jetzt wirklich wieder in Paris fühlte, schon einige Straßen erkannte und also auf einem sicheren Weg war zu ihrer Wohnung, sagte zerstreut und mitfühlend: Geht es ihr schlecht, ist sie krank, ist sie in Schwierigkeiten?

Nein, das nicht, sagte Philippe, es ist nur so idiotisch, denn man kann ihr nichts begreiflich machen, zuerst tun diese Mädchen so modern und frei, als wären sie vollkommen erhaben über bourgeoise Vorstellungen, und dann wollen sie eben doch geheiratet werden und schicken einem, wie in einer Schmierenkomödie aus dem vorigen Jahrhundert, den Vater auf den Hals, der alte Marchand, verzeih, ich meine Claude, er ist zu mir gestürmt wie der Rächer der Ehre seiner Tochter, du kennst ihn doch, ich meine, du kennst ihn besser als ich. (Einen Moment lang sahen Elisabeth und Philippe einander an wie Komplizen, aber nur einen unfeststellbaren Moment lang, da jeder wußte, was der andere bei dem Namen Marchand dachte.) Ich kann mir nur denken, daß alle Männer eben leider wieder altmodisch werden, wenn es um ihre Töchter geht! Elisabeth unterbrach ihn: Also was ist mit Lou? Philippe sagte einfach: Sie ist schwanger. Marchand haßt mich doch, und ich wollte natürlich vor diesem stinkreichen Kapitalisten nicht wie ein Idiot dastehen, ich habe ihm gesagt, daß ich nicht daran denke, mich einer Verantwortung zu entziehen, da ich immerhin, und obwohl ich nichts habe . . .

Das Wort »Verantwortung« hatte Elisabeth noch nie von ihm gehört, und sie hoffte, er würde ihr Lächeln im Halbdunkel des Taxis nicht bemerken. Sie sagte: Chéri, einer so großen Verantwortung kann man sich einfach nicht entziehen, weißt du, ich wollte dir ja nie mit Belehrungen kommen, aber da du selber davon sprichst, kann ich nur sagen, daß ich das alles vorausgesehen habe, und wegen uns, du weißt doch, es war eine so schöne Zeit, die wir miteinander gehabt haben, zumindest für mich, und ich bin dir unendlich dankbar dafür, aber einer Verantwortung im Weg stehen, mon chou, das ist mir nie in den Sinn gekommen.

Er hatte also seinen Abgang und einen sehr guten obendrein, verbunden mit dem Eintritt in eine Welt, die er aufrichtig gehaßt hatte, auch noch lange nach seinem Mairausch, auch noch in der Zeit, in der Elisabeth ihn herausgezogen hatte aus seinen Depressionen, aus dem Trinken, den immer sinnloser werdenden Diskussionen und Wutausbrüchen, die bald nicht mehr dem Regime, dem Kapitalismus und Imperialismus galten, sondern schon seinen Genossen, die in viele Splittergruppen zerfielen und einander bekämpften. Trotz all ihrer Torheiten hatte sie immer eine glückliche Hand gehabt und immer die besten Gestrandeten aufgelesen. Philippe war einmal zu ihr gekommen nach dem Ende der Mairevolution und wollte etwas von ihr, er hatte sich ziemlich arrogant aufgeführt, denn für ihn war sie eines dieser verabscheuenswerten Luxusgeschöpfe, nicht gerade eine Kapitalistin, aber doch eine Kapitalistenhure. Nach und nach hatte sich das geändert, er kam immer öfter zu ihr, redete stundenlang mit ihr, schleppte ihr haufenweise junge Leute an, die unendlich viel zu essen und zu trinken brauchten und sie kaum zum Arbeiten kommen ließen, und eines Tages fing er an, ein wenig über sie nachzudenken, und wunderte sich. Mit ihm ins Bett wollte sie auch nicht, vielleicht tat sie das nur mit einem Marchand, der ihr teure Kleider kaufen konnte, aber dann kam er dahinter, daß ihr kein Mann Kleider kaufte, daß ihr vielleicht noch nie einer eines gekauft hatte und daß sie zwar Geld verdiente, aber arbeitete dafür. Eines Tages bildete er sich ein, verliebt zu sein oder jedenfalls nicht mehr ohne sie sein zu können, und nachdem er ihr das erklärt hatte, sagte sie mehrmals lachend nein, aber eines Tages gab sie ihren Widerstand auf, und sie lebten miteinander.

Jetzt, in diesem Taxi, das so verdammt lange brauchte, beobachtete er sie andauernd und angstvoll, nein, sie sah nicht totenblaß aus, doch sie war ja fast immer braun, weil sie auch im Winter in Länder fuhr, in denen es heiß war, aber sie fing auch nicht an zu weinen, sie warf sich nicht an seinen Hals und fing nicht an, ihn mit Beschuldigungen zu vernichten. Es war ihm unklar, wie er sich benehmen sollte, denn sie war einfach taktlos, herzlos, da er wirklich das Bedürfnis hatte, über Lou und die blödsinnige Entwicklung in diesen letzten Tagen zu sprechen. Denn es fiel ihm doch nicht leicht, diese Lou einfach zu heiraten, und einen Rat hätte er unbedingt gebraucht. Aber sie lächelte bloß, während er auf eine dramatische Szene vorbereitet war, denn mit einer Frau, die älter war, mußte man ja auf alles gefaßt sein, er hatte sich deswegen auch mit einem Freund beraten, dem letzten, der ihm geblieben war aus der Zeit der Sorbonne-Schlachten, denn er wollte wirklich nicht, daß Elisabeth seinetwegen zusammenbrach, wegen Lou womöglich Selbstmord beging, er war jedenfalls nicht ein Claude Marchand oder eine dieser Kreaturen, mit denen sie es bisher zu tun gehabt hatte, er gab sich wenigstens zu, daß er sie oft genug angelogen und auch mißbraucht hatte. Aber wahrscheinlich war der armen Elisabeth die ganze veränderte Situation noch nicht zum Bewußtsein gekommen, und erst zuhause oder erst morgen oder übermorgen würde dann der Zusammenbruch kommen, das sah er genau voraus. Natürlich hatte sie eine großartige Beherrschung und diese Allure, aber andernfalls hätte er sich doch nie mit ihr eingelassen. Wegen des Geldes, sagte Philippe, es ist sicher nicht der richtige Moment, aber ich will, daß du weißt, daß ich weiß, wieviel ich dir schulde und wie dankbar ich dir bin. Ich glaube, ich kann jetzt sehr bald, wenn der Film . . .

Wie bitte? fragte Elisabeth abwesend. Aber das ist doch absurd, ich weiß nicht, warum du es so eilig hast, ich bin doch nicht am Verhungern, sondern habe sogar ziemlich viel Geld verdient in den letzten Monaten. Nein, Geld, weißt du, mach dir keine Sorgen, ich habe soviel Glück gehabt, immer wieder, und welche Rolle könnte Geld zwischen uns überhaupt spielen? Ich verstehe dich wirklich nicht.

Philippe dachte verzweifelt: Ah, jetzt wird es ihr bewußt, jetzt kommt gleich der Zusammenbruch. Denn Marchand hatte wirklich Geld, und Elisabeth arbeitete nur und verdiente damit Geld.

Sie stiegen aus, sie zahlte, ließ sich aber gerne von Philippe die Koffer hinauftragen. Sie hatte nie Koffer tragen mögen, aber heute war sie tatsächlich zu schwach dazu. In der Wohnung wurde die Situation wirklich peinlich, weil Elisabeth den Faden vollkommen verloren hatte. Sie begann sinnlos: Falls du mit Marchand nicht zurecht kommst, der sich natürlich für seinen Engel eine andere Partie vorgestellt hat – Philippe fiel ihr ungeduldig ins Wort: Du weißt so wenig wie er, daß Lou kein Engel ist, außerdem ist sie süchtig, und ich mag keine süchtige Frau heiraten, vor allem einmal muß sie gesund werden und weg aus dieser Clique, in der sie lebt.

Elisabeth sagte vernünftig: Daß du heiratest, das ist doch bereits abgemacht, es war doch nicht meine Idee.

Philippe stand unglücklich in dem Zimmer herum, in dem er sooft gesessen und selbstverständlich herumgegangen war. Elisabeth sagte: Verzeih, ich will nur die Post überfliegen, und sie riß rasch einige Briefe auf. Philippe, der ihr zuerst nur konsterniert zugesehen hatte, setzte sich neben sie und küßte ihre Hand, er fragte: Bist du böse, bist du traurig?

Sie sah ihn erstaunt an: Sehe ich böse aus, sehe ich traurig aus? Todmüde gewiß, das ja. Aber das ist doch natürlich nach einem langweiligen Aufenthalt in Österreich und einer Hochzeit in London und ähnlichen Vergnügungen.

Sie schob immer mehr Briefe und Drucksachen weg und suchte nur noch die Telegramme heraus. Das erste Telegramm war für sie völlig unverständlich. Es fing mit »merde« an, und hörte mit Zärtlichkeiten auf, unterschrieben von André. Aber André schickte keine Telegramme ohne präzise Inhalte. Das zweite Telegramm war uninteressant, das dritte ging über drei Seiten und war wieder von André, es mußte also vorher aufgegeben worden sein, denn zwischen stop und stop und stop stand etwas von Kemp und ulcer, also Magengeschwür. Nun ja, schließlich wußten sie alle, daß Kemp schon lange eine komplizierte Magengeschichte hatte, und das mußte man ihr nicht telegrafisch mitteilen. Aber nach noch einmal stop begriff sie, daß Kemp operiert werden müsse und also nicht fahren könne, und nachdem sie die zweite Hälfte des Telegramms noch einmal gelesen hatte, ging ihr endlich auf, daß André sie bat, an Stelle von Kemp, nach Saigon zu fliegen. Es war das längste Telegramm, das sie je bekommen hatte, aber die scheuten ja keine Kosten in der Redaktion, wenn es um eine Berichterstattung von Qualität ging.

Da Elisabeth unnatürlich lang dieses Telegramm studierte, es dann auf den Tisch legte, aber noch immer anstarrte, fragte Philippe, dem jede Minute in dieser Wohnung elender wurde, ob es eine wichtige Nachricht sei, und sie sah ihn erleichtert an und sagte, etwas froher: Ja, ich glaube ja. Sei lieb, geh bitte in die Küche und hol uns etwas Eis und mach uns zwei drinks, denn wir müssen ja auf alles Mögliche trinken. Auf so viele Veränderungen! Nie hatte sie Philippe so rücksichtsvoll oder eingeschüchtert gesehen, auch so jung nie, und sie war ein wenig traurig, weil er nicht mehr der unleidliche anmaßende selbstbewußte gescheiterte Rebell von vor zwei Jahren war, sondern nicht anders aussah als ein beliebiger junger Mann, ein unsicherer Liebhaber, der sich heute hüten würde, sie auch nur einmal zu verärgern. Philippe stellte die Gläser auf den Tisch und schenkte ein, er tat alles wie sonst, und sie lächelten und tranken einander zu.

Ist es etwas Schönes oder wenigstens nichts Schlimmes? fragte Philippe. Sie sagte: Schön oder schlimm, das sind nicht die richtigen Worte dafür. Aber ich möchte mit dir doch noch einmal ein Glas trinken. Philippe dachte offenbar immer noch, daß sie zusammenbrechen könne, daß er bei ihr bleiben müsse diese Nacht und keine Gelegenheit mehr finden würde, heute abend Lou anzurufen. Er war heute trotzdem zu allem bereit, denn er hatte eine Verantwortung, sogar Elisabeth gegenüber. Sie schob ihm beiläufig das Telegramm hin und sagte: Lies es, es ist besser, wenn du weißt, was darin steht. Er las es auch zweimal, während er ein paar Schlucke trank, und eine Weile blieb er stumm. Er stellte sein Glas auf den Tisch und sagte: André muß wahnsinnig sein, das kommt nicht in Frage, du gehst nicht, ich verbiete es dir.

Sie schaute ihn genau an, in einer grenzenlosen Verwunderung, denn was ging ihn das noch an, und er hatte doch jetzt eine so große Verantwortung, doch sie betraf Lou, aber nicht sie. Nur konnte sie ihm das alles nicht mehr sagen, weil sie zu müde war, und sie sagte nur nachgiebig: Ich kann dir nur versprechen, daß ich André heute nicht mehr anrufe, ich werde ihn bis morgen früh schmachten lassen, aber dann fahre ich. Ich weiß genau, daß ich fahren werde, ich brauche keinen Entschluß zu fassen, ich weiß es schon. Und jetzt geh du bitte. Ja?

Sie küßte ihn nicht, und ließ sich nicht von ihm küssen, sie wich ihm aus, erst vor der Tür küßte sie ihn flüchtig auf eine Wange und legte die Arme einen Augenblick um ihn. Philippe sagte aufgebracht, hilflos und wütend: Du darfst nicht gehen, niemals, das darfst du nicht tun!

Aber sein Satz hatte nichts mit dem Satz Trottas zu tun, seine Stimme hatte nichts von der Stimme Trottas, die sie seit fast zwanzig Jahren im Ohr hatte, und sie glaubte nur mehr ihrer Stimme und auch den ganz anderen Stimmen ihrer Trottas, die sich diesmal nicht gegen sie richteten. Philippe stand noch immer an der Tür, mit einem bösen aggressiven Gesicht, und so liebte sie ihn wieder einen Augenblick lang, und er schrie beinahe: Dieser Hanswurst ist völlig verrückt, wie kann man nur eine Frau dahin schikken, er wird doch noch ein paar Männer in der Reserve haben, diese Canaille.

Sie mußte lächeln und schob ihn aus der Tür, sie versprach ihm noch, ihn am nächsten Tag anzurufen.

Elisabeth, die früher nie das geringste Mitleid mit Philippe gehabt hatte, überkam ein so großes Mitleid mit ihm, und

während sie sich auszog, schon zu müde, um sich abzu-
schminken, dachte sie, es sei also alles gut ausgegangen,
gut zwischen ihnen beiden, er war in Sicherheit. Nur, wo
war der Mai geblieben? Sie trank noch ihr Glas aus und
warf sich auf das Bett. Sie mußte sofort eingeschlafen sein,
als ein erster Traum sie aus ihrem Schlaf sprengte, und sie
streckte die Hand nach dem Telefon aus, murmelte: Hallo!
Es konnte nur André gewesen sein, aber sie hatte sofort
wieder eingehängt und griff nur nach dem kleinen ver-
knüllten Zettel, den sie unter ihr Kopfpolster schob, ehe sie
einschlief, schon am Schlafrand getroffen von einem
Traum, und sich an den Kopf griff und an ihr Herz, weil
sie nicht wußte, woher das viele Blut kam. Sie dachte trotzdem noch: Es ist nichts, es ist nichts, es kann mir doch gar
nichts mehr geschehen. Es kann mir etwas geschehen, aber
es muß mir nichts geschehen.

Anmerkungen

SIMULTAN   S. 7
Erstveröffentlichung in: HF-Aufnahme des NDR Hannover vom 7. Oktober
1968.
Erstdruck in: Neue Rundschau, Berlin/Frankfurt/M., Jg. 81, 1970, Heft 3.
S. 448–469.
Der Textgestalt liegt zugrunde:
Simultan, München 1972.

PROBLEME PROBLEME   S. 41
Der Textgestalt liegt zugrunde:
Simultan, München 1972.

IHR GLÜCKLICHEN AUGEN   S. 77
Erstveröffentlichung in: HF-Aufnahme des NDR Hannover vom 7. November
1969.
Erstdruck in: Merkur. Deutsche Zeitschrift für europäisches Denken. Stuttgart,
Jg. 25, Heft 7, Juli 1971. S. 661–673.
Der Textgestalt liegt zugrunde:
Simultan, München 1972.
Die Erzählung ist eine Hommage auf Georg Groddecks Abhandlung: »Vom Se-
hen, von der Welt des Auges und vom Sehen ohne Augen.«

DAS GEBELL   S. 97
Erstveröffentlichung in: Süddeutsche Zeitung. München, Jg. 28, Nr. 109 vom
13./14. Mai 1972.
Der Textgestalt liegt zugrunde:
Simultan, München 1972.

DREI WEGE ZUM SEE   S. 119
Der Textgestalt liegt zugrunde:
Simultan, München 1972.

PIPER

Die »Todesarten«, das große
Prosaprojekt Ingeborg Bach-
manns, von dem sie zu Leb-
zeiten nur den Roman »Malina« und die »Simultan«-Erzäh-
lungen publizieren konnte, gehört zu jenen seltenen Werken
der Literatur, um die sich schon sehr früh Mythen gebildet
haben. Die wissenschaftliche Rekonstruktion dieses monu-
mentalen Werkes in einer historisch-kritischen Ausgabe ist
eine editorische Großtat und ein literarisches Ereignis ersten
Ranges. Erst jetzt ist es möglich, die Dimensionen und die
Bedeutung des Prosaschaffens von Ingeborg Bachmann in
seinem ganzen Umfang zu erkennen.

Ingeborg Bachmann »Todesarten«-Projekt

Kritische Ausgabe. Unter Leitung von Robert Pichl
herausgegeben von Monika Albrecht und Dirk Göttsche.
5 Bände in Kassette. 2862 Seiten. Halbleinen

SERIE PIPER

Ingeborg Bachmann

»Hinter jeder Zeile, die sie geschrieben hat, steht ein Mensch, nicht viel stärker oder schwächer als der Leser selbst. Ingeborg Bachmann hat nach Musil, Schnitzler und Hofmannsthal ganz neue Dimensionen ausgelotet.«

Hellmuth Jaesrich

Anrufung des Großen Bären
Gedichte. 79 Seiten. SP 307

Die Fähre
Erzählungen. 98 Seiten. SP 1182

Der Fall Franza / Requiem für Fanny Goldman
192 Seiten. SP 1121

Die Hörspiele
Ein Geschäft mit Träumen · Die Zikaden · Der gute Gott von Manhattan. 160 Seiten. SP 139

Liebe: Dunkler Erdteil
Gedichte aus den Jahren 1942–1967. 61 Seiten. SP 330

Mein erstgeborenes Land
Gedichte und Prosa aus Italien. Hrsg. von Gloria Keetman. 160 Seiten. SP 1354

Sämtliche Erzählungen
486 Seiten. SP 2218

Simultan
Erzählungen. 211 Seiten. SP 1296

Vor den Linien der Wirklichkeit
Radioessays. 120 Seiten. SP 1747

Wir müssen wahre Sätze finden
Gespräche und Interviews. Hrsg. von Christine Koschel und Inge von Weidenbaum. 166 Seiten. SP 1105

Werke
Erster Band: Gedichte · Hörspiele · Libretti · Übersetzungen. Zweiter Band: Erzählungen. Dritter Band: Todesarten: Malina und unvollendete Romane. Vierter Band: Essays · Reden · Vermischte Schriften · Anhang. Hrsg. v. Christine Koschel, Inge von Weidenbaum, Clemens Münster. In Kassette. Zus. 2297 Seiten. SP 1700

Kein objektives Urteil – nur ein lebendiges
Texte zum Werk von Ingeborg Bachmann. Hrsg. von Christine Koschel und Inge von Weidenbaum. 665 Seiten. SP 792

Ingeborg Bachmann

»Hinter jeder Zeile, die sie geschrieben hat, steht ein Mensch, nicht viel stärker oder schwächer als der Leser selbst. Ingeborg Bachmann hat nach Musil, Schnitzler und Hofmannsthal ganz neue Dimensionen ausgelotet.«

Hellmuth Jaesrich

Anrufung des Großen Bären
Gedichte. 79 Seiten. SP 307

Das Dreissigste Jahr
Erzählungen. 192 Seiten. SP 1509

Die Fähre
Erzählungen. 98 Seiten. SP 1182

Der Fall Franza / Requiem für Fanny Goldman
192 Seiten. SP 1121

Frankfurter Vorlesungen
Probleme zeitgenössischer Dichtung. 105 Seiten. SP 205

Gedichte, Erzählungen, Hörspiele, Essays
357 Seiten. SP 2411

Die gestundete Zeit
Gedichte. 63 Seiten. SP 306

Die Hörspiele
Ein Geschäft mit Träumen · Die Zikaden · Der gute Gott von Manhattan. 160 Seiten. SP 139

Liebe: Dunkler Erdteil
Gedichte aus den Jahren 1942–1967. 61 Seiten. SP 330

Mein erstgeborenes Land
Gedichte und Prosa aus Italien. Hrsg. von Gloria Keetman. 160 Seiten. SP 1354

Sämtliche Erzählungen
486 Seiten. SP 2218

Simultan
Erzählungen. 211 Seiten. SP 1296

Vor den Linien der Wirklichkeit
Radioessays. 120 Seiten. SP 1747

Wir müssen wahre Sätze finden
Gespräche und Interviews. Hrsg. von Christine Koschel und Inge von Weidenbaum. 166 Seiten. SP 1105

Werke
Erster Band: Gedichte · Hörspiele · Libretti · Übersetzungen. Zweiter Band: Erzählungen. Dritter Band: Todesarten: Malina und unvollendete Romane. Vierter Band: Essays · Reden · Vermischte Schriften · Anhang. Hrsg. v. Christine Koschel, Inge von Weidenbaum, Clemens Münster. In Kassette. Zus. 2297 Seiten. SP 1700

SERIE PIPER

SERIE PIPER

Birgitta Arens

Katzengold

Roman. 224 Seiten. SP 2421

Wie die Mächenprinzessin Sheherazade und die Florentiner Adelsgesellschaft des »Decamerone« Geschichten erzählen auf Leben und Tod, so tun dies auch ihre späten Nachfahren: Großmutter und Enkelin aus einem kleinen Dorf im Westfälischen. Während jene noch ihre Märchen und Novellen im Wettlauf mit dem Tod vortragen, ist dieser hier von Beginn an entschieden: Großmutter stirbt – doch mit ihr nicht die Erinnerung an ehedem, nicht die Lust der Enkelin, ihre Kindheit fabulierend an sich vorbeiziehen zu lassen. Erzählt wird von einer zukurzgekommenen Elterngeneration auf der angestrengten Jagd nach Glück. Von Papa, dem Aufsteiger ohne erlernten Beruf, von Mama, die nicht vergißt, wo sie herkommt, und stets das kleinere Übel vorzieht. Erzählt wird von der richtigen Liebe und falschen Freunden – und immer wieder vom Glück.

»Katzengold« ist eine autobiographische Fantasie, eine kunterbunte Familienchronik, ein spielerischer Roman. Birgitta Arens fügt in ihrem Roman Geschichten, Anekdoten und Erinnerungsfetzen zu einem Mosaik, das sich im Spiegelkabinett der Imagination bricht. Kolportage mischt sich mit Märchen und Mythos, die Litanei mit dem Lied, die Tragödie mit Slapstickelementen. Zeiten und Perspektiven wirbeln in bunter Folge durcheinander, Selbstreflexion verschmilzt mit Traumvisionen. »Katzengold« kommt lustig und traurig daher, witzig, trivial und elegisch, literarisch meisterlich und unterhaltend zugleich – ein humorvoller, intelligenter Roman.

»Indem sie scheinbar private Lebensaugenblicke erzählt, schreibt Birgitta Arens auch eine Geschichte der Bundesrepublik Deutschland und des gar nicht so wunderbaren Lebens der Menschen im Wirtschaftswunderland.«
Die Zeit

Sten Nadolny

Die Entdeckung der Langsamkeit
Roman. 359 Seiten. SP 700

»Dieses Buch kommt, scheint's zur richtigen Zeit. Nadolnys heute ganz ungewöhnliche ruhige Gegenposition im gehetzten Betrieb der Politiker und Literaten hat etwas Haltgebendes und unangestrengt Humanes.«
Der Tagesspiegel

Netzkarte
Roman. 164 Seiten. SP 1370

»So unterschiedlich die Hauptdarsteller in seinen Büchern auch sind, eines verbindet sie: der besondere Blick auf das kleine Abenteuer und das große Erleben... Das Staunenkönnen zeichnet Sten Nadolnys Helden wie ihn selber aus, und er lehrt es seinen Lesern neu.«
FAZmagazin

Ein Gott der Frechheit
Roman. 288 Seiten. SP 2273

»...Jenseits der tradierten Heldengeschichten vom Götterboten Hermes spinnt Nadolny seine Handlungsfäden zu einer amüsanten göttlichen Komödie unserer neunziger Jahre weiter. Mit Hermes begreifen wir die politischen Veränderungen in Osteuropa ganz anders. Es ist der Blick des Fremden, der uns unsere unmittelbare deutsche Gegenwart mit neuen Augen sehen läßt.«
Focus

Selim oder Die Gabe der Rede
Roman. 502 Seiten. SP 730

Das Erzählen und die guten Absichten
Münchner Poetikvorlesungen im Sommer 1990, eingeleitet von Wolfgang Frühwald.
136 Seiten. SP 1319

Neben den intuitiv-schöpferischen Kräften, die dem romantischen Bild des Dichters entsprechen, interessiert ihn ganz besonders die Rolle der bewußten, logisch begründbaren Erzählziele. Dementsprechend zieht er sich bei seiner Abwehr »guter Absichten« nicht hinter die unangreifbare Forderung nach schöpferischer Souveränität zurück.

SERIE PIPER

SERIE PIPER

Janet Frame

Ein Engel an meiner Tafel
Der Gesandte aus der Spiegelstadt

Die vollständige Autobiographie in einem Band. Aus dem Englischen von Lilian Faschinger.
592 Seiten. SP 2281

Der Band vereint alle drei Teile von Janet Frames Autobiographie: Die ersten beiden Teile – »Zu den Inseln« und »Ein Engel an meiner Tafel« – erzählen von ihrer Kindheit und Jugend, ihren Studienjahren, die keine Zeit der Freiheit, sondern bedrückende Einsamkeit waren. Nach einem Selbstmordversuch wird die sensible Frau in eine Nervenklinik eingeliefert. Erst als ihr erstes Buch einen Literaturpreis erhält, kann sie ins Leben zurückkehren. Im dritten Teil – »Der Gesandte aus der Spiegelstadt« – schildert Janet Frame, wie sie nach dem Alptraum der Psychiatrie eine Reise nach Europa unternimmt, wo sie die künstlerische Avantgarde der fünfziger Jahre kennenlernt und zum erstenmal eine Begegnung mit der Liebe hat. Befreit vom Stigma der Schizophrenie, bleibt sie jedoch immer der »Spiegelstadt« nahe, der Welt der Vorstellung, die sie vom »wirklichen Leben« trennt.

»Mit steigender Unruhe liest man dieses Buch, in dem sich scheinbare Nebensächlichkeiten zu der einen großen Katastrophe summieren. Und man erkennt, daß die Nebensächlichkeiten, die kleinen Verletzungen, von denen die Autorin mit einem gespenstischen Gleichmut erzählt, zur völligen Abgeschlossenheit von einer Umwelt führen, in der Janet nur noch bis zu einer gewissen Grenze funktionieren kann.«
Deutsches Allgemeines Sonntagsblatt

Gesichter im Wasser

Roman. Aus dem Englischen von Kyra Stromberg und Monika Schlitzer. 292 Seiten. SP 2330

Istina Mavet, eine psychisch labile junge Lehrerin aus Neuseeland, erleidet einen Nervenzusammenbruch. In eine psychiatrische Klinik eingeliefert, wird sie mit Elektroschocks behandelt. Man diagnostiziert bei ihr Schizophrenie. Mitten im 20. Jahrhundert erlebt sie die Psychiatrie als Folterkammer.

Roswitha Quadflieg

Die Braut im Park
Roman eines Lebens. 225 Seiten.
SP 2396

»Wenn du siebzig wirst, ziehst du ein weißes Kleid an, gibst ein großes Fest auf Skansen, und ich komme zurück und heirate dich.« Damals, auf dem Bahnhof in Stockholm, hatte Gerda von Croneborg, dreißig, Mutter einer vierjährigen Tochter und gerade geschieden, lachend der absurden Idee ihres Liebhabers Per zugestimmt. Heute, nach vierzig Jahren, hat sie mit ihrem letzten Geld ihr Versprechen eingelöst, und alle waren gekommen: ihre Tochter Selma mit den beiden Kindern, ihr ältester Bruder Knut mit seiner Frau Johanna, ihr Lieblingsneffe Nils. Nur einer nicht: Per, für den sie sich geschmückt hatte wie eine Braut. Nun sitzt sie draußen im Park, in der Kälte und Finsternis, eine alte gebrechliche Frau, und beginnt den Bilderteppich ihres Lebens Schicht um Schicht freizulegen. Knapp und lakonisch, dabei zugleich fesselnd und eigenwillig zieht Roswitha Quadflieg die Bilanz eines Lebens und öffnet den Blick auf die Dinge, wie sie wirklich waren.

Bis dann
Roman. 185 Seiten.
SP 2395

»Roswitha Quadflieg hat das klassische Genre des sentimentalen Briefromans meisterhaft in eine Gegenwart übertragen, der Jugend alles und Alter nichts als Abstieg und Schmach bedeuten. Daß echte Liebe in mancherlei Gestalt daherkommt und die Tiefe der Gefühle an kein Alter gebunden ist, zeigt sich in diesem Roman. Es ist die Stimme des alten Mannes, die uns an der Schwelle des Todes den Wert des Lebens vor Augen führt.«
Brigitte

Straßen aus Staub
Roman. Aus dem Italienischen von Maja Pflug. 304 Seiten.
SP 2564

Ein altes Haus im Piemont Ende des achtzehnten Jahrhunderts. Es gehört dem Gran Masten Giuseppe, einem »particulare«, einem Landbesitzer. Das Haus wird neu gestrichen, ist hell und voller Erwartung, als er Maria zu sich holt. Beklemmende Stille und neues Leben, tiefe Trauer und kindliche Freude geben sich die Hand im Wechsel der Zeiten und Schicksale.

SERIE

PIPER

SERIE PIPER

Agota Kristof

Das große Heft
Roman. Aus dem Französischen
von Eva Moldenhauer.
163 Seiten. SP 779

Agota Kristof protokolliert in ihrem ersten Roman eine Kindheit, die nichts Idyllisches hat. Die Zwillingsbrüder werden zur Großmutter aufs Land geschickt, sie betteln, hungern, schlachten, stehlen, töten, sie stellen sich taub, blind, bewegungslos – sie haben gelernt, was sie zum Überleben brauchen.

»Agota Kristofs Romane beschreiben das Leiden, den Krieg, den Tod, beschreiben Verbrechen und sexuelle Perversionen, doch sie handeln ganz ausschließlich von der Liebe. Im reinsten, ja zartesten Sinn handeln sie von der Liebe.«
Süddeutsche Zeitung

»Agota Kristof erzählt zwingend. Sie läßt nicht zu, daß man ihr nur die halbe Aufmerksamkeit schenkt. Sie kennt kein Ausruhen. Kaum kann man das aushalten, die knappe Schärfe ihrer Beschreibungen, diese Kälte. Ist das nicht Lakonie oder Bitterkeit? Weshalb quält Agota Kristof uns doppelt, indem sie Kinder für ihre Geschichte mißbraucht?«
Frankfurter Rundschau

Der Beweis
Roman. Aus dem Französischen
von Erika Tophoven-Schöningh.
186 Seiten. SP 1497

»Der Beweis« knüpft unmittelbar an »Das große Heft« an. In ihrer unvergleichlich kargen Sprache erzählt Agota Kristof vom Prozeß einer seelischen Zerstörung. Gefangen in der Erinnerung an seinen verschwundenen Zwillingsbruder gerät Lucas in den Song einer Besessenheit.

Die dritte Lüge
Roman. Aus dem Französischen
von Erika Tophoven.
165 Seiten. SP 2287

Mit dem letzten Band ihrer Romantrilogie zeigt Agota Kristof noch einmal, wie fragil das Gebäude der Erinnerung ist: Die Schrecken des Krieges und die bleiernen Jahre des totalitären Regimes liegen weit zurück. Lucas T. kehrt in die Stadt seiner Kindheit zurück – auf der Suche nach seinem Bruder, seinem Alter ego.

»So kalt ums Herz, so heiß ums Herz ist es mir beim Bücherlesen schon lang nicht mehr geworden.«
Süddeutsche Zeitung

Javier Marías

Der Gefühlsmensch

Roman. Mit einem Nachwort
des Autors. Aus dem Spanischen
von Elke Wehr. 178 Seiten.
SP 2459

Der Icherzähler, ein berühmter Operntenor, erinnert sich an Ereignisse, die vier Jahre zurückliegen und von denen er nicht mehr sicher ist, ob er sie erlebt oder geträumt hat. Er war während einer Zugfahrt drei Personen begegnet: der schönen, melancholischen, jungen Natalia und ihrem despotischen Ehemann, einem belgischen Bankier, nebst dem geheimnisvollen Begleiter Dato. Bald darauf trifft er das seltsame und eindrucksvolle Trio wieder in einem Madrider Hotel. Während der Sänger die Rolle des Cassio in Verdis »Otello« einstudiert, entsteht eine Beziehung zu Natalia. Doch sie ist immer in Begleitung von Dato, der ganz offensichtlich die Aufgabe hat, seine unglückliche Herrin zu zerstreuen, während der Gatte seinen Geschäften nachgeht. Auch andere Figuren aus dem Leben des Erzählers tauchen in seiner Erinnerung auf, dar-

unter seine frühere Geliebte Berta oder die Hure Claudina, die dazu beitragen, den immer enger werdenden Kreis seiner wachsenden Leidenschaft für Natalia zu schließen – einer Leidenschaft, deren Ende ebenso unausweichlich wie dramatisch und überraschend ist.

»Ich glaube, das ist einer der größten im Augenblick lebenden Schriftsteller der Welt.«
Marcel Reich-Ranicki

»Denn das ist über seine literarische Bravour hinaus die eigentliche Sensation des Buchs: daß es die moralische Heuchelei unserer Zeit entlarvt und die Gewichte von Gut und Böse radikal anders verteilt.«
Frankfurter Allgemeine Zeitung

SERIE PIPER